KB261142

4월 3일 사건

余華中篇集(四月三日事件, 夏季颱風, 一個地主的死, 祖先)
by Yu Hua(余華)

4월 3일 사건

위화
余華 소설 — 조성웅 옮김

문학동네

차례

4월 3일 사건

四月三日事件

1

아침 여덟시, 그는 창문 앞에 서 있었다. 아주 많은 것을 본 듯했으나 그 어느 것도 마음속에 들어오지는 않았다. 집 밖에선 몹시 뜨거운 황색 열기가 느껴질 뿐이었다. '저것은 햇빛이다.' 그는 생각했다. 그는 호주머니에 손을 집어넣었다. 차가운 금속의 감촉이 느껴졌다. 살짝 얼이 빠진 그의 손가락이 조금 떨리기 시작했다. 그는 자신의 갑작스러운 반응에 깜짝 놀랐다. 그러나 손가락으로 천천히 금속을 쓰다듬자 괴이한 느낌은 잦아들었고, 몸이 굳어졌다. 손동작도 바로 멈췄다. 그것은 점점 온기를 띠기 시작하더니 입술처럼 따스해졌다. 그런데 문득 이 따스함이 사라졌다. 그 순간 그는 그것이 손가락과 하나가 되었다고 생각했다. 있는 것 같기도 하고 없는 것 같기도 했다. 사람을 감동시켰던 그 눈부심은 이미 과거의 형식이 되었다.

그것은 열쇠였다. 열쇠의 색은 창밖의 햇빛과 유사했다. 불규칙하게 홈이 나 있는 열쇠를 보면서 그는 실없게도 울퉁불퉁해서 걷기 힘든 길을 떠올렸다.

그는 지금 누가 그 열쇠와 밀접한 관계가 있는지 생각해내야 했다. 어떤 문의 열쇠일까. 열쇠를 꽂고 돌리면 무슨 일이 벌어질까. 아코디언을 연주하듯 쥘부채를 편다고 상상해보라. 이것은 방문을 열 때 생기는 호의 각도이다. 이 각도가 아름답고 넉넉하다는 사실에는 의문의 여지가 없다. 동시에 아코디언을 연주할 때 경쾌하게 울리는 첫소리처럼 어떤 음향도 들릴 것이다. 그리고 생각해보면 그때 그는 분명히 집 밖에서 안으로 들어가고 있었다. 그는 또 땀 냄새를 맡았는데, 그것은 자신에게서 나는 것이었다. 그가 원한 것은 부모가 아닌 자신의 땀 냄새였다.

그는 문을 열고 들어간다고 상상했지만 현실에서는 반대 방향으로 움직였다. 그는 이미 문밖에 서 있었다. 그는 손을 뻗어 문을 잡아당겼다. 그리고 마지막 순간에 힘을 주어 방문을 쾅 닫았다. 그 거칠고 위력적인 소리가 그를 밖으로 내몰았다.

두말할 필요 없이 그는 이미 거리를 걷고 있었다. 그러나 그에게는 걷는다는 느낌이 없었다. 집 안 창문 앞에 그대로 서 있는 것 같았다. 자신이 거리를 걷고 있다는 사실을 알고는 있지만 느끼지는 못한다고 말해도 좋았다. 그는 은근히 놀랐다.

그의 시야에 흩날리는 검은 머리칼이 들어왔다. 머리칼은 한없이 휘날렸다. 바이쉐白雪가 그에게 다가왔던 것이다. 예고 없이 갑자기 나타난 바이쉐로 인해 그는 당혹감을 느꼈다.

언젠가 연노란색 셔츠를 입은 그녀는 탁자를 사이에 두고 그의 맞은편에 비스듬히 앉았던 적이 있다. 그녀 때문인지 아니면 그녀가 입은 셔츠 때문인지는 모르지만, 그 순간 그는 마음속 깊은 곳에서 감동을 느꼈다. 그러나 한순간의 감동이 불러일으킨 결과를 충분히 맛보아야 했다. 그녀를 볼 때마다 가슴이 두근거렸던 것이다.

그러나 그녀가 낙엽처럼 자기 눈앞에 나타났을 때 그는 그저 당혹스러울 뿐이었다.

예전에 그들은 클래스메이트 사이였지만 지금은 아무 관계도 아니었다. 그녀도 사람을 불안하게 했던 노란 셔츠를 더는 입지 않았다. 하지만 그녀는 그 앞에 서 있었다.

그녀가 옆으로 비켜서지 않는 것은 분명 그보고 비키라는 뜻이었다. 그는 한쪽으로 비켜섰다. 인도에서 내려선 그는 문득 자신이 땅에 드리워진 그녀의 그림자를 밟았음을 깨달았다. 비교할 수 없을 정도로 검은 그림자는 꿈쩍도 하지 않았다. 의아해진 그는 눈을 들어 그녀를 바라보았다.

그녀도 마침 곁눈질로 그를 보고 있었다. 그 눈빛은 무척 특별했다. 그녀는 매우 긴장한 것처럼 보였는데, 그에게 근처에 함정이 있음을 암시하는 듯했다. 그녀는 곧 떠났다.

의혹이 풀리지 않은 그는 그녀가 멀어지기를 기다렸다가 주위를 둘러보기 시작했다. 멀지 않은 곳에서 한 중년 남자가 오동나무에 기댄 채 그를 바라보고 있었다. 그와 눈이 마주치자 중년 남자는 재빨리 눈을 돌리면서 오른손을 자기 가슴께로 가져갔다. 그는 중년 남자의 가슴에 큰 주머니가 있다고 확신했다. 남자가 다시 손을 내밀었다. 손가락 사이에 담배가 한 개비 끼워져 있었다. 남자는 아무렇지도 않게 담배를 피우기 시작했다. 그러나 그는 남자의 태연자약함이 위장된 것임을 느꼈다.

2

침대에 누운 그는 밤새 거의 눈을 붙이지 못했다. 집 밖은 비할 데 없이 조용했고, 창문 블라인드 틈으로 유유히 들어온 창백한 달빛이 그의 마음을 흔들었다. 창밖에 있는 나무 그림자가 블라인드에 얼비쳤다.

그는 지난 세월을 회상했다. 수심이 가득한데도 다정한 감정이 솟구쳐 그는 흠칫 놀랐다.

그는 한 남자아이가 자기에게서 멀어지는 것을 보았다. 아이 뒤로 저수지와 버드나무가 보였다. 몇 걸음 걸어가던 아이가 자꾸 고개를 돌려 그를 바라보았다. 아이는 밧줄처럼 좁은 길을 걷고 있었다. 아이는 전혀 아쉬운 기색이 없었고, 그 또한 서운하지 않았다. 낯설어 보이는 아이의 얼굴이 맑고 깨끗했다. 검은 머리칼이 헝클어져서인지 친근하게 느껴졌다. 아이는 바로 그의 지난 과거였기 때문이다.

지난 세월은 이미 멀어졌고 미래의 날들은 아직 오지 않았다. 그는 침대에 누워 어쩔 줄을 몰랐다. 그저 멀어져가는 잘생긴 아이를 눈으로 전송할 뿐이었다. 머지않아 그는 아이와 반대 방향으로 갈 것이다.

그는 그렇게 누운 채 자신의 생일을 축하했다. 그는 이제 막 왔고 곧 가버릴 생일을 신중하게 보내고 있었다. 왜냐하면 곧 열여덟 살이라는 기차역에 진입하기 때문이었는데, 그 역에는 하모니카 소리가 흘러넘쳤다.

저녁이 되었지만 그는 맥주는 말할 것도 없고 케이크 한 조각 먹지 못했다. 그는 평소와 똑같이 저녁식사를 하고 주방에 가서 설거지를 했다. 그때 부모는 베란다에서 대화를 나누고 있었다. 설거지를 마친 뒤 그는 부모의 침실로 가서 아버지의 담배 한 개비를 훔쳤다. 꽁초가 베개 부근에 놓여 있었지만, 바로 버릴 생각이 들지 않았다. 침대 앞 바닥에는 담뱃재가 군데군데 떨어져 있었다. 그는 담배를 피우면서 멀어져가는 아이를 보았다.

오늘은 그의 생일이었지만 기억하는 사람이 아무도 없었다. 그의 부모는 일찌감치 그 사실을 잊었다. 그는 부모를 탓하지 않았다. 자기 생일이지 그들의 생일이 아니었기 때문이다.

아이가 점점 멀어져가던 그때, 그는 낯선 발소리가 다가오는 것을 느꼈다. 하지만 문을 두드리지는 않았다.

그는 내일 아침에 일어났을 때의 정경을 상상했다. 눈을 뜨면 창문의 블라인드를 통해 햇빛이 들어올 것이다. 햇빛이 없다면 어두침침한 그늘을 보거나 처마 아래로 떨어지는 물소리를 듣게 될 것이다. 그러나 그는 햇빛이 찬란하게 빛나고 집 밖에서 나는 다양한 소리를 듣게 되기를 바랐다. 그 소리는 햇빛만큼이나 찬란할 것이다. 옆집 비둘기 네 마리는 지붕 위를 우아하게 선회할 것이다. 그는 잠에서 깼다. 그리고 창문 앞에 섰다. 문득 내일 창문 앞에 서면 불안해질 거라는 느낌이 들었다. 그 불안감은 갑자기 떠오른 의지할 데 없다는 생각에서 비롯된 것이었다.

기댈 곳이 없다. 그는 열여덟번째 생일 밤의 테마를 찾았다.

이제 그는 자기 눈에 생긴 변화를 분명하게 느꼈다. 갑자기 차가워지고 가물거렸다. 그는 내일 무엇을 볼 것인지 생각하기 시

작했다. 내일 보는 것 또한 예전에 보았던 것이겠지만, 그는 전
과는 다를 것이라고 예감했다.

3

지금 그가 가려는 곳은 장량張亮의 집이었다.

그는 방금 전 바이쉐의 암시와 그 중년 남자의 등장이 난해하
면서도 우스웠다. 나중에 생각해보니 그것은 착각일 뿐이었다.
그러나 금세 사실처럼 여겨졌다. 그는 더 깊이 고민하면 안 되
겠다고 생각했지만 혼자서는 떨칠 수가 없었다. 바이쉐 때문이
었다. 노란 셔츠가 생각의 그림자 속에서 끝도 없이 휘날리는 듯
했다.

그는 좁은 골목에 들어섰다. 양쪽으로 높디높은 담벼락이 있
고 담벼락에는 푸른 이끼가 나 있었다. 푸른 이끼는 마치 표어처
럼 보였다. 바닥은 포장도로였다. 오래된 탓인지 상태가 썩 좋지
않았다. 발로 밟자 돌조각이 흔들렸다. 그는 흔들거리는 골목길
을 걸어갔다. 머리 위로 골목길처럼 길게 이어진 하늘이 전선 몇
줄에 의해 잘게 나뉘어 있었다.

그는 장량의 집으로 가야 한다고 생각했다. 칠흑 같은 대문에

는 번쩍이는 구리 고리가 달려 있었다. 고리를 잡았다고 생각했을 때 그는 벌써 문을 밀고 들어가고 있었다. 게다가 낡아서 삐걱대는 소리까지 났다. 문을 밀 때 난 소리였다. 그의 눈앞에 축축하게 젖은 마당이 펼쳐졌다. 장량의 집은 오른쪽이었다.

아마도 햇빛에 누렇게 물든 구름이 흩어지듯 노란 셔츠가 그의 머릿속에서 사라진 것은 그때일 것이다. 장량의 집에 가까워지자 장량의 이미지가 명료해지기 시작했다.

"제기랄, 너였군." 장량이 문을 열면서 말했다.

그는 웃으면서 자기 집이기라도 한 듯 걸어 들어갔다.

그들은 이미 클래스메이트가 아닌 친구였다. 그들이 학교와 철저하게 결별한 순간, 그는 전에는 클래스메이트로만 여겼던 녀석이 친구가 되었음을 느꼈다.

문과 창문이 굳게 닫혀 있고, 하얀 블라인드도 쳐져 있었다. 블라인드 위에는 총과 새총이 그려져 있었는데, 총알과 새총알이 금방이라도 부딪칠 것만 같았다. 장량이 직접 그린 것이었다.

그는 장량이 집에 없을 거라고 생각했다. 그러나 문 앞에 서자 안에서 소곤거리는 소리가 들렸다. 그는 문에 귀를 가져다댔지만 잘 들리지 않았다. 문을 두드리자 안에서 나던 소리가 뚝 그쳤다.

시간이 잠시 흐르고 문이 열렸다. 그를 발견한 장량은 흠칫 놀랐다. 이어서 입속으로 무슨 말인가를 중얼거리고는 안으로 들어갔다. 그는 잠시 의아했으나 곧 장량의 뒤를 따랐다. 방 안엔 주차오朱樵와 한성漢生이 있었다. 두 사람도 그를 보고 놀랐다.

그들의 그런 모습에 그도 은근히 놀랐다. 그들은 마치 그를 모르는 듯, 와선 안 될 사람을 본 듯 굴었다. 결국 그의 출현이 그들에게 충격을 준 셈이었다.

그는 창가에 있는 의자에 앉았다. 장량은 이미 침대에 누워 있었다. 장량은 무언가 말하고 싶은 듯했지만 그를 보며 웃기만 했다. 의미를 알 수 없는 장량의 미소에 그는 다시 놀라지 않을 수 없었다.

이때 주차오가 질문을 던졌다. "우리가 여기 있는 걸 어떻게 알았지?"

주차오의 물음은 장량의 미소보다 그를 더 불안하게 했다. 그는 어떻게 대답하면 좋을지 몰랐다. 그는 장량을 찾아온 것이었다. 그런데 주차오가 그에게 질문을 했다.

소파에 누워 있던 한성이 눈을 감았다. 족히 두 시간은 잔 듯한 모습이었다.

그는 다시 주차오에게 눈을 돌렸지만 주차오는 잡지만 열심히 뒤적일 뿐이었다.

장량만 변함없이 그를 바라보았다. 장량의 눈빛에 그는 좌불안석이 되었다. 그 시선 속에서 자신이 무료하기 이를 데 없는 천장 판자라도 된 기분이었다.

……그가 그들에게 말했다. "어제가 내 생일이었어."

그 말을 들은 그들은 모두 벌떡 일어나더니 벌컥 화를 내며 그에게 욕을 퍼부었다. 그러고는 어째서 알리지 않았느냐고 따졌다. 그들은 주머니를 뒤졌다. 맥주 한 병 정도는 충분히 살 수 있는 돈이 모였다.

"내가 사올게." 장량이 그 말을 내뱉고 나갔다.

장량은 아직도 그를 보고 있었고 그는 어쩔 줄을 몰랐다. 자신의 갑작스러운 방문에 그들이 불쾌해한다는 사실을 바로 알아차렸다. 그들은 그가 알면 안 되는 어떤 일을 의논하던 모양이었다. 슬프게도 그는 햇빛이 그토록 찬란한 오전에 그 사실을 발견했다.

문득 바이쉐가 떠올랐다. 그녀는 처음부터 멀리 갈 생각이 없었다. 잠시 전신주 뒤에 숨어 있었을 뿐이다. 그녀는 언제든 불쑥 나타나 그의 길을 가로막을 수 있었다. 그녀의 눈빛은 아무도 종잡을 수 없었다.

"어떻게 된 거야?" 그는 장량이나 주차오, 한성이 묻는 소리를 들은 듯했다. 이곳을 떠나고 싶었다.

4

그는 먼지가 잔뜩 쌓인 건물 앞에 서 있다가 고개를 들고 자기가 찾으려던 창문을 찾았다. 그 창문은 다른 창문보다 훨씬 위쪽에 시체의 벌어진 입처럼 열려 있었다. 창가에 놓인 석탄화로에서 짙은 연기가 모락모락 올라와 허공을 뒤덮었다. 창문이 꼭 굴뚝 같았다.

그는 깊이를 알 수 없는 산속 동굴에 들어가듯 건물 안으로 들어섰다. 발이 계단에 닿자 조심스럽게 한 계단씩 올라갔다. 그는 자신의 발소리를 들었다. 너무 존재감이 없는 소리라 불가사의한 느낌이 들었다. 이어서 그는 또다른 존재감 없는 발소리를 들었다. 처음에는 자기 발소리가 메아리쳐 돌아온 줄 알았다. 그러나 그 소리는 천천히 내려오다 문득 그의 발 앞에서 사라졌다. 그제야 그는 자기 앞에 누가 서 있다는 사실을 발견했다. 남자가 그를 막아섰다. 남자에게서 잔잔한 숨소리가 들렸다. 그는 남자도 들었을 거라 생각했다. 남자는 손으로 주머니 속을 더듬기 시작했다. 그 미세한 소리에 그는 갑자기 당황스럽고 불안해졌다. 남자가 손을 빼기 전에 발로 차서 쓰러뜨린 뒤 계단 아래로 굴려버려야 한다는 생각이 강렬하게 솟구쳤다. 그러나 남자는 이미 손을 뺐고 이어서 찰칵 소리와 함께 불꽃이 확 일었다. 작은 불꽃이 비추자 남자의 얼굴 반쪽은 환해졌지만 나머지 반쪽은 여전히 깊은 어둠에 잠겨 있었다. 살짝 감은 남자의 눈을 본 그는 춥지도 않은데 소름이 돋았다. 남자는 그를 지나쳐 풍금을 연주하듯 계단을 내려갔다. 그 순간 그는 남자가 누구인지 생각날 것 같았다. 오동나무에 기대어 담배를 피우던 중년 남자 같았다.

그는 5층의 한 방문 앞에 섰다. 그는 발로 가볍게 문을 찼다. 안에서는 아무런 반응도 없었다. 그는 문에 귀를 댔다. 그러자 쇠못이 그의 귓속으로 들어왔다. 깜짝 놀란 그는 곧 그 못이 문에 박힌 것임을 확인했다. 손으로 만져보니 사방에 못 네 개가 박혀 있었다. 못이 박힌 위치가 마침 그가 귀를 갖다댄 높이와 일치했던 것이다.

이때 벌컥 문이 열렸다. 한 줄기 빛이 파도처럼 흘러나와 그의 눈을 어지럽혔다. 발랄한 목소리가 들렸다.

"너였군."

그는 시선을 고정했다. 눈앞에 장량이 서 있었다. 얼마 전에 그의 집에서 봤는데 지금 여기서 다시 만나다니. 그는 경악을 금치 못했다. 게다가 지금 장량이 짓고 있는 유쾌한 표정은 아까와 비교하면 완전히 다른 사람의 표정 같았다.

"왜 안 들어와?"

그는 들어가서 다시 주차오와 한성을 보았다. 한 사람은 의자에, 한 사람은 테이블에 앉아 키득거리며 그를 바라봤다.

다시 알 수 없는 불안을 느낀 그는 계면쩍게 웃으며 물었다.

"그 사람은?"

"누구?" 세 사람이 거의 동시에 물었다.

"야저우亞洲." 그가 대답했다. 대답하고 나자 왠지 이상했다. 그건 왜 묻지? 야저우가 이 집의 주인인데.

"그를 못 봤어?" 장량이 놀란 듯 말했다. "계단에서 마주쳤을 텐데?"

장량은 어떻게 그가 계단에서 누구와 마주쳤다는 사실을 알았을까? 그 사람이 야저우였나? 그는 세 사람이 서로 쳐다보며 웃는 광경을 보고 방금 이곳을 떠난 남자는 야저우가 아니라고 단정했다.

그는 창가에 있는 의자에 앉았다. 이 창문은 석탄화로가 놓인 창문 맞은편에 있었다. 그러나 화로는 그 자리에 없었다. 햇빛이 그의 머리칼을 비추었다. 그는 자신의 머리칼 색을 상상했다. 분명 형용하기 힘든 색일 것이다.

장량 일행은 여전히 웃고 있었다. 그들은 그가 들어오기 훨씬 전부터 웃고 있었던 것 같았다. 그래서인지 웃음이 그들의 얼굴에서 점차 사그라져갔다.

그는 갑자기 걱정이 되었다. 방금 전 그가 방에 들어왔을 때 그들은 놀라서 억지웃음을 지었는데, 지금은 얼굴이 그 상태에서 접착제로 붙인 듯 굳어버린 것 같았다. 그는 이 웃음에서 벗어날 방법이 없었고, 그래서 고민이 되었다.

"어떻게 된 거야?"

주차오 또는 한성이 묻는 소리를 듣고 그는 궁금하다는 눈빛으로 자기를 바라보는 장량을 보았다.

"내 얘길 하고 있었나?" 그는 장량을 보며 물었다. 자기 목소리가 낯설게 느껴졌다.

장량이 보일 듯 말 듯 고개를 끄덕였다. 그는 그들이 손으로 얼굴을 문질러 웃는 채로 굳었던 표정을 지웠음을 깨달았다. 그들은 엄숙하게 그를 바라보았다. 안경 쓴 수학 선생의 눈길 같았다. 그러나 그들의 시선은 그다지 진실하게 느껴지지 않았다.

그는 다소 고통스러웠다. 자기가 들어오기 전에 그들이 무슨 얘기를 하고 있었는지 알고 싶은데 알 길이 없었기 때문이다.

"언제 왔어?"

그는 야저우의 목소리를 들은 것 같았다. 그 소리는 바람을 타고 왔다. 마치 창밖에서 들려온 듯했다. 곧 그는 실제로 눈앞에서 있는 야저우를 보았다. 그는 놀라지 않을 수 없었다. 야저우가 언제 들어왔는지 전혀 눈치채지 못했다. 마치 나간 적도 없는 것 같았다. 야저우는 낄낄대며 그를 보았다. 방금 전에 장량이 보여준 웃음과 똑같았다.

"어떻게 된 거야?"

야저우가 물었다. 그들은 모두 이런 식으로 그에게 질문을 던졌다. 묻고 나서 야저우는 돌아서서 사라졌다. 그는 의뭉스럽게 웃는 장량 일행을 보았다. 그는 야저우도 지금 분명 그렇게 웃고 있을 거라고 생각했다.

그들을 보고 싶지 않았던 그는 창밖으로 시선을 돌렸다. 맞은편 창가에 놓인 석탄화로가 보였다. 그러나 짙은 연기는 없었다. 잠시 후 화로가 창가에서 문득 사라졌다. 그는 한 아가씨의 뒷모습을 보았는데, 그것도 번쩍하더니 없어졌다. 그는 더는 볼 만한 게 없다고 생각했지만 바로 고개를 돌리고 싶지는 않았다.

그는 그들 중 누군가 일어나 걷는 소리를 들었다. 곧 몰래 쑥덕거리는 소리, 킥킥대는 소리가 베란다 쪽에서 들려왔다. 그제야 그는 고개를 돌렸다. 장량 일행은 이미 그곳에 없었다. 야저우는 제자리에 그대로 느긋하게 앉아 라이터를 가지고 놀았다.

5

그가 장량의 집에서 나왔을 때, 백발이 성성한 노부인이 그늘진 골목에서 어떤 사람의 이름을 크게 부르고 있었다. 그것이 그녀의 외손자 이름인지 아닌지는 알 수 없었지만 들어보니 "야저우!"라고 외치는 것 같았다.

그래서 그는 야저우의 집에 가기로 결정했다. 야저우는 그의 친구였지만 야저우와 장량 사이에는 거의 왕래가 없었다. 야저우와 장량 일행의 적대감 때문에 그는 종종 중간에 끼어 곤란한 입장에 처하곤 했다.

그는 바로 야저우네 집에 가지 않고 어느 거리를 따라 천천히 걸었다. 길 양쪽에는 벽돌과 모래 더미가 쌓여 있었다. 롤러 차가 분주하게 오갔다. 그는 공사장을 걷는 기분이었다.

그는 잠시 벽돌 더미에 비스듬히 기댄 채 자기만큼이나 무료해 보이는 롤러 차를 보았다. 차 앞에 달린 거대한 롤러가 윙윙거리며 길을 누르고 지나갔다.

그는 다시 초조해졌다. 이런 소리는 참기 힘들었다. 그는 발걸음을 옮겼다. 왠지 발걸음이 우습게 느껴졌다. 게다가 팔도 발처럼 움직이는 게 아닌가.

나중에, 정확한 시간은 몰랐지만 나중이라는 것은 알았는데, 그는 담배와 설탕을 파는 상점이나 비단상점 앞에 서 있는 것 같았다. 구체적으로 어떤 곳인지는 그다지 중요하지 않았다. 아무튼 수많은 색을 보았다. 그는 두 상점 사이에 서 있었을 가능성이 짙다. 사실 두 상점은 떨어져 있었다. 그렇지 않았다면 스스로 어디에 서 있는지 알았을 것이다. 아무튼 그는 많은 색을 보았고, 그 색은 오색찬란했다.

바로 그때 그의 마음이 후련해졌다. 그는 너무나 갑작스러운 이 후련함에 놀랐다. 그리고 바이쉐를 보았다.

바이쉐는 검은 그림자를 끌며 다가왔다. 그는 그녀가 오동나무 옆에 멈춰 서서 자기를 바라볼지도 모른다고 생각했다. 그녀가 무엇인가를 암시하는 눈빛을 보내자 그는 의아해졌다. 이것은 그가 방금 전 그녀를 보았을 때의 광경이었다. 어째서 이런 일이 반복되는지 그는 알 수가 없었다.

그러나 그녀는 확실히 오동나무 옆에 가서 멈췄고 그에게 시선을 보냈다. 그녀의 눈빛은 방금 전에 암시했던 내용을 암시했다. 그리고 그녀는 방금 전처럼 훌쩍 떠나버렸다.

자신이 가상한 상황을 그토록 실감나게 보게 되자 그는 경악했다. 마음이 긴장되면서 중년 남자가 오동나무에 기대서 있는 것처럼 느껴졌다. 그는 사방을 둘러보았지만 아무것도 보이지 않았다. 그러나 의심스러운 뒷모습이 골목으로 휙 사라지는 것은 보았다. 그 골목의 색이 우물의 색과 같다는 생각이 들자 오싹 소름이 끼쳤다. 그래도 그는 뛰어갔다. 왠지 뒷모습이 그 중년 남자이기를 바라면서도 그 남자일까봐 두려워하는 듯했다.

그는 골목에서 하마터면 어떤 사람과 부딪칠 뻔했다. 중년 남자였다. 남자는 뭐라고 한마디 중얼거리고는 바로 가버렸다. 그 방향이 마침 그가 가려던 야저우네 집 쪽이었다. 저 남자, 왜 다른 방향으로 가지 않는 거지? 그는 남자가 조금 전 그 뒷모습의 주인이 아닐까 의심했다. 골목에 숨어 있다 아무렇지도 않게 나타난 것은 아닐까? 그가 야저우네 집에 가려는 걸 아는 듯했다. 그래서 남자도 그 방향으로 갔던 것이다.

그는 20여 미터 뒤에 서 있는 남자를 보았다. 남자는 이리저리 두리번거리다 그와 눈이 마주치자 잽싸게 눈길을 돌렸다. 그는 남자가 자기에게 신경 쓰고 있다는 걸 느꼈다. 그는 남자가 눈치채지 못하도록 두리번거리는 척했다.

그는 줄곧 그 자리에 서 있었지만 더는 남자를 보지 않고 살짝 고개를 옆으로 돌렸다. 그는 여전히 남자가 자기를 쳐다보고 있음을 느꼈다. 그도 그 자리에서 계속 자신을 보는 남자를 주시했다.

또다른 중년 남자가 걸어오더니 남자와 몇 마디 나누고는 함께 걸어갔다. 몇 걸음 가던 남자가 다시 고개를 돌려 그를 보았다. 남자의 동반자는 즉시 남자의 어깨를 두드렸고, 남자는 더이상 고개를 돌리지 않았다.

6

이제 황혼이 내리고 있었다. 그는 베란다에 서서 맞은편 건물을 바라보았다. 건물의 창문들은 다소 밝아 보이기도 하고 어두워 보이기도 했다. 그는 환한 창문을 보면서 기묘하게 디자인된 장방형의 등燈을 떠올렸다. 비대칭이지만 무척 합리적인 디자인이었다. 그는 그 디자인이 무엇과 닮았는지 궁리해보았지만 생각이 나지 않았다. 그가 뭔가 건졌다고 느낄 때마다 창문 한두 개가 문득 환해지면서 그의 궁리를 싹 없애버렸다. 그래서 모든 것을 처음부터 다시 시작해야만 했다.

조금 전 그는 주방에서 설거지를 하며 문득 부모가 자기 얘기를 하고 있다는 느낌을 받았다. 그는 정신을 집중하고 귀를 기울였다. 부모의 대화는 베란다 쪽에서 어렴풋이 들려왔지만 자신에 대해 얘기하는 것은 분명했다. 그는 잠시 망설이다 나갔는데 그들은 다른 화제로 대화를 나누고 있었다. 대화의 내용이 모호해 잘 이해되지 않았다. 그는 그들의 대화가 어렵게 느껴졌다. 자기를 헷갈리게 하려는 의도가 분명했다. 그들끼리만 통하는 말을 늘어놓으니 머리가 아팠다.

그는 문득 자신이 그들 사이에서 장애물이 된 기분이었다.

그때 아버지가 물었다. "설거지는 끝났나?"

"아뇨." 그는 고개를 저었다.

아버지는 불만스러운 표정으로 그를 보았다. 그때 어머니는 옆집 베란다에 있는 사람과 잡담을 나누었다. 그는 어머니가 묻는 소리를 들었다.

"준비는 거의 다 됐나요?"

그쪽에서 반문했다. "그 댁은요?"

어머니는 대답하지 않고 다른 얘기를 꺼냈다.

주방으로 돌아온 그는 다시 설거지를 하자 마음이 조금 편해졌다. 금세 그들이 또 자기 얘기를 하는 소리가 들렸다. 그들의 말소리가 커지기 시작했는데, 몇 차례나 그의 이름이 언급되었다. 그들은 곧 경솔했다고 생각했는지 목소리를 낮췄다.

그릇을 찬장에 넣고 베란다로 나온 그는 한쪽에 몸을 기대고 섰다. 그럼에도 자신이 여전히 그들 사이를 가로막은 장애물처럼 느껴졌다.

부모는 그의 재등장이 영 맘에 안 드는 모양이었다. 아버지가 또 트집거리를 찾았다.

"매일 그렇게 하는 일 없이 빈둥대지 말고 가서 책이라도 좀 읽어라."

그는 그 자리를 떠날 수밖에 없었다. 그는 방에 돌아와 앉아 책을 읽었다. 어떤 책인지는 몰랐다. 종이 위에 글자가 있다는 것만 인식했을 뿐이다.

베란다에서 계속 얘기를 나누던 부모가 가볍게 웃기 시작했다. 그들의 웃음에는 아무런 거리낌도 없었다. 그는 좌불안석이었다. 잠깐 머뭇거리다 책을 들고 베란다로 나갔다.

이번에 아버지는 아무 말도 하지 않고 어머니와 입을 다문 채 그를 지켜보기만 했다. 그는 가까이 가서 보지 않아도 부모의 눈빛이 어떨지 알 수 있었다.

그들은 입을 다물고 잠시 그렇게 서 있다가 침실로 갔다. 그도 더이상 그들의 대화를 듣지 못했다. 그러나 그는 그 순간에도 그들이 무슨 얘기를 하고 있다는 사실을 알았다.

그리고 황혼이 왔다. 그는 기운 없이 건물을 보았다. 내심 그들이 무슨 얘기를 나누는지 정말 듣고 싶었다. 하지만 불가사의한 디자인만 볼 수 있을 뿐이었다.

나중에 그는 충격을 받았다. 부모의 침실 문 앞에 선 자신을 발견했기 때문이다. 문은 굳게 잠겨 있었다. 그들은 방금 전처럼 끊임없이 얘기를 나누는 것 같진 않았다. 띄엄띄엄 대화를 이어갔지만 그 내용이 무척 모호했다. 그가 또렷하게 들은 것은 "4월 3일"이라는 한마디뿐이었다. 그러나 이 말 속에 무슨 의미가 있는지 알기는 어려웠다.

갑자기 문이 열리더니 아버지가 나와 엄숙하면서도 불쾌한 어조로 물었다.

"여기 서서 뭐 하냐?"

그는 기겁한 듯 자기를 주시하는 어머니를 보았다. 그랬다. 어머니의 경악은 꾸며낸 것이었다.

그는 아버지에게 어떻게 대답해야 할지 몰라 멍하게 바라만 보다가 자리를 떴다. 침실 문이 다시 닫히고 아버지가 뭐라고 중얼거리는 소리가 들렸다.

방에 돌아온 그는 침대에 누웠다. 그 순간 사방이 어두워졌지만 자기 눈은 번뜩이는 느낌이었다. 먼 곳인지 가까운 곳인지 모르지만 집 밖이 무척 소란스러웠다. 그러나 그의 방에 들어온 잡음은 단조로운 윙윙 소리로 변했다.

7

그가 어젯밤에 상상한 대로라면 그는 오늘 아침 여덟시 반에 잠에서 깨어 블라인드 사이로 들어온 햇빛이 침대 난간에 걸쳐둔 양말을 비추는 걸 보고 침대에서 일어나 노크 소리를 들어야 했다.

구식 탁상시계가 무척 고단한 듯 울리기 전에 그는 혼미한 잠의 소용돌이에 빠져 있었다. 정신없이 자고 있었는데도 문밖에서 나는 온갖 소리가 또렷하게 들렸다. 그 소리에 그는 기진맥진해졌다. 그때 구식 탁상시계가 울렸다. 벨소리는 어둠 속에서 순간적으로 번쩍이는 등불 같았다. 그는 잠에서 깼다. 온몸이 땀으로 흠뻑 젖어 있었다.

그는 노곤하게 기지개를 켜고 일어나 앉았다. 몸이 좀 가벼워진 기분이었다. 탁상시계를 보니 여덟시 반이었다. 그는 침대 한쪽에 앉아 뭔가를 생각하기 시작했다. 그는 깜짝 놀라 다시 시계를 보고 여덟시 반에 일어났음을 확인했다. 햇빛을 보니 여전히 양말을 비추고 있었다. 양말에서 고린내가 났다. 모든 것이 어젯밤에 상상했던 것과 일치했다.

노크 소리가 들렸다. 노크 소리는 그가 침대에서 일어난 다음에 나야 했다. 앞서 얘기한 두 가지는 검증됐지만 노크 소리가 정말 났는지는 아무래도 의심스러웠다. 일어나기 싫었던 그는 다시 침대에 누워 뒹굴었다. 사실 그는 일어난 뒤에 노크 소리가 들려올 가능성을 깨고 싶었다. 정말 노크 소리가 난다면 차라리 침대에 누워 듣고 싶었다.

그는 아홉시 반까지 침대에 누워 있었다. 아버지는 일곱시 반에 출근했다. 그는 시곗바늘이 움직이는 소리에만 귀를 기울였다. 따라서 방 안에서 다른 소리의 간섭을 받을까 걱정할 필요는 없었다.

아홉시 반이 되었을 때, 그는 어떤 노크 소리도 듣지 못할 거라는 느낌을 받았다. 결국 그것은 어젯밤의 상상이었을 뿐이다. 그는 일어나기로 결심했다.

그가 일어나 창문을 열자 햇빛이 쏟아져 들어왔다. 약간의 바람과 소음도 함께였다. 그 소리에 그는 초조하고 불안해졌다. 마치 다른 세상에서 들려오는 소리 같았기 때문이다.

주방으로 향하던 그는 노크 소리를 들었다. 그가 침대에서 일어난 다음에 들려온 것이었다. 일이 그렇게 진행되자 그는 대경실색하지 않을 수 없었다.

어젯밤 상상 속에서 노크 소리를 들었을 때 그는 별로 놀라지 않았다. 다소 의문이 들었을 뿐, 곧 걸어가 현관문을 열었다. 그는 문을 열자마자 깜짝 놀랐다. 중년 남자(오동나무에 기대어 담배를 피웠던 바로 그 중년 남자)가 아무 말도 없이 들어왔기 때문이다.

……그는 분명하게 물었다. "누구를 찾으시죠?"

그러나 남자는 아무런 대답 없이 그를 향해 한 걸음씩 다가왔다. 남자가 다가오는 만큼 그는 뒤로 물러섰다. 그가 벽에 붙어 더는 물러설 수 없게 되자 남자도 멈췄다. 그는 무슨 일이 터질 것 같은 예감이 들었다. 그러나 구체적으로 어떤 일이 생길지는 어젯밤에 구상하지 못했다.

지금 노크 소리를 들으면서 그는 바짝 긴장했다. 꿈쩍도 않고 서 있었다. 문을 열고 싶지 않은 듯했다. 노크 소리가 점점 커지자 노크하는 남자가 자신이 집 안에 있다고 확신한다는 생각이 들었다. 남자가 그토록 확신에 차 있으니 그는 앞으로 벌어질 모든 사태에서 벗어날 수 없을 거라고 생각했다. 달리 말하면 그는 도대체 어떤 일이 벌어질지 몹시 궁금했다.

문을 연 그는 깜짝 놀랐다(어젯밤에 상상했던 것과 마찬가지로). 남자가 맞은편 문을 두드리고 있었기 때문이다(상상과는 다르게). 그는 건장한 뒷모습을 보고 분명 중년 남자일 거라고 판단했다(중년이라는 점은 상상과 일치했다). 과연 남자는 오동나무와 밀접한 연관을 가진 사람일까? 그는 판단하기 어려웠다. 그런 것 같기도 하고 아닌 것 같기도 했다.

8

상점의 쇼윈도는 약간 거울 같은 역할을 했다. 그는 그 앞을 왔다갔다하며 고개를 옆으로 돌려 자기 모습을 보았다. 움직이는 그 모습은 너무 모호했고, 여러 전시품이 그의 모습을 지워

없앴다.

그는 약국 쇼윈도 앞에 섰는데, 쌍바오쑤* 세 통이 그의 배 부분에, 원뿔 모양의 칼슘정 병이 어깨에, 원뿔 끝이 딱 코에 걸렸다. 눈은 손상을 입지 않았다. 그는 자신의 눈을 보며 다른 사람의 눈이 자신을 보는 듯한 착각에 빠졌다.

그다음엔 백화점 쇼윈도 앞에 섰는데, 그의 배는 모습을 되찾았지만 가슴은 아동 셔츠로 덮였다. 머리는 실종되었다. 그 자리를 수영복이 차지했다. 그러나 손은 자유로웠다. 그는 오른손을 오른쪽으로 뻗어 자전거의 벨을 누르고, 왼손을 왼쪽으로 뻗어 배드민턴공을 잡으려 했는데 조금 짧았다.

이때 쇼윈도에 몇 사람의 흐릿한 그림자가 비쳤지만 전시품 때문에 잘렸다. 그는 머리 반쪽과 얼굴 반쪽이 뭐라 말하는 것을 보았다. 옆에서는 다리 몇 개가 움직였고, 어깨도 몇 개 움직였다. 이어서 온전한 얼굴이 드러났지만 목은 없었다. 목 부분에 빨간 브래지어 하나가 걸렸다. 이런 잘린 그림자 몇 개가 유령처럼 느껴져 그는 바로 뒤돌아 걷다가 맞은편 인도에 선 사람들을 보았다. 그들은 그를 비난하며 뭐라고 중얼거렸다.

그가 너무 갑자기 뒤돌아서인지 그들은 눈에 띄게 당황한 것

---

* 홍삼과 꿀을 섞은 건강식품.

처럼 보였다. "당신, 뭐 하는 거요?" 그들 중 한 명이 물었다.

그는 깜짝 놀랐다. 그들이 낄낄대며 그를 봤다. 그는 방금 누가 질문을 던졌는지 알 수 없었다. 그들의 얼굴은 낯익었지만 왠지 모르는 사람들 같았다.

"누굴 기다리는 거죠?"

여전히 그는 누가 말하는지 알아채지 못했다. 그러나 그는 분명히 누군가를 기다리고 있었다. 저들이 어떻게 알았을까. 그는 놀라지 않을 수 없었다.

그가 반응을 보이지 않자 그들은 무척 얼쯤해했다. 그들은 목소리를 낮춰 뭐라고 중얼거리더니 함께 걸어갔다. 그를 보기 위해 고개를 돌리지는 않았다.

잠시 후 그는 걷기 시작했는데, 방금 전 일어난 일이 그를 미궁에 빠뜨렸다. 그는 쇼윈도에 비친 모든 것이 갑자기 무의미하게 느껴졌다. 그래서 시선을 거리로 돌렸다. 길거리에는 행인이 많지 않았다. 햇빛이 그들을 얼룩덜룩하게 비추었다.

"왜 저 사람들을 내버려두는 거야?"

주차오의 목소리가 문득 그의 귓가에 울렸다. 그는 깜짝 놀랐다. 주차오가 이미 앞에 서 있었다. 자기를 놀래주려고 숨었다 갑자기 나타난 것 같았다.

"왜 그냥 두는 거냐고?" 주차오가 물었다.

그는 의혹이 담긴 눈으로 주차오를 보며 물었다. "저들은 누구지?"

주차오가 지나치게 깜짝 놀라며 말했다. "저 녀석들, 너랑 같은 반이었잖아."

생각이 나는 것도 같았다. 그들은 분명 예전에 나랑 같은 반이었어. 그는 익살맞게 웃는 주차오를 보았다. 다시 솟구치는 의심을 억누를 수 없었다.

주차오가 친근하게 그의 어깨를 두드리며 말했다. "여기서 뭐 하고 있냐?"

그는 이러한 친근함이 다소 과장되었다고 느꼈다. 그러나 그건 중요하지 않았다. 중요한 것은 왜 그런 질문을 던지는가였다. 그는 방금 전에도 이런 질문을 받았던 것이다.

"누굴 기다리는 거지?"

주차오가 방금 전 그 사람들과 어떤 형용하기 어려운 관계임은 틀림없어 보였다. 보아하니 그들은 그가 누구를 기다리는지에 관심이 있는 모양이었다.

"아니야." 그는 대답했다.

"그런데 이렇게 오래 서서 뭘 하는 거야?"

그는 흠칫했다. 주차오가 안 보이는 곳에서 자기를 한참 지켜본 것이 분명했다. 그러니 지금 아무도 기다리지 않았다고 변명하는 것은 무의미했다.

"어떻게 된 거야?" 주차오가 물었다.

그는 주차오의 어색한 태도를 보고 주차오가 이미 자신의 경계심을 눈치챘다고 생각했다. 그는 불안을 감추고 고개를 돌려 느긋하게 주변을 둘러보았다.

그는 그토록 많은 사람이 그들을 주시하는 걸 발견하고 놀랐다. 거리의 거의 모든 행인이 심상치 않게 느껴졌다. 눈길을 주는 방식은 각기 달랐지만, 그는 한눈에 그들의 비밀을 알아챘다.

그의 맞은편에 있는 세 사람은 얘기를 나누며 이쪽을 관찰했고, 좌우 상황도 비슷했다. 이쪽을 똑바로 쳐다보았던 행인들은 다시 그에게 들킬까 두려웠는지 재빨리 시선을 거두었다. 주차오가 뭐라고 다시 한마디 했지만 그는 듣지 못했다. 순간 그는 주차오가 주의력을 분산시키려고 말을 건 게 아닌지 의심스러웠다. 그가 보기에 그들은 서로 생면부지인 것 같았는데, 뜻밖에도 함께 모여서 천천히 걸어갔다. 잽싸게 떨어지긴 했지만 그는 그들이 이미 자기에 대해 간단한 이야기를 주고받았음을 알았다.

그가 고개를 돌렸을 때 주차오는 이미 자리에 없었다. 주차오가 언제 사라졌는지 전혀 눈치채지 못했다.

9

눈앞의 건장한 뒷모습을 보자 그는 어느 석비石碑가 떠올랐다. 어떤 모양의 석비를 언제 보았는지 자세히 기억나지는 않았지만. 눈앞의 현실에서 그 뒷모습의 주인은 문을 두드리고 있었다. 두드리는 동작도 꽤나 소심했다. 손가락 두 개로 문을 두드렸는데, 소리는 꽤 크게 울렸다. 마치 두 주먹으로 두드리는 것처럼. 그의 발은 아직 움직이지 않았다. 발이 움직이기 시작하면 어떤 일이 벌어질지 감히 상상조차 할 수 없었다.

그는 문 앞에 서 있었는데, 마치 그 뒷모습의 주인이 뒤돌아서기를 기다리는 것 같았다. 그는 앞모습을 추측해보았다. 확신할 수 있는 것은 앞모습은 뒷모습보다 더 복잡하리라는 점뿐이었다. 설마 오동나무에 기대서 있던 중년 남자는 아니겠지?

남자는 계속 문을 두드렸다. 문 두드리는 소리는 작업 선반에서 나는 소리처럼 기계적이었다.

그는 앞모습을 보고 싶은 욕구가 강렬해지자 남자에게 말을 걸기로 결심했다. 그것 말고는 다른 방법이 없었다.

"그 집엔 아무도 없어요." 그가 말했다.

그러자 남자가 돌아섰고 앞모습이 그의 눈에 들어왔다. 남자의 앞모습은 뒷모습처럼 건장해 보이지는 않았지만 눈썹은 놀랄 만큼 짧고 굵어서 눈이 네 개 달린 것처럼 보였다. 그는 남자가 오동나무에 기대서 있던 그 사람인지 분간할 수 없었다. 그러나 경솔하게 그 가능성을 배제하고 싶지도 않았다.

"그 집에는 아무도 없어요." 그가 다시 말했다.

남자는 그를 문짝처럼 쳐다보더니 말했다. "사람이 없다는 걸 어떻게 알지?"

"있었으면 벌써 문을 열었겠죠." 그가 대답했다.

"문을 두드리지 않아도 열었을 거라고?" 남자가 조롱하듯 내뱉었다.

"하지만 사람이 없으면 두드려도 열 수가 없죠."

"그래도 누군가 계속 두드려야 열리겠지."

그는 뒤로 두 걸음 물러나 문을 닫으려 했다. 방금 나눈 대화에 어리둥절해진 기분이었다. 노크 소리는 계속되었다. 그러나 더는 관여하고 싶지 않아 그냥 주방으로 갔다. 유탸오*가 두 개 있었다. 평소처럼 어머니가 새벽에 사온 것이었다. 그릇에 담아둔 유탸오는 이미 푸석푸석했다. 그는 유탸오를 먹으며 그것이 갓 튀겨 바삭바삭했을 때를 떠올렸다.

---

* 밀가루 반죽을 발효시켜 소금으로 간을 한 후 약 30센티미터 길이의 길쭉한 모양으로 만들어 기름에 튀긴 음식.

유탸오를 다 먹고 나자 갑자기 이상한 생각이 든 그는 흠칫했다. 유탸오에 독이 있을지도 몰랐다. 그는 자신이 그 사실을 확신한다는 걸 바로 깨달았다. 위에서 약한 울렁증을 느낀 탓이지만 격렬한 통증은 없었다. 그는 꿈쩍 않고 서서 그 울렁증이 악화되기를 기다렸다. 그러나 잠시 후 울렁증은 완전히 사라졌다. 뱃속도 편안해졌다. 그는 무거운 부담이라도 던 듯 가볍게 안도의 한숨을 내쉬었다.

남자는 아직도 문을 두드리고 있었다. 그런데 시간이 흐를수록 그의 집 문을 두드리는 것 같았다. 그는 남자가 정말 자기 집 문을 두드리는 건지 궁금했다. 그래서 문 옆으로 가 조심스럽게 귀를 기울였다. 분명 그의 집 문을 두드리고 있었다. 문의 떨림까지 느껴졌다. 그는 깊이 숨을 들이마시고 문을 확 열었다.

맞은편 문이 잽싸게 닫혔다. 방금 전에 그 문이 열렸던 것이 분명했다. 건장한 뒷모습의 남자가 이미 그곳에서 사라졌기 때문이다.

10

어젯밤의 상상이 실현된다면 지금 여기에서 그는 바이쉐를 다시 보게 될 것이었다. 이번에 바이쉐는 분명한 암시를 주지 않았다. 그 앞으로 태연하게 다가와 그를 보고서도 못 본 척했다. 그러나 그 또한 암시였다. 그는 여유로운 척하면서 그녀의 뒤를 밟았다. 무슨 일이 생길지 아직 상상도 할 수 없었다.

고운 머리칼을 어깨에 늘어뜨린 아가씨가 문구점에서 주의 깊게 그를 바라보았다.

그때 주차오가 영화 장면이 바뀌듯 갑자기 사라지자 그는 문득 자신이 극도로 의심스러운 상황에 처한 건 아닌가 하는 생각이 들었다. 돌아선 그는 마침내 그 아가씨의 눈빛을 발견했다.

그가 너무 갑작스레 돌아섰기 때문에 아가씨는 긴장한 모습으로 허둥대며 시선을 돌렸다. 그리고 정리라도 하려는 것처럼 잉크병과 물감상자를 세기 시작했다.

등 뒤에서도 누가 감시할 거라고는 생각지 못했던 그는 살짝 놀랐다. 그러나 그녀는 그들과 달랐다. 그들은 아무렇지도 않은 척했지만 그녀는 눈에 띄게 당황했다.

……그는 천천히 걸어갔다. 그녀는 여전히 정리를 하고 있었지만 등 뒤에 그가 서 있음을 느꼈다. 그녀는 그의 숨소리를 들을 수 있었다. 그래서 더욱 긴장했다. 그녀의 어깨가 살짝 떨리기 시작했다. 도망치고 싶었는지 그를 등진 채 옆으로 걸어갔다.

그가 입을 열었다. 완고하고 축 가라앉은 목소리였다. "왜 나를 감시하는 거요?"

그녀의 양어깨가 더 심하게 떨렸다.

"대답해봐요." 그가 말했다. 무척 부드러운 목소리였다.

잠시 머뭇거리던 그녀는 휙 돌아서더니 슬프게 말했다. "그들이 시켰어요."

"나도 알아요." 그가 고개를 끄덕였다. "그런데 그들은 왜 나를 감시하는 거죠?"

그녀는 입을 달싹였지만 아무 소리도 나지 않았다. 몹시 겁을 먹은 듯 사방을 두리번거렸다.

그는 보지 않고도 문구점의 모든 사람이 지금 그녀를 위협적인 눈길로 바라보고 있다는 걸 알았다.

"두려워하지 마세요." 그는 가벼운 목소리로 위로했다.

잠시 주저하던 그녀는 용기를 내 그에게 말했다. "할 말이 있어요."

그는 문구점 입구에 서서 계속 그녀를 주시했다. 금세 정리를 마치고 돌아선 그녀는 그가 여전히 자신을 주시하고 있음을 확인하자 허둥댔다. 이번엔 그를 등지지 않고 카운터 반대쪽 끝으로 걸어갔다. 그러자 그의 시야에서 그녀가 사라지고 가지런히 배열된 잉크병과 물감상자만 보였다.

그는 들어가야 할지 말아야 할지 고민하다 그녀에게 다가가 방금 전 가상 시나리오와 똑같은 대화를 나누었다. 그러나 그의 목소리는 가상 시나리오처럼 확고하고 침착하지 못했다. 그녀도 가상 시나리오처럼 선량하고 친절하지 않았다. 그는 이렇게 압도적으로 현실적이어서 상상의 색깔이라고는 조금도 찾아볼 수 없는 대화의 결과를 믿을 수 없었다.

문구점 입구에서 망설이는 동안에도 그의 등 뒤에서는 발소리가 어지러웠다. 그는 직접 보고 있는 것처럼 그들의 눈빛을 추측해보았다. 그는 그들을 등지고 있었고, 그들은 손짓 발짓을 해가며 전혀 거리낌 없이 그를 감시했다. 그러나 그가 확 돌아서면 그들이 (그의 생각에는) 막으려 해도 방법이 없을 것이다. 자신의 그런 계략에 금세 용기백배한 그는 바로 실행에 옮겼다.

그러나 정작 돌아섰을 때 그는 예상했던 효과를 얻지 못했다. 재빨리 사방을 돌아보았지만 자기를 감시하는 사람은 없었던 것이다. 그들이 자기 마음속을 꿰뚫어 보고 있다는 사실이 분명해지자 울컥 짜증이 치솟았다. 그는 그들이 방금 전보다 교활해졌다고 생각했다.

잠시 후 바이쉐가 나타났다.

상상대로라면 바이쉐는 길을 따라 (어느 쪽이건 관계없이) 천천히 걸어와야 했다. 그러나 지금 그녀는 육교에서 내려왔다. 이 점이 조금 다르긴 했지만 그의 가상 시나리오는 다시 한번 실현

되었다.

육교에서 걸어 내려온 바이쉐는 이쪽을 보지 않았다. 그러나 그는 그녀가 이미 자신을 봤다는 것과 자기가 그녀를 봤다는 것을 (바이쉐가 안다는 것도) 알았다. 바이쉐가 이쪽을 보지 않은 것은 그들에게 들키지 않기 위해서였다. 그녀는 침착하게 육교에서 내려와 그와 반대 방향으로 걸어갔다. 그는 바이쉐의 침착함에 감탄을 금치 못하면서 그녀가 간 방향으로 걸었다.

붉은 옷을 입은 바이쉐는 행인 중에서도 유독 눈에 띄었다. 그녀가 일부러 그런 옷을 입었다는 것을 알아챈 그는 바이쉐의 세심함에 감탄했다. 그러나 곧 그녀의 붉은 옷을 주시한 자신의 행동이 우둔한 짓임을 깨달았다. 다른 사람들에게 금세 발각될 것이 뻔했기 때문이다.

11

그는 한참 기억을 되살리고서야 어젯밤에 어머니가 베란다에서 옆집과 나누었던 대화가 생각났다.

"준비는 거의 다 됐나요?" 어머니는 이렇게 물었다.

"그 댁은요?" 옆집에서 이렇게 반문했다.

조금 전 그는 집으로 향하다 멀찍이서 베란다에서 이리저리 두리번거리는 옆집 아이를 보았다. 동시에 자기 집 베란다 문이 열리는 것도 보았다. 그는 아버지가 벌써 돌아온 모양이라고 생각했다. 아이는 아버지를 보자마자 뒤돌아 집으로 쏙 들어갔다. 처음에는 무심코 지나쳤는데, 계단을 돌아 올라가려는 순간 다시 그 아이가 나타났다. 아이는 전동권총을 그에게 조준했다. 그러더니 다시 집으로 숨어버렸다. 문 닫히는 소리가 아주 크게 울렸다.

그는 집에 들어가서야 아버지가 없다는 사실을 알았다. 이 방 저 방을 자세히 살피다 부모 침실의 소파 위에 놓인 나일론 핸드백을 보았다. 부모가 이미 돌아왔다는 것은 의심할 여지가 없었다. 점심 때 어머니가 그 핸드백을 들고 외출하는 걸 보았기 때문이다. 그때 아버지가 이렇게 말한 것도 기억났다. "그건 왜 들고 가?" 어머니가 뭐라고 대답했는지는 생각나지 않았다. 그러나 그건 별로 중요하지 않았다. 부모가 자기보다 빨리 집에 돌아왔다는 사실을 확인하는 게 중요했다.

지금 그는 부모가 어디 갔는지 부지런히 생각해야 했다. 그는 오전에 꽤 의심스럽게 문을 두드리던 중년 남자를 떠올렸다. 그러자 옆집까지 의심스러워졌다. 그들의 아이도 그에게 경각심을 주었다. 여섯 살짜리 남자아이일 뿐인데도 어른처럼 수상쩍었다.

아버지가 옆집에 있다는 것은 쉽게 알 수 있었다. 그는 눈만 감아도 부모가 옆집 사람들과 함께 앉아 상의하는 모습을 떠올릴 수 있었다.

"준비는 거의 다 됐나요?"

"그 댁은요?"

(주의해야 할 점은 그들이 무언가를 준비한다는 것이었다. 그는 예감할 수는 있지만 상상할 수는 없었다.)

아이는 베란다에 나가 그가 돌아오는지 확인하라는 지시를 받았던 것이다. 그래서 입구에 서 있다 그가 나타나자 문을 쿵 닫았던 것이다. 그냥 그 소리를 냈을 리는 만무하다. 분명 그들에게 그가 올라오고 있음을 알려줬으리라.

그는 무엇을 해야 할지 확실하게 깨달았다. 방금 전의 가상 시나리오를 실제로 증명해야 했다. 방법도 매우 간단했다. 문을 열고 서서 맞은편 문을 주시하기만 하면 되었다.

그의 눈빛은 예전처럼 그렇게 나약하지 않을 터였다. 그의 눈빛을 보면 그가 이미 모든 것을 간파했음을 알게 될 것이었다. 그러므로 부모는 맞은편 문에서 나오면 어찌할 바를 모를 것이다.

부모는 문이 잠겨 있으니 그가 집 안에 있을 거라고 생각했다. 그래서 아래층에서 올라온 것처럼, 아무 일도 없었던 것처럼 행동할 요량이었다. 그러나 그는 문 앞에 서 있었다. 미처 예상치 못한 일이었다.

깜짝 놀란 그들은 곧 어색한 표정을 지었다. 너무 갑작스러웠던 탓이다. 꾸며낼 시간이 충분치 않았다. 그들은 곧 아무렇지 않은 듯 굴었지만 어색해진 상황을 돌이킬 수는 없었다.

12

붉은 옷은 계속 그로부터 20미터쯤 떨어진 채 미동도 않는 것처럼 느껴졌다. 바이쉐가 처음부터 끝까지 일정한 보폭으로 걸었기 때문이다.

바이쉐는 줄곧 이 길을 따라 걸었다. 몹시 위험한 일이었다. 갈수록 그들 곁을 지나가는 사람들이 지나치게 그들을 주목한다는 느낌이 들었다. 그는 벌써 바이쉐와 어깨를 스치고 지나간 사람 중 몇이 고개를 돌려 그녀를 본 뒤 뭔가를 발견한 듯 그에게도 시선을 주는 것을 확인했다. 그도 그들과 어깨를 스치며 지나갔는데, 그들이 몇 걸음 가다 돌아서서 그를 쫓아오는 것 같은 기분이 들었다. 그는 고개를 돌리지 않았다. 절대 돌릴 수 없었다. 뒤를 바싹 따라오는 발소리만으로도 모든 것을 알 수 있었다. 발소리가 어지러워지자 그는 자기를 감시하는 사람이 점점 늘어나고 있다고 판단했다.

그러나 바이쉐는 여전히 길을 걸었다. 그는 그 길이 길게 이어지고 끝에는 진흙길이 나온다는 것을 잘 알았다. 진흙길 옆으로는 개천이 흘렀고 다른 쪽은 광활한 들판이었다. 그리고 끝은 화장터와 닿아 있었다. 화장터에서는 연기가 높이 피어올랐는데, 그 탓인지 기나긴 진흙길이 문득 솟아오르기라도 한 것처럼 보였다.

바이쉐는 아직 진흙길 끝에 이르지 않았지만 이제 얼마 남지 않았다. 바이쉐는 몇몇 골목 앞에서 잠시 망설였지만 계속 나아갔다. 그는 그녀가 왜 망설였는지 알아챘다. 그녀도 감시당하고 있음을 깨달은 것이다.

바로 그때 바이쉐가 걸음을 멈췄다. 멈추지 않으면 마지막 기회를 잃어버릴 것 같아서였다. 길 끝에 가까워졌기 때문이었다. 바이쉐는 한 상점으로 들어갔다. 일용품을 파는 구멍가게였지만 이미 지나친 여러 상점에 있던 물품을 없는 것 없이 고루 갖추고 있었다. 바이쉐는 분명 무언가를 사려고 들어간 건 아니었다.

그는 걸음을 늦추고 상점 10여 미터 앞에 있는 아주 좁은 골목을 확인했다. 그는 천천히 걸어갔다. 길거리의 행인은 조금 전처럼 그렇게 많아 보이진 않았다. 그는 앞에서 자신을 감시하는 사람이 둘뿐임을 발견했다. 한 사람은 정면에서 걸어왔고, 다른 사람은 고물상 입구에 서 있었다.

그는 상점을 지나치면서 뒤를 돌아보지는 않았지만 자신을 뒤따르는 발소리가 잦아드는 걸 느꼈다. 골목에 접어들자 발소리가 사라졌다. 그는 바이쒜의 계략이 성공했다고 생각했다. 그러나 고물상 입구에 서 있던 사람은 여전히 그를 보고 있었다.

그는 돌아서서 골목으로 들어갔다.

양쪽이 높은 담이라 하루 종일 해가 들지 않아 골목에 들어서자 습기가 덮쳤다. 곧게 뻗은 골목은 깊어 보였다. 울창한 숲 속에 난 오솔길을 연상시켰다. 그는 조용하게 골목 깊숙이 걸어가 보았다. 좀더 들어가자 다시 새끼 골목이 나타났다. 그 골목은 더 좁았다. 한 사람이 겨우 다닐 만한 폭이었고 아무도 없는 듯 적막했다. 골목의 길이는 100미터 정도 되는 것 같았다. 그는 끝까지 갔다가 다시 되돌아왔다. 골목 입구가 마치 갈라진 틈처럼 보였다. 그 균열에는 사람이 없었다. 그는 안도의 숨을 내쉬었다. 잠깐이지만 그를 감시하는 사람이 없었기 때문이다. 그는 그곳에 선 채 바이쒜가 그 갈라진 틈에 나타나기를 기다렸다.

얼마 지나지 않아 바이쒜가 우아하게 돌아서더니 갈라진 틈으로 들어왔다. 그는 그녀의 붉은 옷이 어떻게 암홍색으로 변해가는지 지켜보았다. 바이쒜는 아주 차분하게 걸어왔다. 발소리가 물방울 떨어지는 소리처럼 듣는 사람을 감동시켰다. 그녀 등 뒤로 비추는 밝은 빛에 그녀의 몸이 빛났다.

모든 것이 그의 가상 시나리오와 일치했다. 곧 그는 모든 것을 알게 될 터였다.

그때 갑자기 골목에서 두 사람이 걸어나오더니 어깨를 나란히 하고 골목 입구를 향해 걸었다. 두 사람의 뒷모습이 바이쉐를 가렸다.

그는 경악했다. 그중 한 사람이 아버지였기 때문이다. 다른 사람은 오동나무에 기댄 채 담배를 피우던 남자인 듯했다. 그들은 그를 등지고 골목 입구로 걸어갔다. 그를 보지 못한 채. 그들은 무언가 의견을 교환했다. 낮은 목소리였지만 그에게도 조금은 들렸다.

"언제?" 분명히 중년 남자가 물었다.

"4월 3일." 아버지가 대답했다.

다른 말은 잘 들리지 않았다. 그는 걸어가는 그들을 보았다. 등 두 개가 천천히 작아지더니 갈라진 틈이 서서히 벌어졌다. 그러나 그들은 여전히 바이쉐를 가리고 있었다. 그들의 발소리는 아주 컸다. 테이블이라도 두들기는 것 같았다. 갈라진 틈에 도착한 그들은 헤어졌다. 아버지는 오른쪽으로, 남자는 왼쪽으로 갔다.

그러나 바이쉐는 보이지 않았다.

13

부모가 아래층에서 올라오는 게 분명했다. 그는 발소리를 듣자마자 누군지 알았다.

그가 집에 들어왔을 때 부모는 이미 맞은편 집에서 나와 살며시 아래로 내려갔다. 그러지 않았다면 아이가 문을 닫았을 때 울린 소리는 의미를 잃었을 것이다. 그가 문 앞에 서 있을 때 부모는 이미 아래층에 내려간 상태였다.

지금 그들이 올라오고 있었다(그들은 분명 그보다 더 고단수였다). 곧 그들이 자신을 보고 놀라는 걸 확인했지만 그가 기대했던 만큼 놀란 것은 아니었다.

"문 앞에 서서 뭘 하는 게냐?"

그는 달싹이는 아버지의 입에서 흘러나오는 소리를 들었다. 두 사람이 그의 앞에 섰다. 그는 아버지의 옷에 달린 단추가 어머니의 것과 다르다는 사실을 확인했다.

"어떻게 된 거냐?"

어머니의 목소리였다. 방금 전 들린 소리와는 달랐다. 솜처럼 포근한 목소리였다.

그는 문득 자신이 문을 막고 있음을 깨닫고 급히 비켜섰다. 그 순간 부모가 눈짓을 교환했다. 의미심장한 눈빛이었다. 부모는 다시 뭐라고 말하지 않았다. 집에 들어온 어머니는 주방으로, 아버지는 침실로 들어갔다.

그는 그 자리에 그대로 속수무책으로 서 있었다. 방금 전 행동이 멍청한 짓이었음을 서서히 깨달았다. 부모는 그의 마음을 이미 꿰뚫어 보았던 것이다.

침실에서 나온 아버지가 주방으로 가다 잠시 멈추고 말했다. "문 닫아라."

그는 손을 뻗어 문을 닫으며 아버지의 그 단순한 음성이 어떻게 순식간에 사라지는지를 확인했다.

주방에서 아버지가 다시 말했다. "쓰레기 좀 내다버려라."

그는 쓰레받기를 까부르며 길게 한숨을 쉬었다. 다시는 속수무책으로 당하지 않겠다. 그가 문을 열자 아이가 조금 전처럼 집 앞에 서서 전동권총으로 의기양양하게 그를 겨냥하고 있었다. 그는 어린아이가 그렇게 건방지게 구는 이유를 잘 알았다.

그는 아이에게 다가가 전동권총을 잡고 물었다. "아까 우리 부모님이 너희 집에 계셨니?"

아이는 조금도 두려운 기색 없이 권총을 힘껏 낚아채며 고함쳤다.

"아뇨!"

아이마저 거짓말하는 데 소질이 있다(고 그는 생각했다).

14

그는 한참 그곳에 선 채 계속 그 갈라진 틈을 지켜보았다. 깊은 우물 바닥에서 우물 입구를 바라보는 것 같았다. 우연히 어떤 사람이 골목 입구를 지나쳐갔다. 큰 새가 날개를 퍼덕이며 우물 위로 날아가는 듯했다.

그는 조심스럽게 앞으로 나아갔다. 발소리가 두 담장 사이에서 통통 튀다가 때때로 그의 발끝에 부딪쳤다. 세심하게 지나온 골목길을 살피던 그는 골목이 모두 같은 모양이고 아무도 없어 적막하다는 사실을 발견했다. 그는 네번째 골목 입구를 지날 때 자기 앞을 가로막은 전신주를 보았고, 그제야 한성의 집 앞에 도착했다는 걸 알았다.

옆으로 돌아서서 들어가기만 하면 되었지만 길이 복잡하고 살짝 경사가 있었다. 네번째 문을 노크 없이 밀고 들어가니 마당이 펼쳐졌다. 마당 네 구석에는 푸른 이끼가 잔뜩 끼었다. 그는 어두운 통로로 걸어 들어갔다. 통로는 진흙길이었고 어딘가 물웅덩이가 도사리고 있을 것 같았다. 그는 한성의 집을 찾았다.

한성과 장량의 집은 매우 가까웠다. 그래서 그들이 집 안에 숨어 몰래 밀담을 나누는 모습을 그는 자주 목격했다.

지금 그가 열심히 생각해봐야 할 문제는 바이쉐가 도대체 어디로 사라졌는가였다. 그러나 이런 생각을 하니 매우 불안해졌다. 바이쉐가 이곳에서 사라진 것 같았기 때문이다. (계속 생각하면) 바이쉐는 네번째 문 앞에 멈춰 문을 밀고 들어간 다음 어두운 통로를 걸어갔다. 그러니 지금 바이쉐는 한성의 집에 앉아 있으리라.

그는 가상 시나리오와 진실이 매우 가까워진 기분이었다. 이 때문에 그의 불안도 더 절박해졌다. 그는 한성의 집을 향해 첫걸음을 내딛었다. 그에게 필요한 것은 가상 시나리오가 아니라 실제 증명이었다. 그는 네번째 문 앞에 섰다.

그는 음험한 물웅덩이를 피해 조악하기 짝이 없는 문을 두드리려고 손을 들었다. 두드리기 전에 손으로 일단 문을 쓰다듬었다. 한성의 문에는 철못이 없었다. 그는 거리낌 없이 문을 두드렸다.

문은 금세 열렸지만 조금만 열렸다. 한성이 머리를 쑥 내밀었다. 한성은 미동도 않았다. 그는 한성의 머리가 그곳에 걸려 있는 듯한 느낌을 받았다.

집 안에서 불빛이 흘러나왔다. 괴이한 눈빛으로 그를 바라보던 한성이 긴장한 목소리로 물었다.

"누구시죠?"

그는 잠시 머뭇거리다 대답했다. "나야."

"아, 너구나." 그제야 문이 제대로 열렸다.

그는 한성의 목소리에 흠칫 놀랐다. 그렇게 큰 소리로 자신을 맞이할 거라고는 예상치 못했기 때문이다.

바이쉐는 집 안에 없었다. 그러나 그는 집에 들어서면서 향긋한 냄새를 맡았다. 머리칼이나 얼굴에서 나는 냄새 같았지만, 단정하긴 어려웠다. 그러나 여자의 냄새인 건 분명했다. 그는 바이쉐가 떠났는지도 모른다고 생각하다 다시 그 생각을 접었다. 이곳을 떠나려면 반드시 왔던 길로 돌아가야 했기 때문이다. 그러나 그는 그녀를 만나지 못했다.

한성은 그를 자기 방으로 데려가려 했다. 한성의 방은 깔끔하기 이를 데 없었다. 한성은 다른 두 방은 보여주려 하지 않았다. 한 군데는 열렸고 다른 한 군데는 닫혔다.

"어떻게 여기 올 생각을 했지?" 한성은 아무렇지 않은 척하며 그에게 질문을 던졌다.

그는 이 질문이 적절하지 않다고 생각했다. 자기는 한성을 자주 방문하곤 했으니까. 그러나 지금은 (그는 다시 생각했다) 적절한 것도 같았다.

"지금 아주 재미있는 글을 한 편 읽고 있었어." 한성이 다시 말을 꺼냈다.

그는 대답하지 않았다. 그가 지금 여기 온 건 한성과 말도 안

되는 대화를 나누기 위해서가 아니었다. 그가 온 이유는 분명했다. 그래서 정신을 집중하고 귀를 기울였다.

"이 글, 정말 재미있어."

그는 아주 미약한 소리를 들었다. 뭔가가 바닥에 떨어지는 것 같은 소리였다. 그는 소리가 들려온 방향을 가늠하려 애썼다. 닫힌 문 뒤에서 난 소리였다.

한성은 입을 다물고 잡지를 집어들더니 뒤적이기 시작했다.

그는 잘됐다고 생각했다. 더 잘 집중할 수 있으니까. 그러나 한성이 잡지를 뒤적이는 소리가 너무 컸다. 그는 짜증이 났다. 한성의 행동은 분명 의도적이었다.

그럼에도 그는 단속적으로 이어지는 몇 가지 작은 소리를 들었다. 그는 바이쉐가 그곳에 있다고 확신했다. 그녀는 아까 한성이 크게 소리칠 때 몸을 숨겼고, 한성의 고함 소리가 그녀가 문 닫는 소리를 덮어버렸던 것이다.

바이쉐가 조금 전에 상점에 들어간 것은 그를 피하기 위해서였던 게 틀림없다. 바이쉐와 그들이 한통속임을 깨달은 그는 절망했다. 그러나 꼭 그렇게 단정할 수는 없었다.

그는 한성이 뭔가 생각난 것처럼 문을 닫으려 하는 걸 보았다. 그는 생각했다. 이미 늦었어.

15

그는 지금까지 어둑해질 무렵의 풍경을 이토록 자세하게 관찰한 적이 없었다.

저녁을 먹은 뒤 그는 설거지를 하지 않고 베란다로 나갔다. 이상하게도 아버지는 그를 꾸짖지 않았다. 어머니가 주방으로 간 뒤 그릇과 접시가 부딪치며 달그락거리는 소리가 들렸다.

저녁노을이 선연한 핏빛으로 사방을 물들이기 시작했다. 태양은 기구처럼 천천히 아래로 내려오더니 맞은편 건물 뒤로 사라졌다. 그는 아버지가 다가오는 소리를 들었고, 이어서 자신의 머리를 쓰다듬는 아버지의 손을 느꼈다.

"나가서 산보라도 하자." 아버지는 온화하게 말했다.

그는 마음속으로 차갑게 웃었다. 아버지의 온화함은 거짓이었다. 그는 고개를 저었다. 어머니도 다가왔다.

세 사람은 잠시 묵묵히 서 있었다. 아버지가 다시 물었다. "나가서 좀 걷자."

그는 여전히 고개를 내저었다.

눈빛을 교환한 부모는 베란다를 떠났다. 그는 문이 닫히는 소리를 들었다. 그들이 나갔음을 알았다.

그가 시선을 내려뜨리자 천천히 걷는 그들의 뒷모습이 보였다.

바로 맞은편 집에서도 세 사람이 나오더니 천천히 걸었다. 거의 동시에 많은 사람들이 건물 밖으로 나왔다. 그들은 모두 같은 방향을 향해 느릿느릿 걸으면서 산보하는 척했다.

그는 누군가 울리는 목소리로 말하는 것을 들었다. "봄이 왔으니 산보를 해야지." 그는 자기에게 들으라고 한 말이라고 생각했다. 그 말은 방금 아버지의 권유와 마찬가지로 거짓이었다.

그들이 모두 산보하는 척하면서 한곳으로 걸어가고 있다는 점, 또 다른 사람들과 함께 집회에 참석할 거라는 점은 쉽게 알 수 있었다. 그들은 함께 모여 뭔가를 토론할 것이고, 그 토론은 그와 관계된 것이었다.

건물에 남은 사람이 여럿 있었는데, 그중 몇 사람은 베란다에 서 있었다. 그는 그들이 자신을 감시하려고 남았다고 생각했다.

고개를 들어 바라보니, 하늘이 창백해지고 있었다. 조금 전까지도 하늘을 붉게 물들였던 노을은 어느새 사라지고 깊은 쪽빛도 멀어졌다. 하늘이 창백해지기 시작했다. 그는 해가 산 밑으로 떨어지면 하늘이 창백해진다는 사실을 처음 알았다. 그러나 창백한 순간은 짧았고 그 창백함 뒤로 여전히 쪽빛 하늘이 어슴푸레 깔려 있었다. 곧 그 쪽빛도 점점 검어졌다. 동시에 창백함도 한 겹씩 천천히 벗겨졌다. 날은 그렇게 어두워졌다.

하늘이 완전히 컴컴해진 뒤에도 그는 베란다에 계속 서 있었다. 맞은편 건물에서 창문 네 곳에만 불이 켜졌다. 그가 다시 고개를 숙여 자기 건물을 보니 창문 다섯 개에 불이 들어와 있었다. 그는 방에 들어와 전등을 켰다.

계단을 따라 천천히 내려오는데 문득 어두운 창문에서도 그를 감시할지 모른다는 생각이 들었다. 그는 다리를 절뚝이는 척하면서 계단을 내려왔다. 그러면 그들도 그를 알아보지 못할 것이었다. 나오면서 전등을 끄지 않았으니 그들은 그가 여전히 집에 있다고 생각할 것이다.

두 건물에서 안 보이는 곳까지 온 뒤에야 그는 제대로 걸었다. 그는 몸을 구부리고 골목으로 들어갔다. 골목 끝에는 수돗물 급수탑이 세워져 있었다. 우뚝 솟은 급수탑은 아직 설비 공사가 마무리되지 않은 채였다.

골목에 가로등은 없었지만 밝은 달이 높이 걸려 있었다. 그는 달빛 아래에서 가볍게 거닐었다. 땅을 비추는 달빛이 물처럼 맑았다. 뒤따르는 사람도 없었다.

골목은 길지 않았다. 그는 금세 급수탑에 다다랐다. 우선 그는 음울한 달빛이 고요히 머물고 있는 뾰족한 꼭대기를 보았다. 골목에서 나와 급수탑의 전모를 확인한 그는 등골이 오싹했다. 급수탑은 거대한 그림자처럼 종잡을 수 없었다.

주위가 텅 비고 급수탑 아래 간이건물 하나에만 불이 켜져 있었다. 그는 조심스럽게 간이건물을 돌아 급수탑 밑으로 가서 조그만 철제계단을 찾아 한 계단씩 올라갔다. 바람이 갈수록 거세지는 느낌이었다. 탑 꼭대기에 올라가자 바람을 맞은 옷이 잔뜩 부풀어오르면서 찢어지는 소리가 났다. 머리칼은 한 방향으로 미친 듯이 휘날렸다.

그는 마을을 자세하게 관찰할 수 있었다. 달빛 아래 음침하고 공포스러운 마을을 보자 현기증이 났다.

이것은 음모야. 그는 생각했다.

16

장량 일행이 파도처럼 밀려 들어왔을 때 그는 여전히 침대에 엎드려 있었다. 그는 일행과 함께 있는 여자를 보았다. 모르는 여자였다. 그는 놀란 표정으로 그들을 바라보았다.

"너희들 어떻게 왔어?" 그가 물었다.

그들은 엄청난 농담이라도 들은 것처럼 폭소를 터뜨렸다. 여자를 제외한 나머지 사람들이 의자에 거꾸로 앉았다. 의자가 삐걱대는 소리도 웃음소리처럼 들렸다.

"저 여잔 누구지?" 그가 물었다.

그러자 그들은 더 크게 웃어댔다. 장량은 발로 바닥까지 굴렀다.

"나 모르겠어?" 여자가 갑자기 웃음을 멈췄다. 강렬한 웃음을 갑자기 거두자 그는 당황했고 기분이 이상했다.

"나 바이쉐야."

그는 바이쉐를 알아보지 못했다는 사실에 깜짝 놀랐다. 지금 다시 보니 바이쉐를 닮긴 했다. 게다가 붉은 옷까지 입었다. 선홍색이던 그녀의 얼굴이 암홍색으로 변했다.

"일어나!" 바이쉐가 말했다.

장량이 이불을 걷자 네 사람이 그의 팔다리를 잡고 그를 바이쉐에게 던졌다. 비명을 지르고 나서야 그는 여전히 의자에 편하게 앉아 있는 자신을 발견했다. 바이쉐는 침대에 앉아 있었다.

그는 그들이 무슨 짓을 하려는지 몰랐기에 기다렸다.

장량은 옷을 그의 가슴에 던졌다. 입으라고 준 것이 분명했다. 그는 옷을 입고 의자에 앉은 채 계속 기다렸다.

바이쉐가 말했다. "가자."

"어딜 가려고?" 그가 물었다.

바이쉐는 대답하지 않고 일어나 밖으로 나갔다. 장량 일행이 그를 일으켜 세워 밖으로 등을 떠밀었다.

"아직 이도 안 닦았어." 그가 말했다.

이유는 모르겠지만 장량 일행은 방금 전처럼 크게 웃음을 터뜨렸다.

그는 그들에게 끌려 아래층으로 내려왔다. 아래층에는 많은 사람들이 서 있었다. 한참 동안 그렇게 서 있은 모양이었다. 그를 보기 위해서.

사람들이 그를 보더니 그를 가리키며 뭐라고 지껄였다. 그는 자기 뒤를 따라오는 사람들을 느꼈다. 순간 달아나고 싶었지만 두 어깨가 장량 일행에게 꽉 붙잡힌 상태여서 몸을 뺄 도리가 없었다.

큰길로 끌려간 그는 거리가 텅 비었음을 발견했다. 아무것도 없었다. 그들은 그를 길 한가운데에 세웠다. 조금 전에 사라졌던 바이쉐가 다시 나타났다. 그를 가엾게 바라보던 그녀는 아무 말 없이 그곳을 떠났다.

장량, 주차오 혹은 한성 또는 야저우가 그에게 말을 건넸다. "앞에 있는 사람이 누군지 알아?"

그는 정신을 집중하고 보았다. 아버지였다. 아버지는 인도에 서서 그를 향해 미소 지었다. 그때 그는 트럭 한 대가 금방이라도 부딪칠 것처럼 자기 등 뒤로 달려오는 것을 보았다. 괴상하게도 그 순간 노크 소리가 들렸다.

그는 철제계단을 천천히 내려왔다. 그리고 다시 가로등이 없는 골목으로 들어섰다. 이번엔 골목 양쪽 창문에 불이 켜져 있었다. 창문에서 새어나온 불빛이 땅 위를 여러 겹으로 덮었다. 열린 여러 개의 창문에서 이야기 소리가 골목까지 또렷하게 들려왔다. 그러나 그는 무슨 소리인지 알아들을 수 없었다.

골목 양쪽은 모두 단층집이었다. 그는 머뭇거리면서 걸었다. 열린 창문을 지날 때마다 망설였다.

그는 그들이 무슨 얘기를 나누는지 정말 궁금했다. 자신에 대한 얘기일 거라 생각했기 때문이다. 그는 그들의 모임이 끝났음을 알았다. 부모는 벌써 집에 가 있었다. 그는 창문 쪽으로 바싹 붙어서 걸어야 했다. 그가 머뭇거린 이유는 지나가는 창문마다 사람의 그림자가 어른거렸기 때문이다. 안에 있는 사람이 너무 창문 가까이에 있었다.

……그는 적당한 창문에 접근했다. 그림자는 보이지 않았지만 얘기 소리는 유난히 또렷하게 들렸다. 그는 담장에 바싹 붙었다. 대화를 충분히 알아들을 수 있었다.

"준비는 거의 다 됐나요?"

"거의."

"언제 움직이죠?"

그 순간 그의 등 뒤에서 누군가 외쳤다. "누구야!" 마치 바로 옆에서 소리치는 것 같았다. 그는 곧장 돌아서서 그를 땅바닥에 때려눕혔다. 그러고는 죽어라 뛰기 시작했다. 고함 소리가 작게 들렸다. 등 뒤에서 그를 추격하는 발소리가 요란했다. 동시에 창문으로 여러 사람이 고개를 내밀었다.

그는 그렇게 가정하면서 골목을 걸어나왔다. 그는 자신의 가정이 꽤 현실적이라고 생각했다. 그가 정말 어느 창문 아래에 붙어서 갔다면 말이다.

집에 돌아오니 부모는 벌써 잠들어 있었다. 그는 전등을 켰다. 아주 늦은 시간인 듯했다. 보통 부모는 열시에 잠자리에 들었다. 평소에 그가 이렇게 늦게 돌아왔다면 한참 잠에 빠져 있던 부모는 화를 내며 몇 마디 훈계를 했을 것이다. 그런데 이번엔 그러지 않았다. 아버지가 차분하게 말했다. "돌아왔구나." 아버지는 아직 잠들지 않았던 모양이다.

그는 한마디 대꾸하고는 자기 침실로 갔다. 그때 어머니의 목소리가 들렸다(어머니도 자지 않고 있었다). "탁자에 가져다놓은 따뜻한 물로 발이라도 좀 씻으렴." 그는 다시 대답했다. 그러나 침실에 들어가자마자 옷을 벗고 침대에 누웠다.

사방이 칠흑처럼 어두웠다. 잠시 침대에 누웠던 그는 창문으로 기어갔다. 그는 맞은편 건물의 많은 창문이 사라졌고, 계속 사라지는 모습을 지켜보며 자기가 있는 건물도 마찬가지일 거라고 생각했다. 이제 그들은 마음 놓고 쉴 수 있었다. 그의 부모가 임무를 수행할 차례였다.

그는 다시 침대로 돌아와 누웠다. 분명 분위기가 무르익었고 곧 무슨 일이 터질 거라는 예감이 들었다. 아버지의 태도가 갑자기 바뀌었다. 그것은 그들이 이미 그의 경각심을 눈치챘다는 의미였다. 그 또한 그들이 행동을 개시하기 위한 전제조건일지 몰랐다.

지금 그는 그들이 내일 자신에게 어떤 짓을 하려는 것인지 서둘러 생각해봐야 했다. 이틀 동안 제대로 잠을 자지 못했기 때문에 너무 졸렸지만, 그래도 이를 악물고 정신을 차렸다.

내일 장량 일행은, 어쩌면 바이쉐도 그가 일어나기 전에 올 것이다. 그들은 기뻐하는 척하거나 그를 어딘가로 초대하거나 어떤 이유를 대서라도 그를 밖에 나가지 못하도록 막을 것이다. 그렇게 계속 생각을 이어가는데…… 그는 무거워지는 자신의 숨소리를 들었다.

18

노크 소리가 복잡했다. 말하자면 몇 사람이 동시에 문을 두드리는 것 같았다. 그는 이미 깨어 있었다. 꿈속에서 일어난 일이라는 것은 알았지만 조금 전에 벌어진 모든 일이 너무도 생생했다. 그러나 지금 들리는 노크 소리는 그에게 현실이 닥쳤음을 느끼게 해주었다.

그는 장량 일행과 바이쉐일 거라고 단정했다. 꿈에서와 다른 것은, 그들이 파도처럼 밀려들지 않았다는 점이다. 문이 그들을 막았다.

몇 사람이 동시에 문을 두드린다는 것은 그들이 지금 몹시 초조하고 불안해한다는 증거였다.

그러나 자세히 들어보니 그의 집 문이 아니라 맞은편 문을 두드리는 것 같기도 했다. 그는 침대에 잠시 앉아 갈수록 커져가는 노크 소리를 들었다. 듣고 있다보니 점점 더 맞은편 문을 두드리는 것 같았다. 그는 옷을 입고 조용히 문가로 걸어갔다. 그때 문득 노크 소리가 멈췄다.

그가 잠시 생각하는 사이 문이 벌컥 열렸다. 문밖엔 역시 장량 일행이 서 있었다. 그들은 그를 보자마자 크게 웃음을 터뜨렸다. 그러고는 함께 안으로 들어왔다.

그는 냉정을 유지했다. 그들이 크게 웃으며 들어오는 장면이 어젯밤 꿈과 일치한다고 생각했다.

그러나 바이쉐는 오지 않았다. 그들 넷뿐이었다. 그러나 그들은 함께 들어오면서 문을 열어두었다. 그는 문을 닫는 척하면서 바깥으로 눈을 돌렸지만 바이쉐는 보이지 않았다.

"너희 넷뿐이야?" 그는 묻지 않을 수 없었다.

"부족하다는 얘긴 아니겠지?" 장량이 되물었다.

그는 생각했다. 충분해, 너희 넷이면 나 하나를 상대하기엔 충분하고도 남지.

장량이 말했다. "가자."

(바이쉐가 있었으면 분명 그녀가 했을 말이다.)

"어딜 가는데?" 그가 물었다.

"가보면 알게 될 거야."

"아직 이도 안 닦았어." 그가 말했다. 말을 마친 순간 그는 경악했다. 자신도 모르게 꿈속에서 했던 말을 반복했던 것이다.

"가자니까." 장량이 말하면서 문을 열자 주차오와 한성이 양쪽에서 그의 팔을 잡았다(꿈과 완전히 똑같았다).

"깜짝 놀랄 만한 곳으로 데려가주지." 아래층으로 내려가면서 장량이 말했다.

아래층에는 구경꾼이 별로 없었다. 서너 사람만 지나갈 뿐이었다.

주차오와 한성은 줄곧 그를 붙잡고 갔다. 장량과 야저우는 앞서 걸었다. 그는 주차오와 한성이 아까처럼 그렇게 힘을 주고 있지 않다는 것을 느꼈다.

장량이 갑자기 소리쳤다. "옛날에 산이 하나 있었는데." 주차오도 외쳤다. "산에는 절이 있었지." 한성이 그 뒤를 이었다. "절에는 중이 둘 있었어." 야저우가 바로 말을 받았다. "하나는 노승이고, 하나는 동자승이었지."

장량이 그에게 말했다. "네 차례야."

그는 당혹스러운 눈으로 장량을 보았다.

"노승이 동자승에게 말했어, 라고 해야지."

그는 잠시 망설이다 말했다. "노승이 동자승에게 말했어."

그러자 그들은 미친 듯이 웃었다.

장량이 이어서 말했다. "옛날에 산이 하나 있었는데."

(주차오) "산에는 절이 있었지."

(한성) "절에는 중이 둘 있었어."

(야저우) "하나는 노승이고, 하나는 동자승이었지."

자기 차례였지만 그는 말을 잇지 않았다. 큰길에 도착했기 때문이다. 그들은 인도에 서 있었다. 장량이 불만스럽다는 듯 그를 재촉했다. "빨리 말해."

그제야 그가 맥없이 말했다. "노승이 동자승에게 말했어."

장량은 기분 나빠하며 말했다. "목청 좀 키우면 안 돼?" 그러더니 소리 높여 외쳤다. "옛날에 산이 하나 있었는데." 그러고는 바로 길을 건넜다. 주차오와 한성도 그를 놓고 크게 소리를 지르며 건너갔다. 야저우도 뒤따랐다.

이제 그의 차례였다. 그는 왼쪽에서 천천히 다가오는 트럭을 보았다. 그는 트럭이 자신이 길 가운데쯤에 다다르길 기다렸다가 자기를 들이받을 거라는 사실을 알았다.

19

무슨 소리가 이렇게 긴박하게 쫓아오는 거지? 그는 이미 숨을 헐떡이며 뛰고 있었다. 그런데도 그 소리는 여전히 그를 뒤쫓아 왔다. 어떻게 해도 벗어날 수 없었다.

그는 전신주에 기대어 뒤를 돌아보았다. 멀리서 자신을 향해 다가오는 소리가 들렸다. 그를 향해 걸어온 사람은 바로 아버지였다.

그의 앞까지 온 아버지가 놀라서 물었다. "어떻게 된 거냐?"

그는 아버지를 보고도 대답은 하지 않고 마음속으로 생각했다. 맞아. 아버지가 이때 나타났지. 꿈보다 조금 늦은 것 같긴 하지만.

"어떻게 된 거냐?" 아버지가 다시 물었다.

그는 모든 모공에서 땀이 뿜어져 나오는 것을 느꼈다. 온몸이 젖었다.

아버지는 아무 말 없이 그를 뚫어져라 쳐다보았다. 그의 이마에서 땀방울이 비처럼 흘러 시선을 가렸다. 아버지가 빗속에 서 있는 것처럼 보였다.

"집에 돌아가자."

그는 아버지의 악력이 엄청나다고 생각했다. 아버지가 그의 어깨를 잡자 따라가지 않을 수 없었다. "이젠 다 컸잖아." 그는 아버지의 목소리가 주위에서 맴도는 것을 느꼈다. 아버지가 그를 가운데 두고 돌면서 말하는 것 같았다. "이젠 다 컸잖아." 아버지가 다시 말했다. 아버지의 목소리가 끊임없이 귓가에서 맴돌았지만 그는 무슨 뜻인지 알 수 없었다.

두 사람은 왔던 길로 다시 되돌아갔다. 그는 아버지의 발소리와 자기 발소리의 박자가 안 맞는다는 것을 알아챘다. 그리고 아버지의 목소리가 더 친근하게 느껴지기 시작했지만, 그 친근함은 몹시 공허했다.

어디에 도착했는지 그는 전혀 신경 쓰지 않았는데, 아버지가 갑자기 뭐라고 말하더니 그를 남겨두고 떠났다.

그제야 그는 열심히 주위를 둘러보았다. 아버지가 맞은편 길로 걸어가는 모습이 보였다. 그곳에 한 사람이 서 있었다. 낯익은 얼굴인 듯했지만 누군지 잘 생각나지 않았다. 그 사람은 그를 향해 웃기까지 했다. 아버지가 그 사람 앞에 서서 함께 대화를 나눴다.

그는 그 자리에서 아버지를 기다릴지 아니면 먼저 갈지 고민했다. 그때 어떤 물건이 허공에서 자기 근처로 떨어지는 소리가 들렸다. 고개를 돌려보니 벽돌이었다. 깜짝 놀란 그는 그제야 공사장에 있다는 걸 깨달았다. 고개를 들자 위쪽 비계에 서 있는 사람이 보였다. 중년 남자였는데, 오동나무에 기대어 담배를 피우던 사람 같았다. 그는 벽돌이 자기 머리를 향해 떨어질 것이라고 예감했다.

20

남자는 오동나무에 기대서 있었고, 오동나무 옆은 큰길이었다. 담배를 피우진 않았지만 그 남자가 분명했다.

그는 이곳이 바이쉐가 처음 그에게 뭔가를 암시했던 곳이라는 사실을 떠올렸다. 그때 그는 아무것도 모른 채 마냥 즐거워했다. 조금 전 그는 그 음험한 공사장에서 도망치긴 했지만 어떻게 이곳까지 왔는지 알 수 없었다.

남자와 10미터 정도 떨어져 서 있었으므로 남자는 그를 의식했다. 그는 생각했다. 맞아, 분명 저 남자야.

……그는 천천히 다가갈수록 경계심을 띠어가는 남자의 눈빛을 보았다. 남자는 주머니에 넣었던 손을 천천히 꺼냈다. 거리의 행인이 모두 발걸음을 늦추고 그를 보았다. 그는 그들이 금방이라도 달려들 수 있다는 것을 알았다.

그가 바로 앞에 서자 남자는 가슴 앞에서 두 손을 비비며 언제든 공격할 수 있는 자세를 취했고, 다리에도 힘을 바싹 주었다.

그는 두 손을 바지 주머니에 넣고 매우 침착하게 말했다. "당신하고 얘기를 좀 하고 싶습니다."

바로 긴장을 푼 남자는 웃음기 어린 표정까지 지으며 말했다. "나를 찾았소?"

"네." 그는 고개를 끄덕였다.

남자는 거리를 바라보았는데, 마치 암시를 끝내는 듯했다. 남자가 말했다. "말해보시오."

"여기 말고. 당신과 둘이서만 얘기하고 싶습니다." 그가 대답했다.

남자는 망설였다. 오동나무를 떠나고 싶지도, 거리에서 행인 흉내를 내는 동료들에게서 멀어지고 싶지도 않았기 때문이리라.

그는 경멸하듯 웃으며 말했다. "어렵겠습니까?"

남자는 그 말에 호탕하게 웃으며 말했다. "갑시다."

그가 앞장서서 천천히 걷기 시작하자 남자가 그 뒤를 바싹 따랐다. 그는 느릿느릿 걸었다. 언제라도 공격해오는 사람에게 효과적으로 대처하기 위해서였다. 그는 순간 뒤쪽에서 발소리가 어지러워지는 것을 느꼈다. 몇 사람이 그의 뒤를 밟는다는 뜻이었다. 그는 고개를 돌리지 않고 말했다. "나는 당신하고만 이야기하고 싶습니다."

남자는 아무 대답도 하지 않았고 뒤따르는 발소리도 잦아들지 않았다. 그가 다시 말했다. "용기가 없으면 그냥 가세요." 남자가 다시 크게 웃는 소리가 들렸다.

그는 계속 걸어가다 작은 골목 앞에 잠시 멈춰서 골목에 아무도 없는 것을 확인한 뒤 들어갔다. 순간 뒤에서 들리던 발소리가 잦아들었다.

그는 살짝 웃음을 지었다. 그리고 골목 깊숙이 들어갔다. 남자도 곧 그를 뒤따랐다. 그는 바로 뒤돌아보아선 안 된다는 것을 알았다. 고개를 돌리면 남자는 경계하면서 뒤로 물러설 것이다. 그는 태연하게 앞으로 걸어가며 마음속으로 그들 사이의 거리를 가늠했다. 조금 먼 것 같았다. 그는 살짝 발걸음을 늦추었지만 남자는 눈치채지 못했다.

이제 거의 다 왔다고 판단한 그는 무릎을 꿇음과 동시에 오른 다리로 힘껏 뒤돌려차기를 했다. 비명이 들렸다. 이어서 절뚝거리며 뒤로 물러나다 땅에 엎어지는 소리가 났다. 돌아선 그의 눈에 바닥에 앉아 창백해진 얼굴로 복부를 움켜쥐고 무척 고통스러워하는 남자의 모습이 들어왔다. 그는 다시 남자의 복부를 걸어찼다.

그는 몇 걸음 걸어가 이번엔 남자의 얼굴을 걸어찼다. 남자가 고통스럽게 신음을 내뱉으며 땅에 엎어졌다.

"말해봐. 너희들, 뭘 하려는 거지?" 그가 물었다.

남자가 신음하며 대답했다. "장량 일행이 너를 길 가운데로 끌고 가게 한 다음 트럭으로 치려고 했다."

"그건 나도 알아." 그가 말했다.

"성공하지 못하면 네 아버지를 시켜 너를 공사장으로 데려가 위에서 돌을 떨어뜨려 죽이려고 했다."

"그다음에는?" 그가 물었다.

남자는 여전히 오동나무에 기대서 있었다. 남자는 손을 가슴 쪽 주머니로 뻗어 담배 한 개비를 꺼내더니 불을 붙이고 피우기 시작했다.

분명히 그 남자였다(고 그는 생각했다). 그러나 그는 줄곧 다가갈 결심을 하지 못했다. 다가가면 방금 전 자신의 가상 시나리오와는 모든 것이 상반되는 결과가 초래될 것 같았다. 말하자면 땅에 누워 신음할 사람은 바로 자신일 거라는 생각이 들었다. 남자는 저토록 건장하지만 자신은 이렇게 나약하지 않은가.

그때 남자가 조금 전의 심상하던 눈빛과는 달리 흉악해진 눈으로 그를 노려보았다. 그는 문득 이곳에 너무 오래 서 있었음을 깨달았다.

21

"너 알고 있어?" 바이쉐가 말했다.

그는 어떻게 바이쉐네 집 앞에 왔는지 전혀 알 수 없었다. 이 년 전 어느 날 바이쉐가 지금처럼 현관에서 하늘하늘 걸어나오는 장면을 보았던 건 기억났다.

그를 본 바이쉐는 놀란 표정을 지었다.

그는 그녀가 조금 부끄러워하고 있다는 걸 알았지만, 그건 위장이었다.

바이쉐의 침실은 잘 꾸미긴 했지만 한성의 침실처럼 깔끔하지는 않았다. 그가 의자에 앉자 그녀는 얼굴을 조금 붉혔다. 그녀의 그런 반응은 자연스러웠다. 그는 바이쉐가 그들과는 다르다고 생각했다.

바이쉐가 말했다. "너 알고 있어?"

바이쉐가 문을 열고 산을 바라보며 모든 것을 고백하려 하자 오히려 그가 놀랐다.

"어제 길거리에서 장량과 우연히 만났어……"

결국 그녀가 말을 꺼냈다.

"그가 갑자기 나를 불렀지." 방금 정상으로 돌아왔던 그녀의 얼굴이 다시 붉어졌다. "우리는 학교에선 대화를 나눈 적이 없어. 그래서 깜짝 놀랐어……"

그는 헷갈리기 시작했다. 바이쉐가 무슨 말을 하려는 건지 갈피를 잡을 수 없었다.

"장량이 '너희 오늘 우리 집에 놀러와'라고 말했어. 그가 말한 너희는 주차오랑 한성이랑 야저우였어. 그리고 너도 생각나겠지만 그들은 오전에 이미 와 있었어."

그는 이해했다. 바이쉐는 장량 일행이 오전에 벌였던 행동을 변명해준 것이었다. 그제야 그는 바이쉐가 생각했던 것보다 훨씬 복잡한 여자라는 걸 깨달았다.

"너는 왜 그들과 함께 오지 않았지?" 바이쉐가 물었다.

그는 순간 뭐라고 말해야 좋을지 몰랐다. 몹시 슬픈 눈으로 그녀를 바라볼 뿐이었다.

그는 바이쉐의 상태가 급격히 변하는 것을 보았다. 바이쉐는 많이 놀란 것처럼 보였다. 그는 생각했다. 벌써 연기까지 배웠군.

시간이 한참 흐르기라도 한 것처럼 바이쉐가 허둥댔다. 그녀는 두 손을 어디에 두어야 할지 모르는 것 같았다.

"아직도 기억해?" 그가 입을 열었다. "며칠 전에 길을 걷다가 너를 봤어. 네가 나한테 뭔가를 암시했지."

얼굴을 붉힌 바이쉐가 웅얼거리며 말했다. "그때 나는 네가 나를 보고 웃는다고 생각했어. 그래서 나도…… 어떻게 암시일 수 있겠어?"

그녀는 계속 연기할 준비를 갖췄다(고 그는 생각했다). 그러나 그는 단호하게 말을 이어갔다. "우리하고 멀지 않은 곳에 서 있던 중년 남자 생각나?"

그녀가 고개를 저었다.

"오동나무에 기대서 있었는데." 그가 그녀의 기억을 일깨우려 했다.

그러나 그녀는 여전히 고개를 내저었다.

"그럼 나한테 뭘 암시하려 했던 거지?" 그는 짜증이 치밀었다.

그녀가 놀란 눈으로 그를 보더니 어색하고 불안하게 말했다.

“무슨 암시?”

그는 대답하지 않고 계속 말했다. “그다음에 나는 감시당하고 있다는 걸 깨달았어.”

그녀는 이해할 수 없다는 듯 말했다. “누가 너를 감시했다고?”

“모든 사람이.”

그녀는 웃음이 터질 것 같았지만 그가 너무 심각했기 때문에 웃지 않았다. 대신 이렇게 말했다. “정말 농담도 잘하는구나.”

“연기하지 마.” 결국 그는 짜증난다는 듯 고함을 쳤다.

그녀가 깜짝 놀라 두렵다는 듯 그를 보았다.

“이제 나한테 털어놔. 그들이 왜 나를 감시하는지, 그다음엔 뭘 하려는 건지.”

그녀는 고개를 저으며 말했다. “네가 지금 무슨 말을 하는지 모르겠어.”

실망한 그는 탄식했다. 바이쉐가 아무것도 털어놓지 않으리라는 건 분명했다. 바이쉐는 노란 셔츠를 입었던 그 바이쉐가 아니었다. 지금 그녀는 암홍색 셔츠를 입었다. 이제야 그 사실을 발견한 그는 놀라지 않을 수 없었다.

……그는 일어나서 바이쉐의 침실을 나갔다. 오른쪽에 있는 주방을 보고는 그쪽으로 걸어갔다. 날카로운 식칼이 꽂혀 있었다. 그는 식칼을 들고 손으로 칼날을 확인해보았다. 만족스러웠

다. 그는 식칼을 든 채 다시 바이쉐의 침실로 들어갔다. 바이쉐가 당황하며 일어나 구석으로 물러섰다. 그는 앞으로 다가서면서 바이쉐의 외침을 들었다. 그가 식칼을 목에 대자 그녀가 놀라 부들부들 떨었다.

바이쉐가 일어났다. 그도 일어났다. 그는 주방에 갈지 말지, 식칼을 들고 올지 말지 망설였다.

그는 바이쉐가 달력 앞으로 가서 한 장을 뜯어낸 뒤 고개를 돌리고 말하는 소리를 들었다. "내일은 4월 3일이야."

그는 여전히 주방에 갈 것인지 갈등하고 있었다.

바이쉐가 말했다. "알아맞혀봐. 내일 무슨 일이 생길지."

그는 깜짝 놀랐다. 4월 3일에 어떤 일이 생기냐고? 4월 3일? 그는 기억이 났다. 어머니도, 아버지도 말했다.

그는 바이쉐가 암시하는 바를 깨달았다. 바이쉐는 뭔가 자신의 어려움 때문에 설명하지 못하는 것이었다. 그는 이제 가야겠다고 생각했다. 더 지체하면 바이쉐에게 좋지 않을 것 같았다.

바이쉐의 침실을 나온 그는 주방이 오른쪽이 아닌 왼쪽이라는 사실을 발견했다.

22

옛날에는 이런 적이 없었다. 자동차 경적이 길게 울리자 그는 갑자기 감정이 격해졌다.

그는 어느 건물 4층에 숨어 창문 아래 앉아 있었다. 그는 황혼 무렵에 들어왔고 아무도 그를 보지 못했다. 이 건물에는 아직 계단이 없었다. 그래서 비계를 타고 올라왔다. 그는 시간이 흐를수록 깊어지는 밤을 바라보았다. 길거리에서 나던 소리도 점점 멀어졌다. 마지막엔 아래층에서 훈툰*을 팔던 사람도 자리를 걷었다. 연기가 허공에서 사라지듯 사람 소리도 흩어졌다. 자신의 낮은 숨소리만이 혼자 웅얼거리듯 들려왔다.

그는 시간을 모르는 것처럼 다음에 어떻게 해야 할지 몰랐다. 내일, 4월 3일에는 어떤 일이 벌어질 것인가. 머릿속이 유난히 맑았다. 그럼에도 뭘 어떻게 해야 할지 알 수 없었다.

기차의 기적 소리가 들려왔다. 계시라도 받은 것처럼 그는 벌떡 일어났다. 처음 눈에 들어온 것은 다리였다. 다리는 죽은 것처럼 그곳에 누워 있었다. 그다음엔 음험하게 흐르는 개천이 보였다. 개천에는 그를 감시하는 무수한 눈빛처럼 불빛이 아른거

---

* 피가 얇은 만두로 끓인 만둣국.

렸다. 그는 싸늘하게 웃었다.

그는 창문으로 나가 비계를 타고 내려왔다. 비계에서 문을 닫는 것 같은 소리가 났다.

그는 철로 방향으로 어둑한 거리를 걸어갔다. 그 순간엔 자신의 발소리도 들리지 않았다. 마치 발소리가 땅속 깊숙이 스며드는 듯했다. 그는 자신이 바람처럼 거리 위로 불어간다고 생각했다.

오래지 않아 그는 철로 위에 섰다. 철로는 달빛 아래 고요하게 빛났다. 가까이 있는 간이역의 플랫폼에는 누런 등 하나가 밝혀져 있을 뿐 아무도 없었다. 간이역 맞은편에 있는 작은 건물에도 누런 등 하나가 빛나고 있었다. 기차의 궤도를 바꾸는 간이시설이었다. 건물 안에 사람이 있었는데, 졸고 있는 것 같기도 했다. 그는 다시 철로를 보았다. 여전히 밝게 빛났다.

순간 그는 파도가 밀려오는 듯한 소리를 들었다. 소리는 점점 가까워졌고 천천히 커졌다. 그 소리가 그의 머리칼을 휘날릴 것만 같았다. 곧 그는 예리한 빛이 자신을 찔러오는 것을 보았다. 빛은 그를 가로로 쓸고 지나가면서 그의 몸에 의해 단절되었다.

열차가 눈에 띄게 속도를 줄이기 시작했다. 화물열차였다. 화물열차는 그의 옆에서 멈췄다. 플랫폼에 사람 그림자가 나타났다. 그는 바로 뛰어올라 찻간 옆에 붙은 철제사다리를 붙잡았다.

사다리는 급수탑의 철제계단보다 좁았다. 그는 사다리를 타고 찻간에 올랐다. 석탄열차였다. 그는 석탄 더미에 누웠다. 바람에 잘린 몇 사람의 말소리가 단속적으로 들려왔다.

그는 문득 그들이 그를 찾기 위해 수색에 나섰을지도 모른다고 생각했다. 줄곧 집에 돌아가지 않았으니 부모도 그가 도망간 것은 아닌지 의심하며 바로 옆집에 알렸을지 모른다. 금세 칠흑 같던 건물의 모든 전등이 켜지고, 온 동네가 불을 밝혔으리라. 그는 눈을 감지 않고도 어지럽게 그를 찾아 헤매는 광경을 떠올릴 수 있었다.

누군가 다가오는 소리가 들렸다. 그는 바로 석탄 더미에 몸을 숨겼다. 쇠망치로 기차 바퀴를 두드리는 소리가 났다. 아주 청아한 소리가 등불처럼 사방으로 퍼졌다. 걸음 소리가 멀리 사라졌다.

잠시 후 그는 열차가 출발하는 육중한 소리를 들었다. 동시에 몸이 흔들리는 것을 느꼈다. 그는 점점 멀어지는 간이역을 보았다. 동시에 한 줄기 바람과 함께 간이역이 천천히 멀어졌다. 바람이 강하게 불수록 철로를 구르는 열차 바퀴 소리는 약해졌다.

그는 석탄 더미에 누워 멀리 달아나는 간이역을 지켜보았다. 열차가 달릴수록 마을은 멀어졌다. 금세 아무것도 안 보였다. 그의 앞에는 창백한 어둠뿐이었다. 내일은 4월 3일이다. 그는 생각했다. 그는 내일을 상상하기 시작했다. 그들은 상심해서 고개를 떨구고, 조급하고 참담한 심정으로 돌아오겠지. 부모는 분명 실직하고 처벌을 받을 것이다. 그는 그들의 음모를 철저하게 깨뜨렸다. 그는 득의양양했다.

고개를 돌리자 바람이 그의 얼굴을 때렸다. 앞에도 창백한 어둠뿐, 아무것도 보이지 않았다. 그러나 그는 음모에서 점점 멀어지고 있다는 걸 알았다. 그들은 이제 다시는 그를 찾지 못할 것이다. 내일은 물론이고 영원토록 그를 떠올릴 때마다 서로를 헐뜯으리라.

그는 어린 시절 그의 옆집과 그 집의 하모니카를 떠올렸다. 매일 저녁 창가에 서면, 옆집 창문에서 하모니카 소리가 들려오곤 했다. 옆집 사람은 열여덟 살에 황달과 간염으로 죽었고, 하모니카 소리도 사라져버렸다.

여름 태풍

夏季颱風

제1장

1

　북쪽 끝에 있는 건물에서 걸어나온 바이수白樹는 1976년 초여름의 음울한 하늘 아래 섰다. 문을 나선 그는 속수무책으로 음침한 회백색 하늘과 마주쳤다. 기억의 산골짜기에서 어제의 햇빛이 퍼지기 시작했다. 산의 절벽에서 자라는 푸른 이끼 때문에 햇빛이 빠르게 번져가는 풍경이 도드라졌다. 반짝이던 생명의 빛이 눈에서 사라지듯 하늘이 돌연 어두워졌다. 소년은 앞으로 나아갔다. 방금 전 풍경은 몇 년 전에 칠이 벗겨진 나무침대를 흐릿하게 복제한 것 같았다. 아버지는 여전히 빛이 꺼진 눈을 치뜨고 있었지만, 낡은 침대처럼 금방이라도 무너질 듯 보였다. 달빛이 춤추던 그날 밤, 그의 발소리가 허수이河水라 불리는 거리에서 울린 지 한참 되었을 때 슬픈 피리 소리가 사방에 울려퍼졌다.

운동장 가운데 풀밭 위로 무수한 종이가 춤추듯 날았다. 사방에서 먼지가 거세게 일자 종이들은 활을 보고 놀란 새처럼 푸드덕거렸다. 그는 어렴풋이 자기를 부르는 소리를 들었다. 탕산 대지진* 뉴스를 처음 들었을 때 그들은 종이가 어지럽게 날리는 그곳에 앉아 있었다. 구린顧林이나 천강陳剛이 그를 불렀을 것이다. 다른 사람들은 햇빛이 비추는 풀밭 위에 바로 혹은 모로 누워 있었다. 부르는 소리가 그와 물리 선생이 있는 지진관측소까지 들려왔다. 그 건물은 북쪽 끝에 자리하고 있었다. 그는 비쩍 마른 삼나무 옆에 서서 나뭇잎이 살랑대는 소리를 들었고, 이어서 위쪽에서 흔들리는 자기 목소리를 들었다.

"사흘 전에 우리가 탕산 지진을 관측했어."

구린 일행은 풀밭에서 낄낄대며 웃었다. 그도 따라 웃으며 생각했다. 내가 관측한 건데.

물리 선생은 그때 현장에 없었다. 관측기는 줄곧 잠잠했다. 북쪽 끝 건물에 설치된 이후 계속 아무런 반응도 없었다. 그러나 그때 갑자기 심상치 않은 신호가 나타났다. 물리 선생은 그곳에 없었다. 사실 물리 선생이 관측소에 오지 않은 지는 꽤 되었다.

---

* 1976년 허베이 성 탕산 시에 발생한 진도 7.8의 강진. 중국 정부 공식 발표로만 사망자 24만 2천 명, 부상자 16만 4천 명이라는 참극을 빚었다. 20세기 최악의 지진이었다.

그는 구린 일행에게 "내가 관측한 거야"라고 말하지 않았다. 물리 선생을 제쳐두어서는 안 된다고 생각했기 때문이다. 그들의 낄낄대는 웃음은 그만을 겨냥한 것이 아니었다. 그러나 물리 선생은 그들의 웃음소리를 듣지 못했다.

그들은 바람에 휘날리는 무수한 종이처럼 웃었다. 그들의 웃음소리가 사라진 뒤에도 종이는 풀밭 위에서 흩날렸다. 햇빛이 없는 풀밭은 유난히 푸르렀다. 날아다니는 종이가 더 아름답게 보였다. 바이수는 풀밭 근처 오솔길을 걸으며 계속 물리 선생을 생각했다. 그는 길 양쪽에 쌓인 먼지가 잔뜩 내려앉은 나뭇잎이 무척 무거워 보인다고 생각했다.

나는 혼자 탕산 지진을 관측했어. 마음속에서 이 생각이 떠나지 않았다.

관측기에 이상 신호가 나타난 순간, 그는 문득 두려워졌다. 그는 건물을 빠져나와 달리고 있는 자신을 발견했다. 많은 나무와 계단을 지나 교과연구실에 다다른 그는 화학 선생과 국어 선생이 눈빛을 주고받으며 물리 선생 책상에서 물리 선생에게 지구의를 보여주는 모습을 보았다. 문 앞에 서 있는 그에게 국어 선생이 위엄 있는 목소리로 물었다. "무슨 일로 왔지?"

그는 당황해 어쩔 줄 몰라하며 그곳을 떠났다. 뒤에 그는 물리 선생 집 현관문을 두드렸다. 노크 소리는 그의 호흡만큼이나 작았다. 물리 선생이 문을 열고 화라도 내지 않을까 걱정이 되어 아주 조심스럽게 문을 두드렸던 것이다. 물리 선생은 끝내 문을 열지 않았다.

물리 선생은 멀지 않은 수돗가에서 색이 선명한 삼각팬티와 하얀 브래지어를 열심히 빨고 있었다. 바이수가 수줍어하며 맞은편에 서 있는 것을 본 그는 약한 신음 소리를 흘리고는 다시 빨래에 몰두했다. 그는 바이수의 말을 다 듣고 고개를 끄덕였다.

"알겠다."

바이수는 가야 했지만 가지 않았다. 물리 선생이 뭔가 다른 반응을 보이길 기대했다. 그러나 선생은 고개조차 들지 않았다. 그곳에 한참 서 있던 그는 결국 용기를 내 물었다.

"베이징에 보고해야 하지 않을까요?"

물리 선생은 그제야 고개를 들고 뜬금없이 물었다.

"왜 아직 안 갔지?"

바이수는 어쩔 줄 모른 채 그를 바라보기만 했다. 선생은 더는 아무 말도 하지 않고 더러운 부분이 남았는지 검사라도 하듯 삼각팬티를 눈앞으로 가져갔다. 햇빛이 선명한 색의 팬티를 비췄다. 바이수는 거리낌 없이 쏟아지는 햇빛을 보았다. 이 모습에 감동하지 않을 수 없었다.

그때 선생이 다시 물었다.

"방금 뭐라고 했지?"

바이수는 혀로 입술에 침을 바르며 다시 말했다.

"베이징에 보고하지 않느냐고요."

"보고?" 물리 선생이 눈썹을 찌푸리더니 말을 이었다. "무슨 보고? 누구한테 보고를 해?"

바이수는 부끄러움을 견딜 수 없었다. 선생이 짜증을 내자 어쩔 줄을 몰랐다. 선생이 계속 말했다.

"만에 하나 잘못된 정보면 누가 책임을 지나?"

그는 다시 뭐라고 대꾸도 못하고 바로 자리를 뜨지도 못했다. 물리 선생이 말했다. "가거라." 그제야 그는 그곳을 떠났다.

그러나 뒤에 구린 일행이 풀밭에서 그를 불렀을 때, 그는 여전히 이렇게 대답했다.

"사흘 전에 우리는 탕산 지진을 관측했어." 그는 자기 혼자 관측했다는 말은 하지 않았다.

"그러면 왜 베이징에 보고하지 않았지?"

그들은 낄낄댔다. 물리 선생의 말도 틀리지 않다. 누구에게, 어떻게 보고하겠는가?

종이는 여전히 풀밭 위에서 춤추었다. 까닭은 모르지만 관측기도 갑자기 멈췄다. 처음에는 그도 정전된 줄로만 알았다. 그러나 25와트 전등은 여전히 빛을 뿜었다. 관측기가 고장 난 게 분명했다. 그는 검사를 해야 할지 망설이다 북쪽 끝 건물에서 나왔다.

이제 풀밭 위의 종이가 그의 뒤쪽 멀리에서 춤을 추었다. 교문을 나선 그는 담장을 따라 걸었다. 물리 선생의 집은 그 담장을 따라 난 길 끝에 있었다.

물리 선생의 집 현관문에는 연노란색 페인트가 칠해져 있었다. 그것은 아내의 선물이었다. 그 집은 다른 문도 같은 색으로 칠했다. 바이수는 노크를 하다가 안에서 들려오는 가는 노랫소리를 들었다. 그 순간 도시 서쪽 저수지에서 동이 틀 때 보이는 물결과 그 위에 떠 있는 푸른 풀 몇 가닥이 어렴풋이 그의 눈에 들어왔다.

물리 선생의 아내는 현관에 서 있었다. 방에 불이 꺼져 있어 현관 앞에 선 그녀의 모습이 잘 보였다. 바깥의 불빛이 그녀를 사방에서 비추자 몸이 등불처럼 빛났다. 그는 자신을 향해 반짝이는 눈빛과 달싹이는 입술을 보았다.

"네가 바이수니?"

바이수는 고개를 끄덕였다. 그녀는 왼손으로 문틀을 잡고 있었는데, 손가락이 거기에 달라붙기라도 한 것 같았다. 네 손가락은 구부러져 있었고 나머지 한 손가락은 보이지 않았다.

"선생님은 집에 없단다. 밖에 나갔어." 그녀가 말했다.

바이수는 허벅지 위에 올리고 있던 손을 꼼지락거렸다.

"들어오렴." 그녀가 말했다.

바이수는 고개를 저었다.

펼쳐놓은 책에서 물리 선생 아내의 웃음소리가 흘러넘쳤다. 그는 아래층 교실에서 천천히 올라오는 풍금 소리를 들었다. 음악 선생인 그녀의 노랫가락에는 그 웃음소리가 담겨 있었다. 그때 마침 초록 나뭇잎 몇 장이 창밖에서 날아왔다. 나뭇잎들에 밀려 칠판으로 걸어나간 그는 물리 선생의 손에서 하얀 분필을 받아들었다. 칠판 앞에서 듣자니 아래층의 풍금 소리가 처량하기 이를 데 없었다.

물리 선생의 아내가 웃으며 말했다. "너는 진득하게 서 있지를 못하는구나."

아래층에서 풍금 소리가 올라올 때면, 창밖에서 나뭇잎이 날아 들어올 때면 그는 그것에 밀려 떠나야 했다. 뒤돌아 떠나면서 그는 말했다.

"제가 밖에서 선생님을 찾아볼게요."

그는 다시 담장을 따라 걸었다. 물리 선생의 아내가 여전히 현관에 서 있는 기분이었다. 그녀의 눈빛이 자기 뒷모습을 바라보는 듯했다. 그렇게 생각하자 걸음이 흔들렸다.

칠판 앞에서 제자리로 돌아가던 그는 구린 일행이 낄낄대는 소리를 들었다.

관측기는 오늘 오전에 고장 났고, 구린 일행은 그 소식을 듣지 못했다. 들었다면 낄낄거릴 수 없었을 것이다.

담장 길이 끝나자 다시 교문 앞이었다. 그때 마침 물리 선생이 시내에서 돌아왔다. 선생은 바이수의 말을 다 듣고도 고개만 끄덕였다.

"알겠다."

바이수는 선생의 뒤를 따르며 말했다. "안 가보셔도 돼요?"

선생이 대답했다. "그래, 가자." 그러면서도 선생의 발걸음은 여전히 집 쪽을 향했다.

바이수가 다시 말했다. "지금 가요, 선생님."

"그래, 지금 간다."

한참 가다 바이수가 계속 자신을 따라오는 것을 안 물리 선생이 걸음을 멈추고 말했다.

"너는 빨리 집에 돌아가거라."

바이수는 걸음을 멈추고 집으로 걸어가는 물리 선생을 지켜보았다. 선생은 자기처럼 문을 두드릴 필요가 없었다. 바지 주머니에서 열쇠를 꺼내 구멍에 집어넣기만 하면 되었다. 그는 아내가 조금 전에 만지작거렸던 문으로 들어갔다. 집 안에 불이 꺼져 있어 현관에 선 물리 선생의 아내가 분명하게 잘 보였다. 그녀의 검정색 치마는 번화한 도시에서 산 것이었다.

물리 선생은 그에게 분필을 건네주며 뭔가를 골똘히 생각했다. 아래층의 풍금 소리가 그와 물리 선생 사이를 떠다녔다. 그의 눈앞에 다시금 도시 서쪽의 아름다운 저수지가 떠올랐다. 저수지는 풀숲으로 둘러싸였고 근처에 나무도 있었다. 그는 그곳에서 오랫동안 바람 소리를 들었다. 그러나 칠판 앞에 서 있는 지금은 뭘 해야 할지 몰랐다. 그는 칠판 앞에서 선생과 함께 깊은 생각에 빠졌다. 풍금 소리가 창문에서 나뭇잎처럼 팔랑거렸다. 그는 고개를 돌려 물리 선생을 보았다. 물리 선생도 그에게 무엇을 시켜야 할지 잊었다. 그들이 마주 보고 서 있자 구린 일행이 키득거렸다. 물리 선생이 말했다.

"들어가거라."

그는 구린 일행이 낄낄대는 소리를 들었다.

2

물리 선생은 의자에 앉아 있었다. 그의 다리가 불안하게 흔들렸다. 그가 말했다. "거리는 이미 난장판이야."

아내가 창밖으로 손을 뻗자 바람이 블라인드를 지나 얼굴에

와 닿았다. 황소 한 마리가 창문 아래로 지나가며 음매 하고 울었다. 아주 오래전에는 한 무더기 유채꽃이 햇빛 속에 선연하기 이를 데 없었고 멀리서 흰 양 한 마리가 언덕을 따라 내려오곤 했다. 그녀는 창문을 닫았다.

그후로 아내는 다시는 시골에 사는 외할머니를 보지 못했다. 지금, 집에 불이 들어왔다.

아내 쪽으로 고개를 돌린 물리 선생은 그녀 뒤로 뿌옇게 어두워지는 창밖 하늘을 바라보았다.

"간장을 파는 저 늙은이가 도시 서쪽 부두 맞은편에 살던 노인이야. 저 사람이 오늘 새벽에 쥐 떼를 봤다더군. 꼬리에 꼬리를 물고 길을 건너더라는 거야. 적어도 오십 마리는 됐을 거라더군. 가지런하게 줄을 서서 길을 건넜대. 조금도 당황하는 기색 없이. 기계공장의 기사도 봤대. 그는 트럭을 쥐 행렬 앞에 세웠고 녀석들은 멈춰 선 트럭 바퀴 아래로 당당하게 지나갔다는 거야."

아내는 이미 주방에 가 있었다. 쌀을 솥에 쏟아붓는 소리를 듣고 있는데 그녀가 질문을 던졌다.

"간장 파는 노인이 당신한테 그렇게 말했어?"

"그 사람이 아니라 다른 사람이었어." 물리 선생이 말했다.

솥에 물 붓는 소리, 쌀 씻는 소리가 들렸다.

"소문이 늘 정확한 건 아니라고 생각해." 아내가 말했다.

아내의 손가락이 솥 안의 쌀을 휘저었다. 그녀는 물을 쏟아냈다.

"지금 거리에 있는 사람들이 다 그렇게 말해."

다시 솥에 물을 부었다.

"한 사람만이 아니라 다들 그렇게 말한다고."

주방에서 움직이던 아내가 다리를 빗자루에 부딪쳤다. 물리 선생은 그녀가 석유풍로에 불을 붙이는 소리를 들었다.

"도시 남쪽에 있는 우물이 어젯밤에 두 시간이나 끓어올랐다더군." 그가 말을 이었다.

아내가 주방에서 나왔다.

"또 소문이네."

"하지만 많은 사람들이 가서 확인했어. 그들이 돌아와서 그 소문이 사실이라고 말해줬다고."

"그래도 소문일 뿐이야."

물리 선생은 더는 말하지 않고 오른손으로 이마를 짚었다. 아내가 창문 쪽으로 걸어갔다. 아직 저녁 전이었지만 하늘은 우중충했다. 아내는 창밖으로 닭 한 마리가 홰를 치면서 무언가를 쫓는 모습을 보았다. 그녀가 블라인드를 걷었다.

물리 선생이 물었다. "어젯밤에 잘 때 닭이랑 개가 우는 소리 들었어?"

"아니." 아내는 고개를 저었다.

"나도 못 들었어." 그가 말했다. "그런데 거리에 있는 사람들은 전부 들었대. 어젯밤에 닭이랑 개가 합창을 했다는 거야. 우리만 못 들었으니 사람들을 믿어야 해."

"그들이 우리를 믿을 수도 있지."

그가 의자에서 일어났다.

"당신은 왜 늘 그렇게 다른 사람을 못 믿어?"

—역사를 창조하는 건 영웅인가? 아니면 군중인가?

정치 선생이 물었다.

—군중이 역사를 창조합니다.

—군중이란 뭐지? 차이톈이.

—군중은 전체 노동인민입니다.

—앉아. 영웅은? 왕중.

—영웅은 노예주, 자본가, 착취계급입니다.

그때, 아내와 살았던 고향 외할머니의 부음이 전달되는 중이었지만 아직 그녀에게 이르지는 못했다.

3

곧 지진이 날 거라는 소식이 들려온 지는 이미 오래였다. 중치민鐘其民은 창가에 앉아 있었다. 오른손은 창가에 두고 왼손으로 피리를 잡은 채 겨드랑이에 끼고서. 가까운 공터가 보였다. 그는 공터를 지나 멀찍이 서 있는 몇 그루 느릅나무의 잎으로 눈을 돌렸다. 그는 시야를 가로막는 나뭇잎을 피해 멀리 떠가는 구름을 보았다. 먼 하늘에서 한 줄기 창백한 빛이 어렴풋이 보였다. 그 빛은 지렁이처럼 구불거렸다. 잠시 후 중간 부분이 갑자기 잘리더니 양쪽의 빛이 빠르게 작아지면서 결국 사라졌다. 그는 먼 하늘이 조용하게 움직이는 것을 지켜보았다.

우취안吳全이 놀랄 만한 소식을 가지고 거리에서 돌아왔다.

"금방 지진이 난대요. 거리에서도 방송하고 있어요."

우취안의 아내는 문 앞에 섰다. 임신부라고는 해도 얼굴이 유난히 창백해 보였다. 그녀는 당황한 채 남편이 오는 것을 보았다. 남편이 다가와 그녀에게 몇 마디 건넸다. 망설이던 그녀는 휙 돌아서더니 집 안으로 들어갔다. 우취안은 돌아서서 자기 주변으로 모여드는 사람들에게 말했다.

"지진이 곧 난대요. 옆 현縣에서는 어젯밤에 방송을 했대요. 우리도 오늘 방송한답니다."

밖으로 나온 아내가 지폐 몇 장을 손에 쥐여주자 그가 가벼운 목소리로 당부했다.

"돈이 될 만한 물건을 챙겨."

그는 돈을 주머니에 찔러넣고 서둘러 걸으며 목청 높여 외쳤다.

"곧 지진이 온다!"

우취안의 외침이 멀리 사라졌다. 중치민은 한숨을 내쉬고 자기도 가야겠다고 생각했다. 지금 공터에선 여전히 몇 사람이 크지 않은 목소리로 대화를 나누고 있었다.

"보통 지진은 야밤에 일어난다던데." 왕훙성王洪生이 말했다.

"그리고 모든 사람이 깊은 잠에 빠졌을 때 온대." 린강林剛이 한마디 보탰다.

"지진은 사람이 많은 곳에서 잘 난다더군."

"사람이 없으면 지진도 재미가 없지."

"왕훙성!" 멀지 않은 곳에서 가늘고 날카로운 성난 목소리가 들려왔다.

린강이 팔로 왕훙성을 밀었다. "너를 부르잖아."

왕훙성이 뒤돌아갔다.

"빨리 안 와? 너도 방법을 생각해봐야지."

왕훙성은 무료하기 이를 데 없다는 듯 걸어갔다. 다른 몇 사람도 잠시 서 있다 뿔뿔이 흩어졌다. 그때 리잉李英이 문 앞에 나타나 울상을 짓고 말했다.

"우리 남편은 왜 아직 안 오죠?"

중치민은 피리를 입가에 가져다댔다. 그는 문 앞에 서서 어쩔 줄 몰라하는 리잉을 보며 연주를 시작했다. 넓되 얕은 물이 허공에서 비상하는 듯했다. 들판을 걸어가는 나무들이 우우 소리를 토해냈다. ……강을 운행하는 기선이 완万 현을 떠날 무렵 어둠이 무겁게 깔렸다. 강 양쪽에 있는 산들이 달빛 속에서 파도처럼 물결쳤고 산봉우리가 빛났다. 강물은 칠흑 같은 어둠 속에서 고요하게 흘렀다. 수면 위로 부는 바람은 정처 없이 이리저리 헤매었다.

곧 지진이 날 거라는 소식이 들려온 지는 이미 오래였다. 중치민의 창문이 지난날의 고요함을 잃은 지도 이미 오래였고. 사람들이 침대를 문 쪽에 옮겨놓기라도 하는지 그의 귓가에 가구 옮기는 소리가 끊이지 않았다. 가구들은 마치 가축처럼 사람들에게 이리저리 끌려다녔다. 야밤이 되었는데도 대문들은 그대로 열려 있었고, 다음 날 새벽빛이 가구들을 비출 때에야 몇몇 사람들의 잠든 모습이 어렴풋이 보였다. 새벽의 고요함은 그렇게 소리 없이 흐트러졌다.

동틀 무렵, 한 줄기 광활한 빛이 투명한 바닷물 속에서 자유로이 자랐다. 푸른 하늘처럼 짙푸른 바닷물이 뱃전 옆을 흐르는 소리가 노랫가락처럼 들렸다. 상쾌한 새벽이 동트는 바다에 펼쳐졌다. 범선들이 먼 해역에서 항해를 시작했다. 바다에 꽂힌 낡은 깃털 같은 돛은 고요함을 견딜 수 없다는 듯 흔들렸다. 그것은 유랑하는 여행길의 쓸쓸한 고통과 슬픔이었다.

리잉의 남편이 거리에서 돌아왔다. 그는 우취안보다 더 놀라운 소식을 가져왔다.

"죽순대와 비닐 방수포를 사느라 거리는 난리예요."

피리를 오른쪽 옆구리에 낀 중치민은 자기 집 쪽으로 오는 리잉의 남편을 보았다. 아직까지 그가 허둥댈 정도로 급한 것은 아닌 모양이라고 생각했다.

리잉의 남편이 말했다. "현 위원회 마당에 벌써 간이천막이 여러 채 들어섰어요. 학교 운동장에도 간이천막을 치고 있고. 사람들이 감히 건물에 들어갈 엄두를 못 내는 거죠. 저녁 때 지진이 올 거래요."

집에서 나온 리잉이 다그치듯 물었다. "어딜 갔다 온 거야?"

거리에서는 죽순대와 비닐 방수포를 사느라 다들 난리법석이었다. 잠시 조용했던 창문이 다시 소란스러워지기 시작했다.

중치민이 묵었던 여관은 거리에 인접해 있어서 왁자지껄한 소음에서 벗어나기 어려웠다. 시끌벅적한 소음 속에 그가 바라던 화해와 아름다움 따윈 없었다. 그저 자신의 목적을 위해 어지럽게 울려댈 뿐이었다. 중치민은 생각했다. 저들에게 공동의 목표가 있다면 음악이 구석구석에서 탄생할 텐데.

우취안은 다시 거리에서 뭔가를 잔뜩 싣고 왔다. 그는 짐수레에서 죽순대와 비닐 방수포를 내리고 목청껏 외쳤다.

"빨리 가세요! 거리에서 죽순대와 비닐 방수포가 미친 듯이 팔리고 있어요!"

공터에는 남자가 별로 없었다. 다들 조금 전에 거리로 나갔다. 우취안의 호소는 별 효과를 얻지 못했다. 그런데 어떤 여자의 목소리가 갑자기 크게 울렸다. 왕훙성 아내의 목소리 같았다.

"왜 아까 말하지 않았어요?"

우취안은 못 들은 척했다. 우취안의 아내는 이미 문 앞에 나와 있었다. 그녀는 소리가 들린 쪽을 감히 쳐다보지 못하는 듯했다. 아내가 도우려 하자 우취안이 말했다. "움직이지 마." 그녀는 그대로 멈춰 서서 남편이 고개를 숙이고 보폭으로 땅을 재는 모습을 지켜봤다.

"여기다 설치해야겠군." 우취안이 말했다. "여기에 세우면 건물이 무너져도 깔려 죽진 않을 거야."

주위를 둘러보던 우취안의 아내가 작은 소리로 말했다. "너무 중간이야."

"이럴 수밖에 없어."

다시 방금 전 그 여자의 목소리가 들렸다.

"중간에 천막을 치면 안 돼요."

우취안은 여전히 못 들은 척했다. 그는 의자 위에 올라서서 죽순대 하나를 진흙 속에 박아넣었다.

"이봐요, 내 말 안 들려요?"

의자에서 내려온 우취안은 다시 바닥에서 죽순대 하나를 집어 들었다.

"정말 양심 없는 사람이네." 다른 여자의 목소리였다. "다른 사람한테도 공간을 좀 남겨줘야죠."

"우취안!" 앞서 그 여자의 목소리였다. "당신도 다른 사람한테 자리를 남겨줘야죠."

모두 여자 목소리였다. 중치민은 눈앞에서 유리가 와장창 깨진 기분이었다. 모두 여자 목소리였다. 그는 피리를 입가에 댔다. 때때로 음악은 모든 것을 정복한다. 예전에 그는 끝도 없이 구불거리는 골목에 들어선 적이 있었다. 깊은 밤이었다. 그 고요함은 텅 빈 초원이나 아름다운 산봉우리에서의 고요함과는 달랐다. 그곳의 고요함은 귀중한 보물이었으므로 그는 조심스럽게 누려야만 했다. 그가 앞으로 걸어가는 동안 골목은 끊임없이 구불거렸고, 걸었던 길이 끊임없이 반복되는 것 같았다. 그 길은 영원히 끝나지 않을 것만 같았다.

여자의 목소리는 더는 들리지 않았다. 왕훙성과 린강 일행의 목소리가 허공에서 떠돌았다. 그들은 금세 돌아올 것이었다.

"당신이 시비를 가리면 우리도 가리고, 안 가리면 우리도 안 가릴 거야." 왕훙성의 목소리가 크게 울렸다.

린강이 반쯤 지은 우취안의 간이천막을 철거하려고 했다. 왕훙성이 그를 붙잡았다.

"지금 철거하지 마. 다 지은 다음에 가서 부숴."

리잉이 자기 아들을 불렀다. "싱싱猩猩! 이 녀석은 어떻게 된 게 틈만 나면 사라져."

그녀는 다시 불렀다. "싱싱!"

음악은 모든 것을 정복할 수 있다. 중치민은 달 촬영과 관련한 기사를 읽은 적이 있었다. 그 망망하고 척박한 땅에는 나무도 하천도 없고 동물도 없다고 했다. 그곳을 비추는 빛은 차갑고 잿빛이지만 무척 날카로우며, 표면의 척박한 돌더미 속에서도 고요하게 움직였다. 그곳은 어떤 소리도 없는 세계였다. 음악은 마땅히 그곳에 머물러야 했다.

그는 아주 잘생긴 아이가 자기 옆에 앉아 있는 것을 보았다. 언제 들어왔는지 알 수 없었지만, 아이는 벽에 기대어 그를 바라보고 있었다. 지금도 여전히 밖에서 누군가 외치는 "싱싱"이란 이름과 연관이 있는 이 아이는 조용히 바닥에 앉아 오른손 식지를 입에 물고 있었다. 아이는 늘 몰래 와서 중치민의 다리 옆에 섰고 순진한 눈빛으로 중치민을 바라보았다. 아이의 눈은 기묘할 정도로 고요했다.

그는 아이들이 좋아하는 노래를 한 곡 연주해야겠다고 생각했다.

4

관측기는 어제 오후에 다시 작동하기 시작했다. 고장 원인은 매우 단순했다. 진흙 때문에 회선이 끊어졌던 것이다. 바이수는 운동장 서쪽에 있는 나무 아래서 그 사실을 발견했다.

지금 운동장은 종이가 춤추듯 날아다니던 어제와는 다른 풍경이었다. 학교 선생들은 거의 다 운동장에 나와 있었다. 간이천막이 벌써 형체를 드러내기 시작했다.

누렇고 표지가 없는 책에 숙영지와 관련된 묘사가 있었다. 알프스 아래 풀언덕에 동맹군의 숙영지가 설산을 배경으로 펼쳐져 있고, 아름다운 여자 간호사가 천막 사이를 오갔다.

물리 선생은 간이천막의 뼈대를 다 세우고 비닐 방수포를 씌우려 했다. 국어 선생이 옆에서 말했다.

"조금 낮추세요."

물리 선생이 대답했다. "이렇게 해야 안전해요."

물리 선생의 간이천막은 길에서 가까웠고 표면이 거친 나무에 기대어 있었다. 나뭇가지가 간이천막 위로 길게 뻗어 있었다. 물리 선생이 말했다.

"나뭇가지들이 날아오는 벽돌을 막아줄 겁니다."

바이수는 근처에 서 있었다. 그는 아득한 표정으로 눈앞에 펼쳐진 광경을 보았다. 알프스 산봉우리에 쌓인 눈이 푸른 하늘 아래서 눈부시게 빛났다고 책에 쓰여 있었던 것 같다. 그는 어쩌다 현실이 갑자기 이렇게 되었는지 납득하기 어려웠다. 그는 계속 그곳에 서 있었다. 국어 선생이 떠난 뒤에도 그대로 자리를 지켰다. 물리 선생이 비닐 방수포를 씌우느라 바빠 보였기 때문에 옆에 서 있다가 선생이 방수포를 다 씌우고 주변을 둘러보자 다가갔다.

그는 물리 선생에게 관측기가 고장 난 것이 아니라고, 신호를 감지하지 못한 원인은 단선斷線이었다고 말했다.

바이수는 손가락으로 운동장 서쪽을 가리켰다.

"저 나무 아래서 끊겨 있었어요."

물리 선생은 그가 나타나자 놀라서 말했다.

"왜 아직도 집에 돌아가지 않은 거냐?"

그는 꼼짝 않고 서 있다 다시 말했다.

"관측기에는 이상 신호가 나타나지 않았어요."

"어서 집에 돌아가거라." 물리 선생이 말했다. 그는 계속 간이 천막을 살피다가 다시 말했다.

"다시는 오지 마."

바이수는 오른손을 바지 주머니에 넣었다. 열쇠가 만져졌다. 북쪽 끝 건물의 열쇠였다. 다시 오지 말라는 선생의 말을 듣고 바이수는 생각했다. 열쇠를 되찾고 싶을 텐데.

그러나 물리 선생은 열쇠 얘기는 꺼내지 않고 이렇게 말했을 뿐이다.

"왜 아직도 안 가는 거냐."

'알프스 아래 숙영지'를 떠나 교문으로 향하던 바이수는 맞은 편에서 걸어오는 선생의 아내를 보았다. 그녀는 담장을 따라 걸어왔다. 두 손 가득 물건을 든 그녀의 몸은 오른쪽으로 약간 기울었다. 바람이 불자 검은 치마가 왼쪽으로 날렸다.

그때 바이수는 지진이 곧 발생할 거라는 가두 방송을 들었다. 그러나 관측기에는 지진의 어떠한 징후도 나타나지 않았다. 물리 선생의 아내가 자기를 향해 힘겹게 걸어오는 모습을 보며 바이수는 방송이 잘못되었다고 생각했다. 물리 선생 아내와의 거리가 점점 가까워졌다. 방송에서 현 혁명위원회 주임의 긴급 연설이 흘러나왔다. 그러나 관측기는 시종일관 정상이었다. 물리 선생의 아내는 이미 바이수 옆을 지나쳐갔다. 그녀는 바이수를 흘깃 곁눈질로 보고는 학교로 들어갔다.

거리에서 바이수는 구린과 천강 일행을 만났다. 그들은 득의만만하게 말했다. 지진이 밤 열두시에 발생한대.

"우리는 잠을 자지 않을 거야."

바이수가 고개를 젓고 말했다. "지진은 안 일어날 거야."

그는 관측기에 이상 신호가 나타나지 않았다고 말했다.

구린 일행은 낄낄댔다.

"베이징에 보고했어?"

바이수를 따돌린 그들은 걸어가면서 큰 소리로 외쳤다.

"오늘 밤 열두시에 지진이 난대요."

바이수는 고개를 젓고 다시 한번 그들에게 말했다.

"지진은 나지 않을 거야."

그러나 그들 중 아무도 그의 말을 듣지 않았다.

집으로 돌아가는데 하늘이 어둑어둑해졌다. 집에는 아무도 없었다. 어머니도 벌써 집 밖 간이천막으로 옮겨갔다는 걸 깨달은 바이수는 어둠 속에 잠시 서 있었다. 물리 선생의 아내가 힘겹게 그를 향해 걸어왔다. 몸이 오른쪽으로 약간 기울어져 있었다. 바람이 불자 그녀의 검은 치마가 왼쪽으로 휘날렸다. 그는 아래층으로 내려갔다.

바이수는 집 뒤 공터에서 어머니를 찾았다. 그곳에 간이천막은 세 채뿐이었다. 어머니는 맨 왼쪽 천막에 있었다. 어머니는 잠자리를 깔고, 왕리창王立强은 식기도구를 정리하는 중이었다. 침대는 하나뿐이었다. 그는 어머니와 이 침대에서 같이 자야 한다는 사실을 알았다. 그는 학교 북쪽 끝에 있는 작은 건물을 떠올렸다. 그곳에도 침대가 하나 있다. 물리 선생은 침대를 놓으며 바이수에게 말했다.

"상황이 위급해지면 누군가 당번을 서야 하니까."

어머니는 들어서는 바이수를 보고 계면쩍어했고 왕리창도 식기를 정리하던 손을 멈췄다. 어머니가 말했다. "돌아왔구나."

왕리창은 고개를 까닥했다.

그가 말했다. "나 갑니다."

왕리창은 입구로 걸어가 다시 말했다. "언제든 필요하면 불러요."

어머니는 알겠다고 대답하고 한마디 덧붙였다. "고생했어요."

바이수는 생각했다. 당신들 사이의 일은 벌써 알고 있어.

아버지의 장례는 몹시 쓸쓸했다. 화장터에서 일하는 창더가 앞에서 짐수레를 끌었다. 아버지는 수레 가운데에 하얀 천을 덮고 누워 있었고, 바이수와 어머니가 그 뒤를 따랐다. 어머니는

울지 않았다. 어머니는 묘하게 창백한 얼굴로 음울한 새벽을 맞
았다. 그는 어머니 뒤에서 걸었다. 등교하던 친구들이 길 옆에
서서 그들을 지켜보았다. 가는 곳은 무척이나 멀었다.

제2장

1

칭짱靑藏 고원의 하늘은 분명히 허무를 향하는 쪽빛이어야 했다. 하늘은 식물이 자라지 않는 산언덕을 덮고 있었다. 주변의 다른 산언덕에는 거대한 뱀이 기어가는 것처럼 갈색 무늬가 펼쳐져 있었다. 쿤룬崑崙 산 입구까지 달려온 차는 이제 탕구라唐古拉 산지로 들어섰다. 구름 한 조각이 고원의 뜨거운 태양을 향해 올라갔다. 구름이 태양을 한 조각씩 베어내더니 결국 강렬한 태양 아래서 햇빛을 가리고 말았다. 고원이 갑자기 어두워졌다. 마치 황혼이 빨리 온 것 같았다. 그는 멀리서 조용히 움직이는 야생 소 떼를 보았다. 소들은 조용한 고원에서 노닐었다.

피리 소리가 장맛비 내리는 허공에서 최후의 선율을 마무리했다. 중치민은 창가에 앉았다. 방금 연주한 곡이 비를 뚫고 멀리 사라지는 모습이라도 보는 듯했다. 피리 소리는 이미 그의 시야를 벗어나 새벽에나 볼 수 있는 붉은 햇빛 속으로 사라졌다. 들판이 시원하게 펼쳐지고, 나무가 앞장서서 빛나는 햇빛을 빨아들였다. 그곳의 새벽이 담고 있는 온갖 소리가 하늘로 올라가 햇빛과 한 덩어리가 되었다. 소리가 맑고 깨끗한 허공으로 퍼졌지만 소음은 전혀 없었다.

집 밖의 빗소리는 한참 동안 이어졌다. 곧 지진이 날 거라는 소식이 들려온 지는 이미 오래였다. 중치민은 공터 간이천막과 바람에 방수포 위로 세차게 휘날리는 빗줄기를 보았다. 사람들은 휘날리는 빗발 아래 숨어 있었다. 빗물이 공터의 시멘트 바닥을 가로질러 흘렀다.

린강이 나타났다. 그는 아직 간이천막이 들어서지 않은 공터에서 외쳤다.

"여기 정말 편안하다!"

그러고는 돌아서서 가버렸다.

"왕훙성, 이봐, 너희들 이리 와봐."

"어디 있는데?"

비바람 속에서 천으로 감싼 듯한 왕훙성의 목소리가 들렸다. 그는 간이천막에서 머리를 내밀고 휘날리는 비를 맞고 있는지도 몰랐다.

곧 지진이 날 거라는 소식이 들려온 지는 이미 오래였다. 그러나 그날 밤 온 것은 지진이 아니라 장마였다.

왕훙성 일행은 린강과 함께 우산을 쓰고 모두 한 방향을 보며 담뱃불을 붙였다.

"여기가 확실히 편하네."

"간이천막은 너무 불편해."

"거기 있다간 숨 막혀 죽을 거야."

왕훙성이 말했다. "제일 괴로운 건 비닐 냄새야."

"이건 무슨 담배야, 피우니까 기운이 쑥 빠지는데."

"무슨 날이 이러냐고 묻지 마."

비바람이 몰아치는 날씨였다. 중치민은 멀리 비가 내려 자욱해진 안개 속에 서 있는 나무를 보았다. 지금은 허공이 안 보였다. 허공은 온통 비로 뒤덮였다. 비가 쪽빛이어야 할 햇빛 찬란한 풍경을 가렸다. 비는 그렇게 허공을 가렸다.

"지진이 아직도 안 왔나?"

곧 지진이 날 거라는 소식이 들려온 지는 이미 오래였다. 지진을 본 사람은 아무도 없었다. 그래서 누구도 어디가 폐허가 될지 몰랐다. 중치민은 신장 성 투루판吐魯番 분지에 있는 고창고성*에

---

*5~7세기 한나라의 식민국가였던 고창국의 성터.

간 적이 있었다. 한때 번화했던 도시는 천년간 뜨거운 햇빛에 쏘이고 모래바람에 점령당해 지금은 폐허로 변했다. 그는 폐허가 무엇인지 알았다. 옛날 성벽, 집이 어렴풋이 보였지만 황사에 덮여 햇빛만 누렇게 빛났다. 해가 서쪽으로 지자 고성은 옛날의 영화와 재난을 추억하며 달빛 아래 쓸쓸하게 서 있었다. 그리고 음악이 탄생했다. 그는 폐허가 무엇인지 알았다.

"중치민." 린강 아니면 왕훙성이 그를 불렀다.

"넌 정말 죽어도 굽히질 않는구나." 왕훙성이 말했다.

중치민은 그들의 웃음소리를 들었다. 창가에 다다른 그들의 웃음소리는 비의 습격으로 이리저리 흩어졌다.

"머리를 베는 것은 그저 바람이 모자를 벗기는 것처럼 하찮은 일일 뿐이야." 린강이었다.

중치민은 그들의 집 문에 주의를 기울였다. 문이 활짝 열려 있었다. 그런데 왜 저들은 집에 안 들어가는 거지?

리잉이 소리쳤다.

"싱싱!"

우산을 받쳐든 그녀가 린강 일행 옆에 나타났다.

중치민은 아이가 언제 자기 다리 옆에 왔는지 알지 못했다.

"그 자식은 아무 데나 싸돌아다닌다니까."

어머니의 고함을 들은 아이가 집게손가락을 입술 위에 대고 중치민에게 소리 내지 말라는 신호를 보냈다.

"싱싱!"

싱싱의 머리는 흠뻑 젖었다. 중치민은 몸을 숙여 아이의 얼굴에서 빗물을 닦아주었다. 옷을 만져보니 옷도 젖었다. 젖은 탓인지 아이의 피부가 허옇게 뜨기 시작했다.

"다웨이大偉!" 리잉이 남편을 불렀다.

다웨이의 대답이 간이천막에서 들려왔다.

"어서 나와봐." 울고불고 하던 리잉이 다시 외쳤다.

"싱싱!"

비바람 소리가 들렸다.

아이의 눈은 무척 맑았다. 그는 아이가 무엇을 기대하는지 알았다.

2

급류가 되어 땅 위를 흐르는 빗물은 멈추지 않았다. 비닐 방수포는 바람에 끊임없이 펄럭였다. 비가 내리치면서 마음을 찌무룩하게 하는 소리가 났다. 왕훙성 일행의 말소리가 간간이 들렸다.

"당신도 나가서 잠깐 서 있어." 우취안의 아내가 말했다.

우취안은 침대에 누워 몸을 웅크린 채 얼굴 가득 땀을 흘렸다. 그는 고개를 저었다.

아내는 손을 뻗어 그의 옷을 만져보았다.

"옷이 죄다 젖었잖아."

우취안은 물에 한참 담겼을 때처럼 창백한 주름이 쭈글쭈글 잡힌 자기 손을 보았다.

"셔츠 벗어봐." 아내가 말했다.

우취안은 땅 위로 줄줄 흐르는 빗물을 보았다. 아내가 그의 셔츠 단추를 대신 풀었다. 그가 피곤에 찌든 목소리로 말했다.

"벗기지 마. 지금 손가락 하나 까딱하기도 힘들단 말야."

흠뻑 젖은 채 산발이 된 머리칼이 아내의 얼굴을 가렸다. 그녀는 두 손으로 침대 모서리를 붙잡았다고 생각했지만 실제로 붙잡은 것은 자기 몸이었다. 배가 부풀어오르면서 그녀의 몸은 살짝 뒤로 젖혀졌다. 다리는 침대 아래로 내려뜨렸는데, 자세히 보니 피부가 창백한 것이 지방이 다 빠져버린 듯했다. 마구잡이로 벽에 붙여둔 종이처럼 바람에 날려 떨어질 것 같았다.

왕훙성 일행은 바깥 소리, 빗소리와 함께 왔다. 중치민의 피리 소리는 한참 동안 이어졌다. 바깥의 바람 소리는 아주 또렷했다. 탐문하듯 한차례 바람이 불면 간이천막 속 답답한 열기와 참기 힘든 비닐 냄새가 요동쳤고, 숨 쉴 만한 가는 틈새가 몇 군데 생겼다.

"나가서 잠깐 서 있어봐." 그녀가 다시 말했다.

우취안은 아내를 흘긋 보았다. 아내가 너무 피곤해 보이자 그는 차마 그녀를 내버려둘 수 없었다. 그는 고개를 저었다.

"저 사람들하고 같이 서 있고 싶지 않아."

밖에서 왕흥성 일행의 소리가 들렸다. 중치민의 피리 소리는 이미 멎었다. 지금은 멋대로 부는 바람 소리뿐이었다.

"나도 나가서 잠깐 서 있고 싶어." 우취안의 아내가 말했다.

그들이 간이천막에서 우산을 들고 나와 빗속에 서자 신선한 공기가 밀려왔다.

"새벽에 일어나서 창문을 연 것 같아." 그녀가 말했다.

"싱싱!"

그때는 리잉의 외침도 유난히 산뜻하게 들렸다.

빗속에서 갑자기 싱싱이 나타났다. 아이는 목을 잔뜩 움츠리고 걸어왔다. 아이가 중치민의 창가를 지나며 흘끔거리자 중치민이 아이를 향해 피리를 흔들었다.

"싱싱, 어디 갔었니?"

리잉의 목소리는 분노로 가득했다.

어머니의 두 다리가 부들부들 떨리는 것을 보고 아이가 물었다.

"엄마, 피곤해요?"

그녀는 고개를 저었다.

"돌아가자." 그녀가 말했다. "피곤하지 않아."

"네." 아이가 말했다.

돌아선 그녀는 간이천막을 향해 두 걸음 걷다 아이가 여전히 서 있는 걸 보았다. 아이는 얼굴을 찌푸린 채 말했다.

"간이천막에 들어가기 싫어요."

그녀가 웃었다. "그럼 잠시 서 있으렴."

"그러니까⋯⋯" 아이가 말했다. "우리 집으로 가요."

아이가 말을 이었다. "집에 가서 잠깐 앉아 있어요, 집 앞에, 잠깐 앉았다 다시 저기로 가요." 아이는 지친 눈으로 간이천막을 힐끔 쳐다보았다.

제3장

1

관측기에는 줄곧 이상 신호가 나타나지 않았다. 그날 오전, 비가 성글어지더니 음울하던 하늘이 걷혔다. 여전히 검은 구름이 보이긴 했지만 흰 구름이 은은히 드러나면서 위안을 주었다. 장마는 벌써 사흘째였다. 그는 성글어지는 빗줄기를 보며 마음속으로 여전히 같은 생각을 했다. 지진은 일어나지 않아.

거리에는 빗물이 줄줄 흘렀다. 그는 구린 일행에게 그 말을 한 적이 있었다. 공선대工宣隊* 대장의 간이천막은 운동장 가운데에 자리하고 있었다. 알프스 산봉우리의 적설은 푸른 하늘 아래서

---

* 노동자 마오쩌둥사상 선전대(工人毛澤東思想宣傳隊)의 약자로 문화대혁명 기간에 대도시에 파견되어 선전 지도 업무를 수행했다.

찬란히 빛났다. 그러나 공선대 대장에게 지진이 일어나지 않는다는 말을 할 수는 없었다. 그는 이렇게 말했을 뿐이다.

"관측기는 줄곧 정상이었습니다."

"관측기?"

공선대 대장은 간이천막 안에서 말 못할 만큼 심한 고통을 겪고 있었다. 그는 옷을 걷어붙이고 배에 흐르는 땀을 닦았다.

"제기랄, 왜 관측기 얘기를 못 들었지?"

그는 계속 간이천막 바깥에서 빗속에 서 있었다.

공선대 대장은 바이수를 보며 의혹에 가득 찬 어조로 물었다.

"그 장난감이 용한가?"

바이수는 대장에게 탕산 지진이 발생하기 사흘 전에 자기가 관측했다고 말했다.

바이수를 한차례 훑어본 대장이 고개를 저었다.

"그렇게 큰 지진을 미리 알 수 있다고? 어떤 관측기가 그렇게 대단한가?"

물리 선생의 간이천막은 길에서 가까웠다. 물리 선생 아내의 눈빛이 비를 뚫고 날아오자 바이수는 햇빛이 밝게 비추는 숲 속을 걷는 기분이었다. 관측기에는 줄곧 이상 신호가 나타나지 않았다. 그는 물리 선생에게 그 사실을 알리고 싶었다. 그러나 주머니에 집어넣은 손이 그를 말렸다. 열쇠가 그를 제지했다.

허공에서 휘날리는 빗줄기는 점점 성글어졌다. 참새 몇 마리가 거리 위를 날며 짹짹거렸다. 그 소리는 어떤 눈부신 풍경을 암시했다. 사람들은 햇빛이 축축한 진창길을 비추는 광경에 감동할 것이다. 거리를 지나는 사람들의 말소리가 들렸다.

"지진이 안 난다면서요."

바이수는 그들의 목소리를 뚫고 걸었다.

"인근 현에서는 지진경보를 벌써 해제했대요."

관측기에는 시종일관 이상 신호가 나타나지 않았다. 바이수는 지금 어디로 가야 할지 알았다. 모든 것이 심각하게 느껴지기 시작했다.

왜소한 체구의 중년 남자가 거리를 지나가자 사람들이 존경의 시선을 보냈다. 그는 바이수에게 눈길을 주지 않고 천강을 보았다.

"자네 아버지는 잘 계시나?"

나중에 천강이 바이수에게 알려주었다.

"현 혁명위원회 주임이야."

현 혁명위원회의 공터는 학교 운동장을 연상시켰다. 크고 작은 간이천막이 오종종하게 설치되었다. 여전히 '알프스 아래 숙영지'였다. 바이수는 커다란 문 앞에 한참 서 있었다. 비가 멎자 사람들이 천막 밖으로 나왔다. 그들은 방수포를 걷었다.

"거 냄새 참 더럽네."

바이수는 그들의 목소리에서 날이 개었을 때 느낄 법한 기쁨을 느꼈다.

"드디어 끝났군."

"괜히 한바탕 놀랐어."

젊은이 몇이 가장 큰 간이천막의 방수포를 바닥에 내려 힘겹게 접었다. 왜소한 체구의 중년 남자는 그 옆에 서서 사람들과 얘기를 나누었다. 그와 대화를 나눈 사람들은 얘기가 끝나자마자 바로 떠나갔다. 이제 그의 옆에는 서른 살 정도 되는 남자 한 명만 남았다. 방수포를 접자 한 줄기 빗물이 반짝이며 옆으로 흘러내렸다. 그들은 지붕 없는 간이천막으로 들어갔다.

바이수는 그들에게 걸어갔다. 현 혁명위원회 주임은 의자에 앉아 손으로 무릎을 만지작거렸다. 서른 살쯤 되어 보이는 남자는 테이블 옆에 서 있었고 테이블 위에는 검정색 전화기가 놓여 있었다. 남자가 물었다.

"방송국에 통지를 할까요?"

현 혁명위원회 주임은 손을 내저었다. "다시…… 연락해요."

바이수는 어렴풋이 인근 현의 이름을 들었다.

남자가 전화를 걸었다.

따르르릉, 따르르릉.

"교환수입니까? 연결 좀 해주세요……"

"자네는 누군가?" 주임이 바이수를 발견했다.

"관측기는 줄곧 정상이었습니다." 바이수는 웅얼대는 자기 목소리를 들었다.

"무슨 소리지?"

"관측기…… 지진관측기는 정상입니다."

"지진관측기? 어디 있는 지진관측기 말인가?"

전화가 울렸다. 남자가 전화를 받았다.

"여보세요, 네……"

바이수가 말했다. "우리 학교에 있는 지진관측기입니다."

"자네 학교?"

"현 중학교입니다."

남자의 통화 소리가 들렸다. "경보를 해제했습니까?" 전화를 끊은 남자가 주임에게 말했다. "그쪽도 경보를 해제했답니다."

주임이 고개를 끄덕였다.

"모두 경보를 해제했군."

그러고는 바이수에게 물었다.

"뭐라고 했지?"

"관측기는 계속 정상이었습니다."

"자네 학교? 지진관측기가 있다고?"

"예." 바이수가 고개를 끄덕였다. "탕산 대지진을 우리가 관측했습니다."

"그런 일이 있었나." 주임의 얼굴에 미소가 떠올랐다.

"관측기는 줄곧 정상이었습니다. 지진은 발생하지 않을 겁니다." 바이수는 결국 구린 일행에게 했던 말을 하고 말았다.

"음." 주임은 고개를 끄덕였다. "자네 의견은 분명히 알겠네. 지진이 발생하지 않을 거란 말이지?"

"그렇습니다." 바이수가 말했다.

주임은 일어나서 바이수에게 다가갔다. 그가 오른손을 내밀었지만 바이수는 그 의도를 깨닫지 못했다. 주임이 손을 거둬들이고 말했다.

"자네는 대단한 일을 했네. 내가 전체 현의 혁명 군중을 대표해 자네한테 감사를 표하겠네."

주임은 돌아서서 남자에게 말했다.

"저 친구 이름을 적어두게."

바이수는 다시 빗물이 줄줄 흐르는 거리로 나갔다. 지진이 일어나지 않을 거라는 소식이 진鎭에 널리 퍼졌다. 거리에는 주방용품과 요, 이불을 들고 다니는 사람들로 북적였다. 가장 먼저 간이천막을 떠나 집으로 돌아가는 이들이었다.

"바이수."

바이수는 영화관 계단에 앉아 있는 왕링王嶺을 보았다. 온몸이 흠뻑 젖은 채 만면에 웃음을 띠고 왕링이 그를 바라봤다.

"그거 알아?" 왕링이 말했다. "지진이 일어나지 않을 거래."

그는 고개를 끄덕이고 방송을 들었다. "뉴스를 전해드립니다. 이웃 현은 이미 지진경보가 해제되었습니다. 우리 현 지진관측소 관측원인 바이수의 보고에 따르면 당분간은 지진이 발생하지 않을 것이라고 합니다……"

왕링이 소리쳤다. "바이수, 네 얘길 하잖아."

바이수는 넋을 놓고 서 있었다. 여자 방송원의 음성이 공기 중에 천천히 흩어졌다. 그는 계단을 올라가 왕링 옆에 앉았다. 눈앞에 큰 물방울 몇 개가 느껴졌다. 그는 손을 뻗어 눈물을 훔쳤다.

왕링이 그의 손을 붙잡고 흔들었다. "바이수, 네 이름이 방송되고 있어."

왕링은 놀라워하며 감동했다.

바이수가 말했다. "너도 관측소에 와봐."

"정말?"

그 순간 물리 선생이 떠올라 그는 방금 한 말 때문에 불안해졌다. 물리 선생이 왕링의 관측소 방문을 허락할지 확신할 수 없었던 것이다.

물리 선생의 간이천막은 길가에 있었고, 바이수는 지나치면서 물리 선생 아내의 눈길을 받아야 했다.

바이수는 나무 아래 서 있는 물리 선생의 아내를 보았다. 햇빛이 나뭇잎 사이로 그녀를 얼룩얼룩 비췄다. 그는 나뭇잎이 드리운 그늘이 어떻게 그녀의 몸에서 차분하게 옮겨가는지 관찰했다. 행복한 그늘이었다. 그녀가 체육 선생을 향해 웃으며 말했다.

"전 안 되겠어요."

체육 선생은 모래판 옆에 서서 모래판으로 그녀를 초대했다.

이제 그녀도 방송을 들어야 했다.

2

한참 거세게 내리던 장맛비가 성글어지더니 결국 열두시에 멎었다. 중치민은 창가에 앉아 구름이 어지럽게 널린 먼 하늘을 바라보았다. 그는 그런 구름을 손을 뻗어 만져본 적이 있었다. 산봉우리에 가까워졌을 때였다. 검은 연기 같은 구름이 산허리 위쪽을 덮고 있었다. 공중에서 부유하는 거대한 물질은 사실 연기처럼 약하고 하나로 모이지 않았다. 그것은 흩어질 수밖에 없는 운명이었다.

리잉은 공터에서 다시 싱싱을 불렀다. 싱싱은 늘 그렇게 툭하면 부모에게서 달아났다. 린강이 공터에 설치했던 간이천막을 걷으며 말했다.

"햇빛이 좀 비춰야 할 텐데."

"어디 햇빛이 있어?" 간이천막에서 나온 왕훙성은 말을 잘못 들은 모양이었다.

"구름에 가렸어." 린강이 말했다.

그의 말이 틀린 것은 아니었다.

"방수포 열자." 린강이 왕훙성에게 외쳤다. "환기 좀 시켜야지."

거의 모든 간이천막의 방수포가 접힌 채 땅에 놓였다. 그래서인지 중치민은 공터가 쓰레기장처럼 보였다. 방수포를 벗겨낸 간이천막에 서 있는 우취안 아내의 솟아오른 배가 중치민의 시야에 들어왔다.

리잉은 고함을 쳤다.

"싱싱!"

"부르지 마세요." 왕훙성이 말했다. "애들은 놀게 그냥 내버려두세요."

"하지만 너무 어린걸요."

리잉은 인상을 펴지 않았다.

음악은 이미 줄행랑을 놓았다. 그들의 떠들썩한 잡소리는 그 옛날 루거우盧溝 다리*를 넘어왔던 일본 귀신이었다. 음악은 잽싸게 도망갔다. 중치민은 의자에서 일어났다. 집 밖에서 상쾌한 바람이 불어 들어왔다. 그는 바람에 자신의 몸을 싣고 싶었다. 사방은 온통 들판이었다.

중치민이 집 밖으로 나서자 다웨이가 거리에서 돌아왔다.

"지진이 안 난대요." 그가 가져온 소식은 사람들을 흥분시켰다. "사람들이 다들 집으로 돌아갔어요."

"싱싱은?" 리잉이 외쳤다.

"내가 어떻게 알아."

"돌아봤으니 당신이 알아야지."

"당신은 소리칠 줄밖에 모르는군."

기나긴 언쟁이 이어졌다. 중치민은 거리를 향해 걸어갔다. 이 세상에 여자와 남자가 싸우는 소리만큼 멍청한 소리도 없다. 거리에선 빗물이 여전히 졸졸 흘렀다. 그는 걸어가면서 피어올랐다 지는 물보라를 보았다.

그는 어깨에 가재도구를 지고 가는 행인들도 보았다. 그들은 검은 구름이 가득한 하늘 아래 아이들을 뒤에 달고 걸었는데, 무척 흥겨운 모양이었다. 그러나 그 흥겨움은 그들의 낭패를 잠시 감춰줄 뿐이었다. 그들은 집을 향해 걸었다. 왕훙성 일행도 간이

---

* 1937년 7월 7일 일본이 중국 침략을 개시한 곳. 이로써 중일전쟁이 발발했다.

천막에서 가재도구를 챙겨 집으로 옮겼다.

지진은 발생하지 않을 것이다.

중치민은 누군가 자기 옷깃을 잡아당기는 것을 느꼈다. 싱싱이 옆에 서 있었다. 아이는 바지통과 소매통을 잔뜩 걷어올렸는데, 아이가 최고의 자부심을 표현하는 방법이었다.

싱싱이 중치민에게 알려주었다.

"저기엔 사람이 없어요."

아이가 손가락으로 가리킨 곳에는 오동나무 몇 그루만 서 있을 뿐, 노인 몇이 지나간 뒤에는 확실히 아무도 없었다.

아이는 한쪽 손으로 여전히 중치민의 옷을 붙든 채 걸어갔다. 중치민은 가야만 했다. 오동나무 아래 도착하자 싱싱은 중치민을 기다리게 하고는 앞으로 몇 걸음 걸어가 문을 열었다.

"안에 아무도 없어요."

집 안에는 어둠뿐이었다. 중치민은 아이가 그를 어떤 곳으로 데려가려 하는지 알았다. 그가 말했다.

"나는 방금 집에서 나왔단다."

아이는 아랑곳하지 않고 혼자 걸어 들어갔다. 아이는 모두 폭군이다. 중치민도 들어갔다. 아이가 계단을 올라갔다. 골목처럼 길고 구불구불한 계단이었다. 밝은 빛이 내리비추더니 계단이 끝났다. 위층에 올라온 그들은 오른쪽으로 돌아갔다. 아이는 시종일관 앞장서고 그는 뒤따랐다. 작은 손으로 문을 연 아이가 다시 문을 닫았다. 그의 눈에 가구와 침대가 들어왔다. 버티컬이 창문 양 끝에 걸려 있었다. 아이의 머리칼이 창가에서 휘날렸다. 버티컬이 차르륵 당겨지는 소리와 함께 아이의 몸도 길어졌다. 발돋움을 해서인지 다리가 부들부들 떨렸다. 차르륵 소리를 내며 움직이는 버티컬이 무척 힘겨워 보였다.

양 끝에 있던 버티컬이 서로 가까워졌다. 아이는 그를 돌아보았다. 버티컬 틈으로 새어나온 빛이 아이의 머리 위로 떠다녔다. 아이가 벽에 기대어 미끄러지듯 방바닥에 주저앉았다. 그러고는 세심하게 귀를 기울이며 말을 꺼냈다.

"바깥 소리가 아주 작게 들려요."

아이는 두 손으로 무릎을 감싼 채 조용히 그를 쳐다봤다. 아이의 눈이 빛났다. 아이는 중치민이 알고 있는 무엇인가를 기대했다. 그는 문가 의자를 옮겨다 아이와 마주하고 앉았다. 옷매무새를 가다듬고 손을 들어 몇 가지 연주 동작을 취했다. 그리고 마지막에는 깊은 유감의 뜻을 표했다.

"피리를 안 가져왔구나."

아이는 벽을 짚고 일어났지만 몸은 여전히 축 늘어진 채였다. 머리칼이 다시 창가 앞에서 흩날렸다. 아이의 고개가 돌아갔고, 눈길은 조금 전에 있던 창가 쪽에 가 있는 것 같았다. 아이가 다시 고개를 돌렸다. 얼굴 주변이 환했다.

"가져온 줄 알았어요."

중치민이 말했다. "우리 수수께끼를 맞혀볼까?"

"뭘 맞혀요?" 아이의 표정이 밝아졌다.

"여긴 누구네 집이지?"

그 수수께끼는 완전히 엉망이었다.

아이가 다시 고개를 돌렸다. 그 순간 아이의 눈빛과 집 밖의 하늘, 나뭇잎, 전선이 연결되었다. 아이는 빠르게 되돌아서 눈을 반짝였다.

아이가 말했다. "전웨이네 집이요."

"전웨이가 누구지?"

아이의 눈빛이 흐릿해졌다. 아이는 고개를 저었다.

"나도 몰라요."

"잘됐구나." 중치민이 말했다. "이제 노는 법을 바꾸자. 걸어와보렴. 이 서랍장 앞까지…… 어디 보자…… 세번째 서랍을 잡아당겨."

아이가 서랍을 열었다.

"안에 뭐가 있지?"

아이는 상체를 거의 서랍 속에 파묻다시피 하고 종이 몇 장과 가위 하나를 꺼냈다.

"잘됐다. 가져와."

아이가 가져왔다.

"내가 배나 비행기를 만들어줄게."

"배나 비행기는 싫어요."

"그럼 뭘 만들어줄까?"

"안경이요."

"안경?" 중치민은 고개를 들어 아이를 흘끗 보고는 종이를 접어 안경을 만들었다. "안경이 왜 필요하지?"

"쓰려고요." 아이는 자기 눈을 가리켰다.

"입에 쓴다고?"

"아뇨, 여기요."

"목에 쓴다고?"

"아뇨, 여기에 쓴다고요."

"알겠다." 중치민은 완성한 안경을 아이에게 씌워주었다. "눈에 안경을 썼구나."

종이가 아이의 눈을 가렸다.

"아무것도 안 보여요."

"어쩌지?" 중치민이 말했다. "안경을 벗으렴. 조심해서……오른쪽을 봐봐. 뭐가 보이지?"

"서랍장."

“그리고?”

“테이블.”

“왼쪽을 봐. 뭐가 있니?”

“침대.”

“앞에는?”

“아저씨요.”

“나 말고 뭐가 있지?”

“의자.”

“잘했다. 이제 다시 안경을 써봐라.”

아이는 종이 안경을 다시 썼다.

“오른쪽을 봐, 뭐가 있지?”

“서랍장하고 테이블이요.”

“왼쪽에는?”

“침대 하나.”

“앞에는?”

“아저씨랑 의자.”

“이제 보이지?”

“네.” 아이가 대답했다.

아이는 방 안을 조심스레 걷기 시작했다. 이곳은 정말 조용했
다. 빛줄기가 창문에 길게 걸려 있었다. 그는 숲 속을 혼자 걸어

본 적이 있었다. 머리 위로 나뭇가지가 교차하고 나뭇잎이 서로 겹쳤다. 하늘이 산산조각 난 것처럼 보였다. 아이가 방문을 연 듯했다. 중치민은 문도 보았다. 햇빛이 통통거리며 이 나뭇잎에서 저 나뭇잎으로 뛰어내렸다. 아이는 아래층으로 내려갔다. 한 계단 한 계단 폴짝폴짝 뛰어내리면서. 발아래에서 나뭇잎이 살짝 부서지는 소리가 났는데, 새로 갈아엎은 진흙처럼 부드러웠다.

중치민은 누군가 뒤에서 의자를 흔드는 느낌을 받았다. 싱싱은 사실 밑에 내려가지 않았다. 그는 뒤돌아보았지만 싱싱은 보이지 않았다. 의자는 여전히 흔들리고 있었다. 그는 일어나 창문으로 걸어갔다. 버티컬이 끊임없이 떨렸다. 버티컬을 걷자 거리에 나무로 만든 닭처럼 멍한 행인들이 보였다. 마지막으로 간이천막에서 철수한 사람들인 듯 그들의 손에는 가재도구가 들려 있었다. 그가 창문을 열자 집 밖의 모든 것이 정지했다. 그것은 고창고성에서 온 정적이었다. 그때 누가 외쳤다.

"지진이다!"

지진 관련 소식이 눈꽃처럼 흩날린 지 여러 날이 되었지만 결국 마지막에 온 것은 투루판 분지의 정적이었다.

거리에는 벌써 달리기 시작한 사람도 있었다. 어쩔 줄 모르고 허둥지둥 당황해 뛰어갔다. 조금 전 정적은 무너지고 어지럽게 흔들리는 음성이 들렸다. 특히 울음소리가 유난히 날카로웠다.

중치민은 창문을 떠나 문 쪽으로 걸어갔다. 의자까지 걸어가 손을 뻗어 의자를 쓰다듬자 흔들리던 의자가 멈췄다. 창밖이 소란스러웠다. 그렇게 지진이 찰나의 정적을 제공한 뒤 다시 모든 것이 시끌벅적해졌다. 지진이 당신 좋을 대로 폐허를 가져다주지는 않을 것이다. 그것은 오랜 정적을 당신에게 주고 싶어하지 않는다.

중치민이 거리로 나서자 기나긴 인파가 줄을 이었다. 다들 가재도구를 지고 있었다. 방금 시작한 철수가 끝나기도 전에 다시금 새로운 철수가 시작되었다. 그들은 간이천막으로 되돌아갈 것이다. 거리는 온통 사람들로 붐볐다. 그들은 여전히 허둥댔다.

저녁 무렵 중치민은 자기 집 창가에 앉아 있었다. 거리에서 돌아온 누군가가 사람들에게 알렸다.

"방송에서 방금 전엔 작은 지진이었고, 곧 큰 지진이 온대요. 여러분, 조심하세요."

제4장

1

침대 위에 깐 돗자리가 흠뻑 젖어 축축해지자 볏짚 냄새가 훈훈하게 올라왔다. 돗자리 가장자리에는 하얀 곰팡이가 가득했다. 그녀는 천천히 곰팡이를 없앴다. 손으로 긁어내자 상해서 끈적이는 음식을 만지는 기분이었다.

쉼 없이 흐르는 빗물 덕분에 천막 안 온도는 높아지지 않았다. 발아래 빗물은 두 갈래로 나뉘어 흘렀다. 빗물이 양쪽 가장자리에 닿아 작은 물보라가 일면서 물방울이 환호하듯 사방으로 튀었다. 빗물이 흐르면서 생긴 무수한 결정 같은 줄무늬가 실처럼 가늘게 빛났다. 초가을 어느 동트는 순간과 같은 산뜻함과 상쾌함이 깃든 빗물이 흐르면서 땅의 산뜻함과 상쾌함을 뒤덮었다.

그녀는 금방이라도 올라올 것 같은 구토를 계속 참았다. 두 손을 옷 속에 집어넣어 뱃살에 붙은 흠뻑 젖은 옷을 떼어냈다. 우취안은 이미 몇 차례나 토했다. 그의 몸은 견뎌낼 수 있는 것보다 더 심하게 휘었다. 양허리를 꼭 붙잡은 두 손을 덜덜 떠는 그의 모습은 봐주기 힘들 정도였다. 벌어진 입은 동굴 같았고, 토할 때마다 나오는 거라곤 소리와 침뿐이었다. 음식물은 없었다. 줄칼로 목구멍을 잘라내는 듯한 소리가 터져나올 때마다 온몸이 오싹해졌다. 구토가 몸속에서 부글거렸지만 그녀는 참아야만 했다. 일단 토하기 시작하면 우취안의 구토가 더 심해질 테니까.

그녀는 맞은편 비닐 방수포 위를 기어다니는 지네 세 마리를 보았다. 지네는 제각기 다른 곳을 향해 기어갔다. 그녀는 지네 머리에 난 잔털을 본 것 같았다. 지네는 펴고 움츠리기를 거듭하며 움직였다. 방수포에 난 세 가닥 지네의 흔적은 여러 각도를 그리고 있었다.

"차라리 죽는 게 낫겠어!"

린강이 외치는 소리였다. 그는 간이천막 밖으로 걸어나갔다. 빗물이 철퍽철퍽 발에 차였다. 이어서 문 닫히는 소리가 들렸다. 집 안으로 들어간 것이었다.

"린강." 왕훙성이 간이천막에서 나왔다.

"죽고 싶다!" 린강이 집 안에서 외쳤다.

그녀는 고개를 돌려 남편을 보았다. 우취안은 고개를 들고 다음에 들려올 소리를 기다리는 듯했다. 그러나 한참 동안 계속된 비바람이 비닐 방수포와 한 덩어리로 어우러지는 소리만 들릴 뿐이었다. 우취안은 다시 고개를 숙였다.

"왕훙성!" 여자가 새된 목소리로 소리쳤다.

그녀는 훌렁 드러난 남편의 상체에 생긴 붉은 반점을 보았다. 반점은 위로 올라가 목을 지나 얼굴까지 퍼져 있었다. 밤늦게 반점이 다시 나타났고 그녀는 모기떼가 윙윙거리며 달려드는 소리를 들었다. 모기는 휘날리는 빗발을 뚫고 간이천막으로 날아들었다. 모기떼가 날아들 때 이토록 엄청난 소리가 날 거라고 그녀는 미처 생각지 못했다.

"당신, 나오지 마." 왕훙성의 음성이었다.

"왜 나오지 말라는 거야." 그의 아내가 물었다.

"당신을 위해서야."

"나도 못 참겠다구." 그녀는 울기 시작했다. "당신이 무슨 평계를 대든 혼자라도 집에 돌아갈 거야."

"당신을 위해서라니까!" 왕훙성이 목청을 높였다.

"비켜!" 아내도 함께 목청이 높아졌다. 그는 아내를 붙들었다.

그녀는 아주 경쾌한 소리를 들었고 남편이 자기 뺨을 올려붙였다고 생각했다.

"그랬다 이거지, 당신!"

울음소리와 싸움 소리가 동시에 났다.

우취안의 아내는 고개를 돌려 다시 얼굴을 드는 남편을 보았다.

크게 문 닫히는 소리가 나고, 문을 발로 차서 부수는 소리가 이어졌다.

“살고 싶지 않아!”

긴 울음소리가 빗속을 뚫고 지나갔다. 그녀는 땅에 엎어질 것 같았다. 문은 금방이라도 부서질 기세였다. 그녀는 그 문의 소리를 꼼꼼하게 가늠하면서 왕훙성의 아내가 요령 있게 문을 잘 공략하고 있다고 생각했다.

“살고― 싶지― 않아.”

울음소리가 갑자기 짧고 급해졌다.

“건달― 같은― 자식―”

왕훙성의 아내가 남편에게 건달이라고 욕했다.

“왕훙성, 빨리 문 열어!” 다른 사람의 음성이었다.

울음소리가 끊겼다 이어지는 가운데 빗소리가 날아다녔다. 우취안의 아내는 어느 문인가가 열리는 소리를 들었다. 왕훙성이 문 앞에 나타난 게 틀림없었다.

중치민의 창문에서 피리 소리가 흘러나왔다. 개울을 따라 불어가는 새벽바람처럼 몹시 긴 피리 소리였다. 저 바보는 늘 쉬지도 않고 피리를 불어댔다.

바보는 왕훙성 일행이 붙여준 별명이었다. 그날 린강은 중치민의 창문 아래 서 있었고, 왕훙성은 곁에서 실실 웃고 있었다. 린강이 위층을 향해 외쳤다.

"바보야!"

뜻밖에도 중치민이 고개를 내밀었다.

"다웨이!" 리잉의 고함 소리였다. "싱싱은?"

다웨이는 밖에 한참 있다 돌아온 모양이었다. 그는 피곤하다는 듯 대답했다.

"못 찾았어."

상심한 리잉이 울부짖었다. "그럼 어떡해?"

"어떤 사람이 이틀 전 오후에 봤대." 착 가라앉은 다웨이의 음성에는 기운이 없었다. "싱싱이 눈에 종이 안경을 쓰고 있었다더군."

피리 소리가 끊겼다.

피리 소리가 왜 끊겼지? 삼 년 동안 피리 소리는 끊긴 적이 없었다. 이 비처럼 늘 그들을 감싸고 돌았다. 맑고 따뜻한 밤, 우취안이 코고는 소리가 열린 창문으로 흘러나왔다. 중치민의 피리 소리는 그곳으로 날아들었다. 두 소리 사이에 누운 우취안의 아내는 금세 잠에 곯아떨어졌다.

"종이를 쓰고 거리를 걷고 있었대." 다웨이가 말했다.

“어떻게 해야 하지?” 리잉의 울음소리가 많이 잦아들었다.

우취안의 아내가 돌아보자 남편은 고개를 숙이고 젖어서 쭈글쭈글해진 피부를 벗겨내고 있었다. 허연 피부가 한 조각씩 떨어져내렸다. 그는 피부를 몇 겹이나 벗겨냈다. 일단 떼어내기 시작하자 끝이 없었다. 그의 두 손은 심하게 망가졌다. 그녀는 물에 오래 담근 것처럼 부풀어오른 자기 손을 보았다. 그녀가 피부를 벗겨내지 않은 것은 사실상 피부가 죽은 것이나 다름없었기 때문이다. 이렇게 내버려두면 그녀의 손도 분명 남편의 손과 똑같이 변할 것이다.

지네 한 마리가 침대 틀을 기어올랐다. 남편의 왼쪽 다리가 그곳에 걸쳐져 있었다. 지네가 꿈틀거리기 시작했다. 가장 통통해 보이는 가운데 부위가 유난히 꿈틀댔다. 머리가 거의 남편 다리에 닿을 듯 가까워졌다. 남편의 다리에는 붉은 반점이 있었다. 지네가 남편 다리 위를 뻗었다 움츠렸다 하면서 기어갔다. 기어간 흔적이 침대 틀에서 그의 다리까지 뚜렷하게 이어졌다. 그렇게 그의 다리는 바로 침대와 연결되었다.

“지네야.” 그녀가 조그맣게 불렀다.

우취안이 무뚝뚝하게 고개를 들자 아내가 다시 말했다. “지네야.” 동시에 손가락으로 그의 왼쪽 다리를 가리켰다.

지네를 본 우취안은 왼손으로 잡으려 했지만 잡지 못했다. 지네가 너무 미끄러웠다. 생각을 바꾼 그는 손가락으로 다리를 쭉 훑었다. 지네는 몸을 둥글게 말고 아래로 떨어져 빗물에 떠내려 갔다.

우취안은 더는 손에서 피부를 벗기지 않았다. 그가 아내에게 말했다.

"집에 돌아가고 싶어."

그녀도 그를 보았다. "나도."

"당신은 안 돼." 우취안이 고개를 저었다.

"아니. 난 당신과 함께 있을 거야." 아내가 고집을 부렸다.

"안 돼. 거긴 너무 위험해."

"그러니까 당신 곁에 있겠다구."

"안 된다니까."

"갈 거야." 아내의 어조는 부드러웠다.

"아이를 생각해봐." 우취안은 솟아오른 아내의 배를 가리켰다.

아내는 입을 다물고, 침대에서 힘겹게 일어나 나가는 우취안 을 지켜보았다. 그는 허리를 굽히고 빗물을 철벅이며 걸어갔다. 천막 밖에 잠시 서 있는데 하늘을 향한 그의 얼굴에 빗물이 떨어 졌다. 시야가 흐려졌다. 그녀가 졸졸 흐르는 물소리를 듣는 사이 에 그는 떠났다.

중치민의 피리 소리가 다시 빗속에서 들려왔다. 그는 창가에 앉기를 좋아했다. 그의 피리 소리는 바람처럼 창문을 통해 오래도록 들려왔다. 우취안은 벌써 집에 들어왔지만, 결코 침대에 누워서는 안 되었다. 그는 너무 피곤했다. 말하는 것조차 힘겨웠다.

"다웨이, 다시 나가서 찾아봐." 리잉이 울면서 애원했다.

중치민은 의자를 창문 앞에 갖다놓고 앉아 있길 가장 좋아했고, 자주 그렇게 했다.

다웨이가 빗물을 밟으며 걸어갔다.

문 열리는 소리가 났다. 이어서 린강의 목소리가 들렸다.

"집에서도 못 견디겠어." 맥 빠진 음성이었다.

린강은 빗물을 밟으며 간이천막으로 갔다.

우취안은 집 안에 앉아 있었지만 여전히 참기가 어려웠다. 신경이 온통 곤두섰다. 그는 문득 집 모퉁이가 흔들리는 것을 느꼈다.

우취안이 간이천막 앞에 나타났다. 그는 창백한 얼굴로 아내를 보았다.

"또 흔들렸어."

깊은 밤, 중치민의 피리 소리가 빗속을 표류했다. 피리 소리는 바다를 항해하는 돛과도 같았다. 멀고 어두운 곳을 방황했다. 비는 여전히 방수포를 두드렸다. 졸졸 흐르는 물소리가 땅에서 올라왔고, 바람이 포효하며 지나갔다. 모기가 떼를 이루어 천막 안을 날아다녔다. 그의 벗은 가슴 앞에서 날아오르다 떨어지곤 했다. 모기떼는 무질서했다. 어지럽게 떨어지고 날아오르고 시도 때도 없이 부딪쳤다. 그는 시끄러운 윙윙 소리 속에서 놀라고 당황한 음성을 들었다. 아내는 이미 잠들었다. 그녀의 숨소리는 호수의 잔물결처럼 멀리서 흔들리며 사라졌다. 그것은 시간이 흐르는 풍경이었다. 비가 내리지 않는 밤, 달빛이 창문으로 들어왔다. 이제 시끄러운 모기 소리는 아내의 숨소리에 파묻혔다. 침대 바닥에 깐 돗자리에서 실낱같은 습기가 올라왔다. 얼굴을 덮치는 습기에서 그는 눅눅하게 썩는 냄새를 맡았다. 쉰밥에서 풍기는 냄새였다. 과일이나 고기류가 썩는 냄새와는 달랐다. 쌀밥이 쉬면 푸른색과 누런색이 섞여 나타난다.

그는 침대에서 일어나 앉았지만 아내는 아무런 움직임이 없었다. 그는 모기떼가 빠르게 날아오르면서 우왕좌왕하는 것을 느꼈다. 정신없이 윙윙거리는 소리가 났다. 발로 흐르는 물을 밟자 서늘한 기운이 재빨리 가슴까지 올라왔다. 그는 잠시 떨었다.

개천에서 건져올린 허융밍의 사체는 허옇게 퉁퉁 불어 있었다. 뜨거운 여름날 정오였다. 사람들이 그를 나무 그늘 아래 눕히자 풀숲에서 떼를 지어 날아온 모기가 삽시간에 그의 몸을 점거했다. 불어오른 그의 몸에 무수한 반점이 생겼다. 누군가가 사체에 다가갔다. 모기떼가 잽싸게 사체를 떠나 어지럽게 날아다녔다. 조금 전 풍경이었다.

나는 집에 돌아갈 것이다.

그렇게 잠시 앉아 있던 그는 집으로 돌아가고 싶었다. 숨을 들이마실 때 모기가 입속으로 들어온 듯했다. 모기를 뱉어내고 싶었지만 쉽지 않았다. 그는 일어나다 방수포에 부딪쳤다. 방수포는 차가웠다. 밖에 내리는 비가 그의 벗은 윗몸을 때렸다. 조금 춥기는 했지만 편안했다. 그는 빗속에서 담배를 피우는 사람을 보았다. 우산을 들고 있었다. 담배에 불을 붙일 때 잠시 어둠이 걷혔다. 중치민의 창문에는 불이 꺼져 있었다. 귀신처럼 피리 소리만 흘러나왔다. 비는 맹렬하게 내렸다.

나는 집에 돌아갈 것이다.

그는 집을 향해 걸었다. 문이 열려 있는데, 다른 곳보다 더 어두컴컴해 보였다. 그는 그 어두운 곳으로 걸어갔다. 땅 위로 흐르는 물소리가 들렸다. 물이 그의 발을 가로막았다. 나갈 때는

146

상황이 더 심각했다.

나는 이미 집에 돌아왔다.

그는 문 앞에 잠시 섰다. 집 안 동남쪽 모퉁이가 어두웠다. 그의 눈에는 아무것도 보이지 않았다. 그곳은 흔들리고 벌어졌다. 지금은 아무것도 없었다.

내가 왜 문 앞에 서 있지?

그는 더듬으며 앞으로 나아갔다. 의자가 걸리자 치우고 계속 앞으로 갔다. 손에 계단의 난간이 닿았다. 침대는 2층 북쪽에 놓여 있었다. 그는 계단을 올라갔다. 무슨 일이 터질 것만 같았다. 바깥은 한참 전부터 소란스러웠다. 무척 중요한 일인 모양이었다. 하지만 도대체 뭘까? 왜 생각이 안 나지? 얼마 전까지만 해도 알았는데, 직접 내 입으로 말하기까지 했는데. 이젠 아무것도 생각나지 않는다. 계단이 끝났다. 다리를 그렇게 높이 들어올릴 필요는 없었다. 그러면 힘이 많이 든다. 침대는 북쪽 끝에 있다. 이리로 가면 틀림없을 것이다. 이것이 바로 침대다. 만지니 딱딱하다. 이제 앉자. 앉아보니 조금 푹신하다. 신발을 벗고 침대에 눕자. 신발이 아무리 해도 벗겨지지 않는다. 신발은 벌써 벗어두었다. 이제 됐다. 누울 수 있다. 왜 지하에서 물 흐르는 소리가 안 나지? 안 들리는 건가? 이제 들린다. 빗물이 땅 위로 졸졸졸 흐르는 소리가. 바람이 몹시 거세다. 방수포를 어지럽게 흔든다. 비가 방수포를 뚝뚝 때린다. 그 소리가 들린 지 오래되었다. 모기떼가 윙윙거리며 날아들었다. 그의 가슴 앞에서 날아올랐다 떨어졌다. 침대 바닥에 깐 돗자리에서 실낱같은 습기가 올라왔다. 얼굴을 덮치는 습기에서 그는 눅눅하게 썩는 냄새를 맡았다. 쉰밥에서 풍기는 냄새였다. 과일이나 고기류가 썩은 냄새와는 달랐다. 쌀밥이 쉬면 푸른색과 누런색이 섞여 나타난다. 나는 집에 돌아갈 것이다. 사지가 움직이지 않는다. 눈도 안 떠진다. 나는 집으로 돌아갈 것이다.

3

동틀 무렵 비가 성글어졌다. 중치민은 창가에 앉아 자연으로부터 들려오는 소리에 귀를 기울였다. 바람은 제멋대로 불었다. 먼 들판에서 시작된 바람은 세 저수지의 수면 위에 파문을 던지고, 오는 길목에 있는 나뭇잎을 끊임없이 흔들었다. 그는 어느 새벽녘에 먼 곳에서 아이들이 다투는 소리를 들었다. 나뭇잎이 새벽바람에 흔들려서인지 아이들의 음성도 맑고 상쾌했다. 아이들의 음성은 새벽녘을 연상시켰다. 바람이 창문으로 들어왔다. 바람 소리는 자연에서도 가장 오래된 소리다.

이런 새벽이 늘 오는 것은 아니었다. 곧 지진이 날 거라는 소식이 들려온 지는 이미 오래였지만 온 것은 장마였고, 그다음에 온 것은 아주 조용한 새벽이었다. 이런 새벽에는 기침과 발걸음, 시멘트 바닥 위의 비질을 삼가야 한다.

왕훙성이 말했다. "그 사람, 너무 긴장했어." 그는 두 번 기침을 했다. "안 그랬으면 2층에서 뛰어내렸어도 괜찮았을 텐데. 머리를 아래로 하고 뛰는 바람에 돌바닥에 부딪쳤지."

그들은 늘 함께였다. 창 아래 서서 쉴새없이 재잘거렸다. 그들은 소리를 제멋대로 헤프게 낭비하고 있다는 사실을 영원히 알지 못할 것이다. 그들의 재잘거림에서는 음악이 탄생할 수 없다. 음악은 그들과 조우하자마자 도망쳐버릴 것이다. 하지만 그나마 여자들의 시끌벅적한 수다보다는 낫다. 여자들이 창 아래로 오면 참새 떼와 오리 떼가 동시에 지나가는 것 같다. 그 행렬은 끊이지 않고 이어진다.

다웨이는 짙은색 비옷을 입고 거리를 향해 걸어갔다. 사흘 전 오후에 종이 안경을 쓰고 문을 나선 싱싱은 돌아오지 않았다. 다웨이는 등을 구부리고 걸었다. 그의 걸음걸이는 늘 그랬다. 리잉은 빗속에 서서 남편의 뒷모습을 지켜보았다. 우산도 안 쓴 그녀의 얼굴에 빗물이 흘렀다. 그 새벽에 그녀는 갑자기 울음을 멈췄다.

다웨이는 우취안의 아내가 집의 열린 문에서 나오는 것을 보았다. 그녀는 간이천막에서 나오지 않았다. 불룩 솟아오른 배 때문에 걸음이 무척 불편해 보였다. 그녀는 창문 아래로 지나갔다.

"저 여자 뭘 하려는 거지?" 린강이 물었다.

"사람을 찾으러 가겠지." 왕훙성이 대답했다.

그들은 아직도 아래에 서 있었다. 새벽의 정적이 늘 평안하기만 한 것은 아니었다. 그는 어느 날 새벽에 다닝大寧 강가에 누운 적이 있었다. 사방이 고요해 강물 흐르는 소리가 또렷하게 들렸다. 자연의 소리였다.

그녀는 짐수레를 밀고 돌아와 자기 집 앞에 세웠다. 그리고 안으로 들어갔다. 솟아오른 배 때문에 매우 힘들어 보였다. 그녀는 사람을 안고 나왔다. 그녀에게는 아직 한 사람을 안고 걸을 만한 힘이 남아 있었다. 누군가 가서 그녀를 도왔다. 그들은 그 사람을 짐수레에 눕혔다. 그녀가 다시 집 안으로 들어갔다. 그들은 수레 옆에 서 있었다. 중치민은 수레에 누운 사람이 조금 전까지 그와 마주하고 있던, 새벽녘 가랑비 사이로 보았던 우취안임을 깨달았다. 우취안의 얼굴에는 표정이 없었다. 그리고 그의 오관五官은 아이들이 나무 장난감으로 만든 것처럼 보였다. 그녀가 집에서 나와 하얀 천으로 우취안의 얼굴을 덮고 그 위에 다시 방수포를 덮었다. 누군가 수레를 밀려고 하자 그녀가 손을 내저으며 스스로 수레를 밀었다. 수레가 창 아래로 지나갈 때 왕훙성과 린강이 다가가 그녀를 도우려 했다. 그녀는 다시 손을 내저었다. 살짝 들린 그녀의 얼굴로 빗방울이 떨어지며 머리칼을 흐트러뜨렸다. 중치민은 그녀의 얼굴을 분명하게 보았다. 그녀의 얼굴은 〈상심이란 무엇인가〉라는 노래를 연상시켰다. 그녀는 수레를 밀고 거리 쪽으로 갔다. 그녀의 뒷모습이 흔들렸다. 발걸음을 떼는 것조차 힘들어 보였다. 뱃속의 아이 때문이었다. 그녀는 아직 태어나지 않은 아이와 함께 빗속을 걸었다.

공터에 새로운 아이 하나가 나타났다. 담장을 짚고 비틀거리는 아이의 모습이 마치 어머니의 현재를 보는 듯했다. 아이는 빨리 컸다. 지금의 싱싱만큼 자랐다. 그 아이도 피리 소리를 좋아했고, 늘 몰래 중치민의 다리 옆에 앉았다.

그녀가 걸어가자 빗물이 사방으로 튀었다. 그녀의 비옷에는 밝아가는 새벽녘의 색이 묻어 있었다. 그는 힘겹고 불편하게 걸어가는 그녀를 보았다. 한 여자와 수레가 가없는 빗속에서 움직였다.

푸춘富春 강가의 작은 마을에서 중치민은 성대한 장례 행렬을 보았다. 화환이 거리에 길게 늘어섰고, 열세 자루의 태평소가 하늘을 향해 길게 울었다. 하늘에는 곡성이 깃발처럼 휘날렸다.

제5장

1

붉은 과일이 빗속에서 빛을 발하고, 그 빛 속에서 푸른 풀들이 들쑥날쑥 쉼 없이 흔들렸다. 북쪽 끝 작은 건물에 난 창밖으로 보이는 풍경이었다.

거리 양옆으로 빗물이 흐르면서 강물 소리를 냈다. 비에 가로막힌 눈앞의 풍경이, 그 붉은 과일이 운동장 북쪽 풀밭을 벗어나 길을 걷는 바이수 앞에서 반짝였다. 축축한 비로 가득한 허공에서 붉은 과일은 눈부신 빛을 내뿜었다.

나흘 전 거리는 강물처럼 물결쳤다. 그때 그와 왕링은 영화관 계단에 앉아 있었다. 그날 오후 갑자기 지진이 닥쳤고, 이 거리는 허둥지둥 혼란에 빠졌다. 바이수는 북쪽 끝 건물로 재빨리 돌아가 확인했지만, 관측기에는 이상 신호가 나타나지 않았다. 장마가 다시 심해지고 구린 일행이 그에게 왔다.

금방이라도 죽을 것 같은 오동나무가 서 있었다. 그가 머리를 부딪친 것도 바로 그 나무였다. 구린 일행이 그를 막아섰다.

"말해봐. 네가 유언비어를 퍼뜨렸잖아." 화가 잔뜩 난 구린이 말했다.

"그런 일 없어."

"다시 한번 말해봐. 지진이 나지 않는다고."

바이수는 침묵했다.

"말해보라니까?"

그는 거듭 자신의 얼굴을 때리는 구린의 손바닥을 보았다. 천강이 가슴에 주먹을 날리고 말했다. "유언비어를 퍼뜨렸다고 인정하면 용서해주지."

"관측기는 계속 정상이었어. 나는 헛소문 퍼뜨린 적 없어."

그는 다시 한번 뺨을 얻어맞았다.

구린이 말했다. "그럼 지진이 발생하지 않을 거라고 말해봐."

"싫어."

구린은 그의 다리에 힘껏 킥을 날렸다. 그는 휘청했지만 넘어지지는 않았다. 천강이 구린을 제친 다음 말했다.

"내가 한 수 가르쳐주지."

천강이 바이수의 다리를 걸어찼다. 바이수가 넘어지자 빗물이 사방으로 튀었고, 그는 머리를 오동나무에 부딪쳤다. 바로 그곳에서 나흘 전에 그는 빗물 속을 기었고, 구린 일행은 낄낄대며 떠나갔다. 바이수는 그들에게 말해주고 싶었다. 관측기는 분명 그 지진을 관측했고, 그때 자신이 북쪽 끝 건물에 있지 않았을 뿐이라고. 그래서 지진이 일어날 줄 몰랐다고. 그러나 결국 그는 입을 다물었다. 저만치 가던 구린 일행이 다시 돌아와 그에게 주먹을 휘둘렀다. 당시에 바이수는 그 건물에 없었다. 그래서 말할 수 없었던 것이다.

나뭇잎 한 조각이 거리의 빗물에 둥둥 떠갔다. 북쪽 끝 건물에 있는 탁자는 물로 흥건했는데, 마치 빗물에 뜬 나뭇잎 같았다. 나흘 만에 그는 처음으로 건물을 떠났다. 관측기에는 나흘 동안 아무런 이상 신호도 나타나지 않았다. 그는 혁명위원회 공터로 향했다.

왜소한 체구의 중년 남자는 다정했다. 구린 일행과는 달랐다. 남자는 바이수의 말을 믿었다.

바이수는 현 혁명위원회 공터로 들어섰다. 간이천막들 한가운데에 가장 큰 천막이 있었다. 중년 남자는 주민들의 존경을 한몸에 받는 사람이었지만 바이수에게는 다정하기 이를 데 없었다.

주임은 이미 바이수를 보았다. 침대에 앉은 주임은 무척 피곤해 보였다. 나흘 전에 주임 옆에 있던 사람이 지금도 옆에 붙어 있었다. 그 사람은 전화를 걸고 있었다. 바이수는 그들의 천막 입구에 서 있었다. 주임은 그를 보았지만 신경 쓰지 않고 바로 시선을 전화기로 돌렸다. 바이수는 한참 망설이다 말을 꺼냈다. "관측기는 줄곧 정상이었습니다."

전화가 연결되었다. 그 사람이 전화기에 대고 말했다.

주임은 그가 왔다는 것을 모르는 것 같았다. 그가 주임에게 인사했다. 그 사람이 통화를 끝내고 전화기를 내려놓자 주임이 절박하게 물었다.

"상황이 어떤가?"

그 사람이 고개를 저었다. "그곳도 경보가 해제되지 않았습니다."

주임은 낮은 소리로 욕을 퍼부었다. "제기랄, 어째야 하나." 그리고 바이수에게 물었다. "뭐라고 했지?"

그가 대답했다. "나흘간 관측기는 줄곧 정상이었어요."

"관측기?" 그를 한참 쳐다보던 주임이 말을 이었다. "잘됐군. 잘됐어. 너는 계속 관측기를 지켜봐라. 아주 중요한 일이니까."

바이수는 눈물이 맺히는 것을 느꼈다. "구린 일행이 저한테 유언비어를 퍼뜨렸다고 욕했어요."

"사람을 욕해서야 쓰나." 주임이 말했다. "이제 돌아가거라. 내가 너희 선생에게 너를 욕한 친구들을 혼내주라고 말해놓으마."

물리 선생이 이렇게 말한 적이 있다.

관측기는 지진을 예보할 수 있다.

바이수는 다시 거리로 나섰다. 그는 주임이 자신을 믿는다는 사실을 알았다. 그리고 주임에게 중요한 상황을 보고하지 않았다는 것을 깨달았다. 관측기가 나흘 전에 작은 지진을 관측했는데, 그때 자신이 현장에 없었다는 것.

다음에 말하자. 그는 스스로에게 다짐했다.

물리 선생의 아내는 간이천막 안에 앉아 있었다. 빠르게 쏟아지는 빗물 사이로 그녀의 눈이 보였다. 바이수는 어느 화창한 오후에 그녀와 대화를 나눈 적이 있었다. 그때 운동장은 텅 비어 있었고, 그는 혼자 교문으로 걸어가는 중이었다.

"이거 네 책가방이니?"

그녀의 목소리는 풀밭에 가득 핀 꽃처럼 화사했다. 그녀가 먼 곳에서 다가오자 책가방을 잊었다는 생각이 떠올랐다.

"바이수!"

비가 허공에서 춤을 췄다. 빗물이 계속 떨어지는 처마 아래서 고함 소리가 들렸다. 천강이 낡은 검은색 대문 앞에 앉아 있었다.

"구린 일행 봤어?"

천강은 문 앞에 잔뜩 움츠리고 앉아 있었다.

바이수는 고개를 저었다. 휘날리는 비가 그와 천강 사이를 가로막았다.

"지진이 또 일어날까?"

바이수가 손으로 얼굴의 빗물을 훔치며 말했다.

"관측기는 줄곧 정상이었어." 그는 지진이 일어나지 않을 거라고 말하지 않았다.

천강도 얼굴을 닦고 바이수에게 말했다.

"몸이 안 좋아."

바람이 불자 천강은 부들부들 떨었다.

"열이 나."

"빨리 돌아가."

천강이 고개를 저었다. "죽어도 간이천막에는 안 가."

바이수는 계속 걸어갔다. 천강이 아프다고 해도 선생은 그를 혼낼 것이다. 하지만 나흘 전 일로 구린 일행을 탓할 수는 없었다. 그는 지난 일을 현 혁명위원회 주임에게 일러바쳐선 안 되었다.

우취안의 아내가 빗속에서 짐수레를 밀고 걸어왔다. 수레바퀴가 구르자 물방울이 사방으로 튀었다. 그녀의 비옷이 바람에 어지럽게 팔락거렸다. 수레가 다가오자 바람이 불면서 우취안의 평온한 얼굴이 드러났다. 번쩍이는 생명의 빛이 아버지 우취안의 눈 속에서 갑자기 사라졌다. 우취안의 얼굴에 편안한 기색이 떠올랐다. 우취안의 아내는 수레를 밀고 힘겹게 나아갔다.

오래전 어느 노을 진 저녁, 우취안의 아내는 젊고 아름다웠다. 그때는 그녀가 누구에게 시집갈지 아무도 몰랐다. 다리 위에 그녀와 우취안이 함께 서 있었다. 나룻배 한 척이 물 위로 가로질러 왔고, 양쪽으로 늘어선 집은 모두 문이 활짝 열려 있었다. 수면 위로 나뭇잎과 풀잎이 떠다녔다. 다리를 지나던 바이수는 기름병을 든 채 그들을 바라보았다. 다른 사람들도 그들을 지켜보았다.

그 나무다리는 철거되었고, 그 자리에 시멘트다리가 놓였다. 그는 지금 그 다리를 보고 있었다.

2

물리 선생의 아내는 맞은편 낡은 담을 바라보았다. 담장에 부딪친 빗물이 사방으로 퍼지는 빛처럼 어지럽게 흘러내렸다. 아주 오래전에 시작된 그 풍경은 이 순간에도 여전히 생기를 띠었다. 낡은 담장은 풀색에 가까웠다. 담장을 흘러내리는 빗물이 가늘게 내뿜는 빛이 그녀에게 오래전 어느 새벽의 기억을 일깨웠다. 그녀는 식탁 옆 창으로 바람을 맞는 풀을 바라보았다. 풀은 그녀의 시선과 반대 방향으로 쓰러졌다.

　—해가 떴습니다. 선생이 교과서를 읽었다.

　—해가 떴습니다. 친구들이 따라 읽었다.

　—눈부신 빛이 널리 비춥니다.

　—눈부신 빛이 널리 비춥니다.

동이 트면서 비추는 빛이 풀 끝에서 자라났다. 가는 빛은 그녀의 눈길과 반대 방향을 향했다. 그 순간 낡은 담의 정경이 오래전 그 새벽과 겹쳤다.

오래전 사람들의 관심을 끌었던 철수 문제는 가뭇없이 사라졌다. 지진이 일어나지 않을 거라는 소식은 학교 밖에서 전해졌다. 체육 선생이 가장 먼저 떠났고, 그다음에 물리 선생과 그의 아내가 떠났다. 그들의 철수는 담장 아래에서 마무리되었다. 그때 그녀는 노란색 문을 보았지만 되돌아 걸음을 내딛었다.

다른 노란색 문이 달린 집에서 살던 그녀의 어머니는 고양이에게 말 걸기를 좋아했다.

　—또 장난치면 털을 다 잘라버린다.

옆에서 흥얼거리는 소리가 들렸다. 남편은 방수포에 빗물 떨어지듯 오랫동안 흥얼거렸다.

천막 밖의 비바람 소리는 언제쯤 멎을 것이며, 햇빛은 언제나 교과서에 나올 것인가.

─눈부신 빛이 널리 비춥니다.

─대지를 밝게 비춥니다.

어디서 찢어지는 소리가 나는 거지?

남편이 주방 앞에 앉아 낡은 천을 한 조각씩 길게 찢었다.

─하나를 잡고 당겨봐. 그가 말했다.

그녀는 고개를 돌려 셔츠를 찢는 남편을 보았다. 축축해진 지 오래인 셔츠는 썩고 있었다. 그녀는 남편이 찢은 옷 조각을 가지런히 다리 위에 올려놓았다.

그녀는 손을 내밀어 남편의 손을 잡았다. "그만해."

남편은 고개를 돌려 천신만고 끝에 재앙에서 벗어난 듯한 미소를 지었다.

그는 계속 옷을 찢었다. 그녀의 손이 아래로 떨어졌다. 들어올리려 했지만 소용없었다.

"그만하라니까." 그녀가 다시 말했다.

남편의 얼굴에 빠르게 웃음이 번졌다. 그는 그녀를 보았다. 그리고 옷을 찢는 모습을 그녀에게 보여주었다. 그녀는 떨리는 남편의 몸을 보았다. 금방이라도 쓰러질 것처럼 허약해진 남편은 곧 손을 멈췄고 웃음도 거뒀다. 그러고는 침대를 붙잡고 숨을 헉헉거렸다.

그녀는 시선을 옮겼다. 비바람을 맞는 낡은 담장이 다시 눈에 들어왔다.

―베이징이 어디 있죠? 그녀가 물었다.

한 학생만 손을 들었다.

―캉웨이.

자리에서 일어난 캉웨이가 손가락으로 자기 심장을 가리켰다.

―베이징은 여기에 있어요.

―또 누가 대답해볼래?

손을 드는 학생이 없었다.

―그럼 다시 시를 읽어보자. 우리는 베이징의 톈안먼을 사랑합니다……

그녀는 침대가 덜컹 흔들리면서 남편이 일어나는 것을 보았다. 머리가 금방이라도 비닐 방수포에 닿을 것 같았다. 간이천막 밖으로 나선 그는 휘날리는 빗속으로 걸어 들어갔다. 담장에 가로막히자 그곳에 그냥 서 있었다. 너덜너덜해진 셔츠가 비바람에 어지럽게 나부꼈다. 빗물이 춤추는 광경이 그의 뒤로 펼쳐졌다. 그가 가버리자 낡은 담장이 다시 나타났다.

그날 새벽, 실낱같은 빛이 그녀의 등 뒤로 비쳤다.

아버지가 말했다.

―류징劉景의 비둘기.

하얀 비둘기가 동트는 곳으로 날아갔다. 비둘기 깃털이 아침

놀의 빛처럼 가늘어 보였다.

낡은 담장이 다시 가려졌다. 한 학생이 그곳에 나타났다. 학생은 망설이며 그녀를 보았다. "물리 선생님한테 말씀드리려고 왔는데요. 관측기는 계속 정상이었어요."

"들어오렴." 그녀가 말했다.

학생이 들어왔다. 머리가 방수포에 부딪치긴 했지만 손으로 받쳐야 할 정도는 아니었다. 학생의 비옷에서 물이 흘렀다.

"비옷을 벗으렴." 그녀가 말했다.

학생이 비옷을 벗었다. 여전히 선 채였다.

"앉아."

그는 그녀와 멀찍이 떨어져 침대맡에 앉았다. 침대가 다시 흔들렸다. 이제 곁에는 또다른 사람이 앉아 있다. 저녁 무렵에 창문으로 들어오는 햇볕은 이상하게 따스했다.

그녀가 이미 그에게 알린 것일까? 물리 선생이 곧 돌아올까?

낡은 담장 위로 빗줄기가 휘날렸다.

정향이라는 꽃이 있었다. 그녀의 집 대문 아래 고즈넉하게 핀 꽃이었다.

─이게 정향이란다.

언니가 말했다.

그녀는 정향이 사람을 감동시킬 정도로 아름답지는 않다는 사실을 알았다.

　―정향은 그 이름만큼 아름답지는 않아.

제6장

1

저녁 무렵 거리에서 돌아온 다웨이는 여전히 혼자였다. 리잉의 목소리가 빗속에서 처량하게 울려퍼졌다.

"못 찾았어?"

"마을을 한 바퀴 다 돌았어." 다웨이는 빗물을 튀기며 터벅터벅 아내에게 다가갔다.

그러나 아무런 소리도 들리지 않았다.

중치민이 가벼운 목소리로 말했다. "싱싱이 어디 있는지 알아요."

우취안의 아내가 침대에서 일어났다. 중치민은 창가 의자에 앉아 줄곧 그녀의 불룩한 배를 지켜보았다. 어슴푸레한 빛 속에서 오르내리는 배의 그림자가 담장에 비쳤다. 오래지 않아 한 아이가 공터에 나타났다. 아이는 비틀거리며 담장을 짚고 걸어왔다. 아이는 금세 싱싱만큼 자랄 것이다. 싱싱은 돌아오지 않을 것이다.

중치민이 다시 말했다. "아이가 어디 있는지 알아요."

우취안의 아내는 화장터에서 돌아온 뒤 간이천막으로 가지 않고 집으로 갔다. 중치민도 우취안의 집으로 갔다.

중치민이 말했다. "아이는 내 피리 소리 속에 있어요."

피리 소리가 집 밖의 빗속으로 날아갔다. 피리 소리는 어떤 풍경과 관계가 있었다. 햇빛이 수면 위에 바싹 붙어서 날고, 근처 풀밭 위로 가지각색 나비가 노니는 풍경. 그러나 풀밭에 아이는 없었다. 아이는 아직 태어나지 않았다.

중치민은 우취안의 아내와 함께 우취안의 집에 가지 않았다. 그녀의 솟아오른 배를 따라 그녀의 집에 들어갔을 뿐이다.

자리를 잡고 앉은 그녀의 눈이 어둑어둑한 집 안에서 물처럼 빛났다.

항저우의 운하로 접어들 무렵이면 들판이 사방으로 펼쳐지고, 손에 낫을 쥐고 등에 풀 광주리를 맨 남자아이 넷이 그를 향해 걸어갈 것이다. 그때 피리 소리가 수면 위에 퍼지리라.

우취안의 아내는 여전히 침대에 앉아 있었다. 창밖의 빗소리가 바람 속에서 매우 규칙적으로 들려왔다. 이미 한참이 지난 듯했다. 소란스럽던 사람들의 목소리도 점점 잦아들었다. 빗속에 찾아온 정적은 시멘트 전신주처럼 우두커니 서 있었다. 빗소리가 변하지 않는 리듬으로 하루 종일 들렸다. 단순함 또한 일종의 정적이다.

우취안의 아내가 일어서더니 약간 느릿하게 돌아섰다. 위층에 올라가려는 것일까? 위층에도 분명 침대가 있다. 그녀는 위층에 올라가지 않고 작은 방으로 들어갔다. 아마 주방일 것이다.

"악!" 한 여자가 비명을 질렀다. 절벽에서 떨어지는 새처럼.

"뱀이다!"

여자의 긴 비명이 바람을 따라 멀리 흘러갔다.

"뱀이다, 뱀이 있어!" 비명이 짧고 다급해졌다.

간이천막에서 뛰쳐나온 듯 여자의 비명이 울려퍼졌고, 발에 밟힌 빗물이 사방으로 튀었다.

"간이천막에 뱀이 있어요!"

아무도 그녀를 아랑곳하지 않았다.

"뱀이 있어요."

그녀의 목소리가 작아졌다. 그녀는 스스로에게 말했다. 그리고 이제야 기억난 듯 울음을 터뜨렸다.

왜 아무도 그녀를 거들떠보지 않지?

그녀의 울음소리가 그들의 머리 위를 맴돌았다. 울음소리가 너무 작아서 빗속의 적막을 와해시킬 수 없었다.

중치민은 주방에서 솥이 다른 가재도구와 부딪쳐 달그락거리는 소리를 들었다. 그녀가 밥을 짓기 시작한 모양이었다. 그녀는 이제 이인분의 밥을 지어야 했지만 정작 식사는 그녀 혼자 했다. 그녀의 배 속 아이는 곧 세상에 나와 빠르게 자랄 것이다. 그리고 오래지 않아 조용히 중치민의 다리 옆으로 와서 그의 피리 소리 속으로 들어가리라.

피리 소리만 들리면 그녀의 울음은 곧 그 소리에 먹히고 말았다. 빗속의 피리 소리는 늘 햇빛과 연관이 있었다. 하늘은 쪽빛, 북쪽 땅과 햇빛의 색은 같았다. 그는 그곳에서 하루 종일 걸었던 경험이 있다. 그의 피리 소리가 햇빛 비추는 땅 위에서 하루 동안 들렸다. 한 남자아이가 헐벗은 나무들 사이로 나타났다. 아이의 피부색은 대지와 햇빛 중간 어디쯤이거나 둘을 아우르는 색이었다. 남자아이는 그의 뒤를 따라 걸었고, 그의 눈은 바다의 심장처럼 검었다.

우취안의 아내가 다시 침대에 앉았다. 그녀는 중치민을 정면으로 보았다. 눈이 싱싱의 것처럼 빛났다. 그것은 그녀의 눈빛이 아니었다. 배 속 아이의 눈빛이었다. 아직 태어나지 않은 아이는 그의 피리 소리를 듣고 자기 어머니의 눈을 빌려 그를 보았던 것이다.

무언가가 쿵 소리를 내며 갑자기 무너졌다. 누군가 발악하듯 고함을 내질렀다. 그 고함 소리는 곧 파묻혔다.

고함 소리의 주인공은 린강이었다.

"왕훙성, 내 간이천막이 무너졌어!"

그의 목소리는 두려움에 떨렸다.

"또 지진인 것 같아." 그가 계속 외쳤다. "왕훙성, 와서 좀 도와줘!"

왕훙성은 대답이 없었다.

"왕훙성!"

간이천막에서 왕훙성이 피곤에 지친 목소리로 말했다.

"이리 와."

린강은 빗속에 서 있었다.

"그렇게 좁은 곳에 세 사람이 어떻게 들어가?"

왕훙성은 다시 대답하지 않았다.

"내가 고칠 거야."

린강이 방수포를 잡아당기자 고였던 빗물이 한차례 다시 쏟아졌다. 그를 돕는 사람은 아무도 없었다. 그때 우취안의 아내는 자리에서 일어나 다시 주방으로 갔다. 솥이 덜그럭대는 소리가 들렸다. 그가 혼자 중얼거렸다.

"돌아가야겠어."

2

그녀는 온몸의 피부로 흘러내리는 땀방울을 느꼈다. 색깔 있고 윤기 나는 땀방울이었다. 잎이 넓은 나무를 뭐라고 부르더라? 맑고 상쾌한 새벽엔 모든 나뭇잎이 영롱하게 빛나는 이슬로 가득했다. 아침 햇빛이 이슬을 비추자 나뭇잎이 여러 줄로 갈라졌다. 그 순간 몸의 땀방울도 영롱하게 빛났지만 균열은 생기지 않았다.

똑똑 떨어지는 소리가 계속 반복되었고, 곁에서 들리던 흥얼거림도 오래전에 사라졌다. 남편은 돌아오지 않은 걸까? 정작 온 사람은 바이수라는 소년이었다. 침대에는 다시 두 사람이 앉게 되었다. 소년은 바로 또 왔다. 생각만 하면 바로 왔다. 그 학생은 늘 조용하게 그곳에 앉아 중얼거리지도 않고 셔츠도 찢지 않았다. 그러나 침대에는 다시 두 사람이 앉게 되었다.

낡은 담장 위의 빗물은 여전히 사방으로 튀었다. 한 줄기 바람이 불어오자 간이천막 위에서 나뭇잎이 흔들리는 소리가 났고, 사람을 질식시킬 듯 똑똑 떨어지는 물소리가 흩어졌다. 바람이 간이천막 안으로 불어오자 그녀는 새벽녘 집 밖에서나 맛볼 수 있는 상쾌한 기분을 느꼈다.

—이제 교과서를 읽겠어요.

국어 선생이 말했다.

—천링, 그 페이지에 있는 4장을 읽어봐.

그녀가 자리에서 일어났다.

—바람이 멈추고, 비가 그쳤습니다……

빗물이 튀는 낡은 담장을 누군가 가렸다. 그 형체가 안으로 들어왔다. 남편이었다. 남편은 침대 위에 철퍼덕 쓰러졌다. 바이수가 바로 왔지만 침대에는 벌써 두 사람이 있었다. 그녀는 남편의 눈빛을 느꼈다. 그의 손이 그녀의 속옷 안으로 쑥 들어와 재빨리 가슴을 건드렸다. 다른 손은 등 쪽으로 들어가는 듯했다.

바이수를 닮은 남자애와 그녀는 같은 탁자 옆에 앉아 있었다.

—바람이 멈추고, 비가 그쳤습니다……

남편의 손가락에 익숙한 언어가 장착되었다. 몇 년간 반복된 언어였다. 그녀의 피부를 거듭 부르는.

소년이 검은 머리칼을 바람에 살며시 휘날리며 햇빛 속에서 걸어왔던 때는 오후였을 것이다. 소년은 분명 햇빛 속에서 걸어왔을 것이다. 그녀가 그토록 따스하다고 느꼈던 걸 보면.

옆에 있던 몸이 똑바로 일어섰고, 그녀의 몸은 두 손에 의해 통제되었다. 손은 그녀를 멈춰 세웠다가 비가 흩뿌리는 낡은 담장으로 데려갔다. 빗물이 얼굴을 때렸지만 바람은 상쾌했다. 새벽에 창문을 열자 바람을 맞은 풀들이 일어나 춤을 추었다.

두 손은 시종일관 그녀를 통제했다. 익숙한 목소리가 그녀를 통제했다. 그녀의 몸과 다른 몸 하나가 빗속에서 움직였다.

갑자기 얼굴에서 비가 사라지고 바람이 더 맹렬해진 듯했다. 복도에 들어선 것 같았다. 왼쪽도 교실, 오른쪽도 교실이었다. 위층으로 올라가기 시작했다. 그 몸이 앞에서 그녀를 이끌었다.

손에서 수업 파일이 계단으로 떨어지자 악보가 눈꽃처럼 흩날렸다.

―착한 학생이 내가 줍는 것을 도와줬어.

학생도 멀지 않은 곳에서 눈꽃처럼 하늘거렸다.

계단이 끝났다. 그녀의 몸과 다른 몸은 어떤 방에 도착했다. 칠판 앞에는 풍금이 있어야 하고, 창밖의 나뭇잎 틈새로 비추는 햇빛은 건반 위에서 흘러야 했다. 풍금은 그녀의 손가락 없이는 노래를 부를 수 없었다.

아이들이 책상을 옮기거나 운동장에서 고함이라도 치는지 소란스러웠다. 당번 학생들이 바닥을 쓸기 시작했다. 그들의 빗자루가 부딪치자 먼지가 눈꽃처럼, 악보처럼 휘날렸다.

익숙한 그 손이 여전히 그녀의 몸을 움직였다. 다리가 바닥에서 들렸다. 그녀의 몸은 뉘어졌고, 두 손이 그녀의 옷에 말을 하기 시작했다. 그 몸이 올라와 그녀의 몸을 눌렀다. 몸은 틀에 박힌 말로 다른 몸을 불렀다.

참새 한 마리가 창밖에서 풍금 소리를 따라 들어온 적이 있었다. 아이들의 눈빛이 참새를 따라 비상했다.

—참새를 쫓아내!

학생들이 벌 떼처럼 몰려들었지만 참새를 쫓으려는 것 같지는 않았다.

동일한 어떤 것이 그녀의 몸속으로 들어왔다. 기억해내야만 했다. 아주 익숙한 언어, 싫은데도 거듭 사용되는 언어가 몸속으로 들어왔다. 윗몸이 어째서 불안해하는 거지?

그녀는 분명하게 깨달았다. 학생들은 참새를 붙잡고 싶었던 것이다.

—참새를 쫓지 마!

참새는 스스로 교실 밖으로 날아갔다.

3

그날 오후 다웨이가 거리에서 돌아오자 오랫동안 잠잠했던 리잉이 다시 울음소리를 높였다.

다웨이는 아이를 한 명 데려왔다. 그가 골목에서 고함을 질렀다.

"리잉, 리잉, 싱싱이 왔어!"

울음소리 가운데서도 빗물을 철벅이며 걸어오는 소리가 서라운드 음향처럼 가까워졌다.

"싱싱!"

리잉은 아이를 안고 절규했다.

리잉에게 안겨 당황한 아이가 허둥대며 발버둥쳤다.

'응—애—애—' 비슷한 소리를 내며.

"쓰레기 더미 옆에서 아이를 찾았어."

다웨이의 목소리는 무척이나 밝았다.

"곧 태풍이 올 거야."

여전히 밝은 목소리였다.

비바람 속에서 그들의 목소리만 휘날렸다. 간이천막에서 나와 그들의 기쁨에 동참하는 사람은 없었다.

"곧 태풍이 올 거야."

다웨이는 왜 그토록 기뻐하는 거지? 싱싱이 돌아왔기 때문일까, 아니면 태풍이 오기 때문일까?

싱싱이 돌아왔다.

우취안의 아내는 침대에 앉아 중치민을 바라보았다. 중치민은 피리를 집어들었다.

종이 안경을 쓴 싱싱은 모든 것을 볼 수 있었다. 싱싱은 수많은 길을 걷다가 귀가했다. 피리 소리가 비상하기 시작했다.

저녁이 다가오면 들판은 늘 가없어졌다. 떨어지는 햇볕은 따스하기 이를 데 없었다. 길은 물속에서 곡선을 그리며 헤엄치는 물고기처럼 들판으로 이어졌다. 그리고 자신이 출발한 곳으로 돌아갔다.

리잉의 울음소리가 잦아들었다. 그녀는 아이에게 뭐라고 중얼거렸다. 다웨이가 다시 고함쳤다.

"태풍이 와요!"

그들은 여전히 빗속에 서 있었다.

"태풍이 온다구요!"

그 소리를 듣고 간이천막에서 나와 그들과 함께 빗속에 선 사람은 아무도 없었다. 그들은 간이천막을 향해 걷기 시작했다.

발아래 빗물 흐르는 소리가 사라지기만을 기다렸던 중치민이 다시 피리를 집어들었다. 방금 전에 나무에서 떨어진 녹색 나뭇잎은 먼지 하나 없이 깨끗했다. 바람이 진흙에 가까워지던 나뭇잎의 운명을 바꾸었다. 나뭇잎은 물 위에 떴다. 햇빛을 받아 얼룩덜룩 반짝이던 물이 나뭇잎에 올라탔다. 나뭇잎은 물속 바닥까지 가라앉아 다시 진흙 위에 누웠다.

다웨이 일행의 목소리가 비바람 소리에 잠겼다. 싱싱은 그의 피리 소리를 들어야 했고, 그의 발치에 몰래 와야 했다. 그러나 싱싱은 오지 않았다.

중치민은 생각했다. 자기가 어디에 있는지. 싱싱은 이곳에 오지 않을 것이다. 이곳의 창문은 자기 창문이 아니었다. 그는 일어나 집 밖으로 나가 비를 뚫고 갔다. 중치민은 자기 창문을 바라보았다. 싱싱은 아마도 이미 그곳에 앉아 있으리라. 그는 그곳을 향해 걸었다.

4

오랜 시간이 흐른 뒤 그녀는 깨어나면서 묵직한 기운을 느꼈다. 비바람 소리가 열린 창문으로 전해졌다. 그녀는 고개를 돌려 비바람이 나무를 뒤흔드는 풍경을 보았다. 그리고 아랫도리를 벗은 채 교실에 누워 있는 자신을 발견했다. 그녀는 깜짝 놀라 재빨리 일어나 바지를 입고 의자에 앉았다.

그녀는 이전의, 아주 오래전인 듯한 장면을 기억하려 애썼다. 그녀는 셔츠 찢는 소리를 어렴풋이 들었다. 남편의 형상이 비틀거리며 나타났다 다시 비틀거리며 떠나갔다. 다음에 온 것은 바이수였다. 그는 그녀 곁에 얌전히 앉아 있었다.

그녀는 간이천막 가운데에 혼자 앉아 있었다. 낡은 담장을 가린 것이 누구였더라? 그 형체가 자신을 향해 손을 뻗자 그녀는 이곳으로 돌아와 누웠다.

그녀는 일어나 문으로 향했다. 계단 앞에 도착하자 그녀를 2층으로 이끌었던 형체가 다시금 비틀거리며 나타났다. 그러나 그녀는 그게 누군지 생각나지 않았다.

그녀는 계단을 내려가 복도에서 빗속에 서 있는 간이천막을 내다보았다. 그 천막 안에 있는 남편도 보았다. 그녀는 걸어갔다.

남편 곁에 앉자마자 아랫도리를 벗고 교실에 있던 자신의 모습이 다시 떠올랐다. 놀라고 두려워진 그녀는 손을 뻗어 남편의 손을 잡았다.

고개를 숙인 남편은 아무런 반응도 없었다.

"내가 방금……"

그녀는 자신의 목소리가 이상하게도 낯설었다.

"나를 용서해줘." 그녀가 낮은 목소리로 말했다.

남편은 여전히 고개를 숙인 채였다.

그녀는 말을 이었다. "내가 방금……" 그녀는 잠시 생각하다 고개를 저었다. "모르겠어."

남편이 그녀에게 잡힌 손을 빼며 말했다. "너무 불편해."

그의 음성은 피로에 절어 있었다.

그녀의 손이 침대맡으로 미끄러졌다. 그녀는 아무 말 없이 비가 몰아치는 낡은 담장을 바라보았다. 한참 후에 교문의 스피커에서 태풍이 곧 닥칠 거라는 소식이 작게 흘러나왔다.

태풍이 온다. 그녀는 스스로에게 말했다.

지붕 기와가 떨어져 산산조각 났다. 나무는 땅에 누웠고, 흙 묻은 나무뿌리가 통째로 드러났다.

남편이 일어섰다. 다리를 질질 끌고 간이천막에서 나가더니 빗속으로 사라졌다.

태풍이 지나간 뒤 햇빛은 맑고 아름다웠다. 그러나 집 앞 느릅나무는 바람에 쓰러진 채였다. 그녀는 아버지에게 물었다.

―태풍이 왔었나요?

아버지는 마침 외출하려던 참이었다.

그녀는 햇빛 속에서 여전히 바람에 흔들리는 나무 옆 풀을 발견했다.

―풀은 왜 쓰러지지 않았지?

5

봄인데도 사이리무賽里木 호숫가에는 눈이 쌓여 있었다. 하얀 새가 호수 위로 날았다. 새의 날개가 흰눈처럼 눈부셨다.

중치민은 창가에 앉아 있었지만 싱싱은 오지 않았다. 그는 싱싱에게 들려주었던 마지막 곡의 연주를 마쳤다.

그리고 자신에게 말했다. 그 아이는 싱싱이 아니야.

그는 일어나서 계단을 내려가 빗속으로 들어갔다. 비가 성글어지기 시작했다. 그는 우취안의 집으로 향했다.

우취안의 아내는 침대에 앉아 있지 않았다. 그는 집 앞에 서서 그녀가 간이천막으로 옮겨가는 모습을 지켜보았다. 간이천막 안에 앉은 그녀와 눈이 마주친 그는 안으로 들어갔다. 그리고 그녀 곁에 앉았다.

그때 다웨이의 간이천막에서 아이 울음소리가 들렸다. 울음소리는 간간이 이어졌다.

"집에 가야겠어요."

"싱싱이 아니에요."

그가 그녀에게 말했다.

6

지금 침대에는 두 사람이 앉아 있다.

바이수는 주머니에서 붉은 과일을 꺼내 물리 선생의 아내에게 건넸다.

"이게 뭐니?"

바이수는 그녀의 목소리를 이토록 가까이에서 들어본 적이 없었다. 그녀의 목소리에서 그녀의 냄새가 전해졌다. 젖은 지 오래된 시큼한 냄새로, 그녀의 몸에서 흘러나왔다.

그녀의 손이 그의 손과 부딪쳤다. 그녀가 과일을 입속에 넣었다. 그녀의 입술이 살짝 떨렸다. 자홍색 과즙이 그녀의 입가에 조용히 흘러내렸다. 그녀는 바이수의 손바닥에 있는 과일을 보았다. 그는 물리 선생의 아내를 위해 여전히 손바닥을 펴고 있었다. 그녀가 두 손을 내밀어 그의 손을 쥐자 과일이 그녀의 손바닥으로 데굴데굴 굴러 떨어졌다.

바이수는 옆으로 고개를 돌려 그녀를 보았다. 옥처럼 하얗고 깨끗한 그녀의 살짝 숙인 긴 목에 땀방울이 흘러내렸다. 목덜미에는 검은 사마귀가 아주 조용히 자라고 있었다. 조용하지 않을 이유가 없었으니까. 검은 머리칼 몇 가닥이 흘러내려 하얀 피부를 덮었다. 목이 문득 기묘하게 비틀렸다. 그녀가 고개를 돌렸던 것이다.

지금 침대에는 두 사람이 앉아 있었다. 이러한 풍경은 한참 지속된 듯했다. 남편은 오래전에 그녀를 떠났다. 그 뒤에 한 형체가 낡은 담장을 가렸고, 바이수가 그녀 곁으로 왔다. 그녀는 그녀를 교실 안으로 이끈 형체에 대해 생각했다.

바이수였을까?

그 순간 눈앞의 낡은 담장이 다시금 가려졌다. 두 형체가 그곳에서 겹쳐진 것 같았다. 질문이 들려왔다.

"찐빵 줄까?"

그녀의 눈에 한 남자가 또렷히 들어왔다. 그의 뒤에는 한 여자가 광주리를 들고 있었다.

"갓 쪄낸 찐빵이에요."

왕리창이라는 남자였다. 바이수가 그를 알아봤다. 뒤에 선 이는 어머니였다. 어머니도 바이수를 보고 왕리창을 잡아당겼다. 그들은 재빨리 떠났다.

휘날리는 빗물을 가로막던 낡은 담장이 다시 나타났다. 오래 전에도 그 도시에는 이렇게 빗물이 휘날렸다. 그녀는 우산을 들고 전차를 기다렸다. 두 소년이 비를 맞으며 그녀 가까이에 서 있었다. 그들의 머리칼은 물이 뚝뚝 떨어지는 처마 같았다. 한 소년이 그녀의 우산 아래로 들어왔다.

"괜찮아요?"

"물론이지."

다른 소년은 무척 준수했다. 그러나 여전히 빗속에 서 있었다. 그가 갑자기 고개를 돌려 그녀를 쳐다보았다.

"네 친구니?"

"네."

"너도 이리 와."

그녀가 그에게 소리쳤다. 그는 몸을 돌리고 고개를 저었다. 부끄러운지 얼굴을 붉혔다.

"괜찮아요."

준수한 소년은 줄곧 빗속에 서 있었다.

이 또한 어느 초여름의 일이었다. 그 초여름 햇빛은 밝고 아름다웠다. 검은 구름도 어지럽게 굴러다니지 않았다. 그때 바이수는 교문 근처 시멘트 구조물에 앉아 있었다. 그의 두 다리가 구조물 앞에서 제멋대로 흔들렸다. 학교의 젊은 선생 대부분이 교문 앞에 서 있었다. 그는 이런 광경이 무엇을 뜻하는지 알았다. 도시에 사는 물리 선생의 아내가 오후에 올 것이었다. 그녀가 아름답다는 소문이 구린과 천강 일행 사이에 퍼진 지 오래였다. 그의 다리는 무슨 제스처라도 취하는 것처럼 흔들렸다. 그는 젊은 선생들이 뜨거운 햇볕 아래서 땀을 훔치는 것을 보았다. 그의 다리는 계속 흔들렸다. 곁에는 오동나무가 한 그루 있었다. 넓은 나뭇잎이 그의 머리 위에서 흔들렸다.

젊은 선생들은 교문 앞에 두 줄로 섰다. 바이수는 그들이 낄낄대며 박장대소하는 모습을 보았다. 물리 선생이 그의 아내와 함께 걸어왔다. 얼굴을 잔뜩 붉혔지만 도도하기 이를 데 없었다. 그의 아내는 고개를 숙이고 쿡쿡 웃었다. 그녀는 검정 치마를 입고 그를 향해 걸어왔다. 햇빛 아래서 검정 치마는 무엇과도 비교할 수 없을 만큼 아름다웠다.

어느 지주의 죽음

一個地主的死

1

아주 오래전 하얀 머리에 은빛 수염을 기른 지주가 검은색 비단옷을 입고 뒷짐을 진 채 벽돌저택에서 유유자적하게 걸어나와 자기 전답으로 갔다. 밭에서 일하던 농부들은 호미를 놓고 두 손으로 공손하게 나무막대기를 들고 외쳤다.

"어르신!"

도시에 들어서면 그곳 사람들은 그를 선생이라 불렀다. 이 품위 있는 남자는 해가 질 무렵이면 늘 담장으로 둘러싸인 집에서 엄숙하게 걸어나와 저녁 바람에 길고 흰 수염을 휘날렸다. 마을 앞에 있는 똥통에 갈 때면 그는 보이지 않게 성대한 의식을 치렀다. 자신의 삶에 무척 만족하고 있는 이 지주는 허리를 꼿꼿이 펴고 똥통 옆으로 걸어가 오른손으로 홑옷 한쪽을 들치고 느긋하게 몸을 돌렸다. 이어서 한 발로 똥통 옆을 밟고 몸을 훌쩍 들어올려 똥통 위에 쭈그려 앉았다. 그러고는 바지 끈을 풀고 주름이 가득한 엉덩이와 핏줄이 금방이라도 터질 것 같은 넓적다리를 내놓고 똥을 누기 시작했다.

사실 그의 침대맡에 요강이 있긴 했지만 그는 가축처럼 들판에서 볼일을 보는 게 더 좋았다. 해가 지는 풍경과 시원하게 불어오는 저녁 바람에 기분이 좋아지기 때문인지도 몰랐다. 환갑이 지난 지주는 여전히 젊은 시절의 습관을 유지했다. 그는 농부처럼 똥통 위에 철퍼덕 주저앉지 않고 쭈그려 앉았다. 사람이 늙으면 똥도 늙는 법이다. 매일 저녁 마을 사람들은 지주가 아이고 아이고 외치는 소리를 들었다. 젊었을 적만큼 일이 시원하게 해결되지 않는 모양이었다. 게다가 통 위에 쭈그리고 앉은 두 다리도 견디기가 힘든지 덜덜 떨렸다.

지주에겐 세 살짜리 손녀가 있었는데, 검은 바탕에 붉은 꽃이 수놓인 바지를 입고 소뿔처럼 머리칼을 양쪽으로 틀어올려 화라도 난 것처럼 보였다.

손녀는 살랑대며 지주 곁으로 걸어와 호기심이 가득한 눈으로 지주의 떨리는 두 다리를 보며 물었다.

"할아버지, 왜 그렇게 떨어요?"

지주는 살짝 웃으며 말했다. "바람이 불어서 그런다."

지주는 실눈을 뜨고 저 멀리 길에 나타난 하얀 형체를 보았다. 지는 해가 내뿜는 빛 때문에 그의 눈속에서 온갖 색의 반점이 뛰놀았다. 지주는 눈을 껌뻑이며 손녀에게 물었다.

"저기 오는 게 네 아비 아니냐?"

손녀는 그쪽을 뚫어져라 보았지만 빛 때문에 눈이 부셔 잘 보이지 않았다. 가냘픈 형체가 가물거리면서 탁 뱉어낸 침처럼 반짝였다. 그 모습을 본 손녀가 킥킥거리더니 할아버지에게 말했다.

"아버지가 팔딱거려요."

걸어오는 사람은 지주의 아들이었다. 하얀 비단옷을 입은 이 작은 어르신은 집을 떠난 지 여러 날이 되었다. 지주는 아들을 확인하고는 생각했다.

저 자식, 또 돈 타러 왔군.

두 손으로 요강을 받쳐들고 집 안뜰에서 나온 지주의 며느리가 요강을 옆구리에 끼더니 한 걸음씩 걸어왔다.

뚱뚱한 몸매로 서두르거나 늑장을 부리지 않고 여유롭게 걸어오는 며느리를 본 지주는 기분 좋게 웃었다. 진작 그의 곁을 떠난 손녀는 논 한가운데에 서서 이리저리 둘러보았지만 결정을 내리지 못했다. 아버지를 맞으러 가야 할까? 아니면 어머니한테 갈까?

그때 하늘에서 우르릉 소리가 났다. 지주가 눈을 들어 보니 북쪽 구름 아래로 비행기 한 대가 날아가고 있었다. 지주는 실눈을 뜨고 다가오는 물체를 보았지만 잘 분간이 되지 않았다. 그는 가까이서 낫을 들고 두리번거리는 농부 아낙에게 물었다.

"청천백일기青天白日旗*인가?"

그 소리를 듣고 흠칫한 아낙이 대답했다.

"일장기네요."

일본군의 비행기였다. 지주가 큰일 났다고 생각한 순간 비행기가 회색 알 두 개를 떨어뜨렸다. 지주는 다급히 뒤로 물러나려다 똥통에 철퍼덕 주저앉고 말았다. 폭탄이 터짐과 동시에 와락 똥물이 튀었다. 지주의 귓속에 벌 떼가 윙윙대는 소리가 들렸고 주변으로 흙먼지가 날렸다. 두 눈을 꼭 감았는데도 머릿속이 윙윙거렸다. 지주는 여전히 출렁이는 똥물을 느낄 수 있었다. 얼굴에서 무언가가 스멀스멀 기어가는 기분이었다. 눈을 부릅뜨고 오른손을 뻗던 지주는 손 위에 앉은 하얀 벌레 몇 마리를 발견하고는 손을 흔들어 떨어뜨렸다. 그러곤 얼굴에 붙은 벌레를 잡는 족족 뭉개버렸다. 똥통은 악취로 가득했다. 지주는 호흡을 멈추고 입을 쭉 내밀었다. 그러고 나니 좀 나아졌지만 머릿속 울림은 여전했다. 여러 사람이 멀리서 외치는 것 같기도 하고, 어두운

---

* 중화민국 국기.

밤에 멀리서 무수한 횃불이 번쩍이는 것 같기도 했다. 지주가 살짝 고개를 들고 보니 하늘은 완전히 어두워지기 직전의 쪽빛, 그것도 아주 진한 쪽빛이었다.

지주는 하늘이 어두워질 때까지 똥통에 앉아 있었다. 머릿속의 윙윙 소리는 점차 약해졌다. 그는 다가오는 발소리를 들었다. 아들이었다. 이렇게 맥없이 걷는 사람은 아들뿐이었다. 똥통 옆으로 온 아들은 먼저 주위를 둘러보고 똥물 속에 단정히 앉아 있는 아버지를 보았다. 아들은 고개를 갸웃거리며 말했다.

"아버지, 저녁 먹으려고 다들 기다려요."

지주는 하늘을 보면서 아들에게 물었다.

"일본군은 갔느냐?"

"벌써 갔어요. 빨리 나오세요." 아들은 돌아서면서 중얼거렸다. "목욕탕도 아닌데."

지주가 아들에게 오른손을 내밀었다. "당겨라."

아들은 망설이며 아버지의 손을 보았다. 날이 어둑해지기 시작했다. 그는 똥물로 범벅된 아버지의 손에서 기어다니는 하얀 벌레를 보았다. 아들은 꿇어앉아 호박잎을 몇 장 따 아버지에게 건넸다.

"먼저 손이라도 좀 닦으세요."

지주는 싱싱한 호박잎을 받아들었다. 손을 문지르자 여리고 부드러운 호박잎의 하얀 잔털이 손을 간질였다. 양털이 닿는 기분이었다. 호박잎이 찢어지면서 나온 푸른 즙에서 냄새가 났다. 지주는 다 닦은 손을 다시 아들에게 내밀었다. 지주의 손을 확인한 아들은 호박잎을 다시 몇 장 뜯어 자기 손바닥에 놓고 아버지 손을 잡아 힘껏 끌어냈다.

똥물이 흥건하게 묻은 지주는 몸을 부르르 떨었다. 그는 갓 나온 달빛 아래서 앞서가는 아들을 보며 생각했다.

불효자식 같으니.

2

성 밖 안창먼安昌門 외곽의 큰 부자 왕쯔칭王子淸의 아들 왕샹훠王香火는 카이순 주점에 앉아 있었다. 주점은 텅 비었다. 환갑 노인 하나만 구석에 얼후*를 품은 채 웅크리고 앉아 꾸벅꾸벅 졸 따름이었다. 왕샹훠의 탁자에는 요리 세 접시와 술병 하나, 술잔 하나가 놓여 있었다. 그는 솜옷 소매통에 두 손을 꽂고 과피모**

---

*두 줄로 된 중국의 전통 현악기.

**중국 전통 모자. 여섯 개의 검은 천을 잇대어 만든 것으로 수박을 반 가른 모양이다. 차양이 없고 정수리에 꼭지가 달렸다.

를 썼으며 눈을 지그시 감은 폼이 조는 듯했으나, 실인즉 창밖을 내다보고 있었다.

창밖에는 궂은비가 추적추적 내리고, 축축하게 젖은 거리에 빗방울이 끓인 물처럼 튀어올랐다. 양쪽 처마에서 동그란 물방울이 반짝이며 떨어져내렸다. 그가 내다보는 창문은 시청면西城門을 마주하고 있었다. 성문에서 일본군 다섯이 총을 멘 채 성을 드나드는 사람들의 몸을 수색했다. 그때 두 모녀가 걸어갔다. 모녀는 노란 우산을 썼는데, 어지러운 빗속에서 활짝 핀 유채꽃처럼 빛났다. 어머니는 소녀의 어깨를 손으로 꼭 감쌌다. 잠시 후 그들은 봄날의 유채꽃처럼 갑자기 사라졌다. 성문 안으로 들어가 일본군 앞에 섰던 것이다. 일본군 하나가 친근하게 소녀의 머리칼을 매만졌다. 다른 군인 하나는 소녀의 어머니를 만지고 더듬었다. 동작을 보니 부글부글 끓는 물에 담갔던 닭의 털이라도 뽑는 모양새였다. 바람이 불자 비가 흩날렸지만 낯선 손길에 당하는 여인의 불안을 알아채기는 어렵지 않았다.

왕상휘는 살짝 눈을 위로 들었다. 이런 광경을 본 게 한두 번이 아니었다. 이제 그의 시선은 성벽을 넘어 가없는 먼 곳을 향했다. 비가 잦아들었는지 틈새가 넓어지는 느낌이 들었다. 먼 곳의 경치가 유리를 닦은 것처럼 또렷해졌다. 물고기를 잡기 위해 쳐놓은 대나무 방렴이 늘어선 모습이 눈에 들어왔다. 나룻배 한

척이 방렴에 부딪칠 듯 다가오더니 안개가 가득한 호수를 낙엽처럼 떠다녔다. 배 위에 세 사람이 조그맣게 보였다. 이물에서 한 사람이 대나무 장대를 들고 호수 바닥을 관측하는 듯했고, 가운데 있는 사람이 물에 뛰어들더니 금세 수면 위로 올라왔다. 그는 두 손으로 선실을 향해 계속 가라고 신호를 보내고는 배 위로 올라와 선실로 들어갔다. 거리가 멀어 배에 오르는 모습이 왕상휘의 눈에는 그냥 구르는 것처럼 보였다.

그때 성문에서 난 비명 소리가 창문을 통해 왕상휘의 귀에 들어왔다. 어디 불이라도 난 듯 소란스러웠다. 일본군 두 명이 상인으로 보이는 남자를 부축하고 가다가 길 한복판에서 걸음을 멈췄다. 왕상휘 쪽으로 얼굴을 돌린 남자는 두 팔을 일본군에게 붙들린 채였고, 또다른 일본군이 고함을 치면서 총검을 들고 남자의 등을 향해 달려들었다. 남자는 잠자코 있었다. 등 뒤에서 들리는 함성이 죽음의 부름이라는 것을 모르는 듯했다. 왕상휘는 남자의 몸이 밀린 것처럼 두 번 휘청거리고 앞가슴으로 칼이 삐죽 튀어나오는 장면을 보았다. 남자의 눈이 눈알이 튀어나올 듯 휘둥그레졌다. 일본군은 그에게 발길질을 하더니 남자가 넘어지자 칼로 찔렀다. 남자 몸에서 솟구친 피가 일본군의 얼굴을 흠뻑 적시자 옆에 있던 두 일본군이 소리를 지르며 웃어댔다. 그러나 그 일본군은 전혀 개의치 않고 손을 들고 몇 번 괴성을 지르더니 득의양양하게 성문 아래로 돌아갔다.

위층으로 올라오는 헝겊신 소리가 들렸다. 쉰이 넘어 보이는 여자 주인은 거친 솜옷을 입고 얼굴에는 부엌 재를 분처럼 바르고 있었다. 그녀의 흐트러진 모습을 보고 왕상훠는 생각했다.

일본군이 설마 저 여자까지 건드렸을까?

여자 주인이 말했다. "왕씨 댁 작은 어르신, 어서 집에 돌아가세요."

왕상훠가 몸을 빼뚜름하게 기울이고 앉아 소매통에서 하얀 손수건을 꺼내 내밀자 그녀가 훌쩍이며 말했다.

"놀라서 죽는 줄 알았어요."

왕상훠는 그녀가 눈가를 훔치고 나서야 눈물을 흘리는 것에 주목했다. 넋이라도 빠진 듯한 그녀의 모습은 공들여 꾸민 것이었고, 손수건을 받아드는 동작도 지나치게 요염했다. 구석에서 졸던 노인은 기침을 하고 일어나더니 창가에 있는 두 사람을 흘깃 보고는 무슨 말인가 하려다 두 사람이 아무런 반응도 없자 늘어지게 하품을 했다. 왕상훠가 말했다.

"비가 멎었군."

여주인은 훌쩍임을 멈추고 세심하게 눈 주위를 닦고는 손수건을 소매통에 홀랑 집어넣었다. 그리고 창문 아래 서 있는 일본군을 보며 말했다.

"근근이 이어가던 장사를 망쳤어요."

왕샹휘는 카이순 주점에서 나와 빗물이 흐르는 거리를 천천히 걸었다. 조금 전에 죽은 남자는 그곳에 그대로 누워 있었다. 몇 걸음 떨어진 곳에 그의 모자가 있었는데 빗물이 흥건했다. 왕샹휘는 흐르는 피는 보지 못했다. 아마도 조금 전 내린 비가 쓸어간 모양이었다. 죽은 자의 등은 붉게 물들었고, 조금 삐져나온 솜이 비에 젖어 눅눅해졌다. 왕샹휘는 그를 피해 성문으로 걸어갔다.

이때 성문에서 일본군 두 명이 총을 메고 선 채 다가오는 그를 지켜보았다. 그들 앞에 멈춘 왕샹휘는 과피모를 벗어 가슴에 쥐고 그중 한 군인을 향해 허리를 숙였다. 이어서 다른 군인에게도 허리를 굽혔다. 두 군인이 유쾌하게 웃더니 그를 향해 엄지를 추켜올렸다. 그는 몸수색 없이 그들 사이를 통과했다.

며칠 동안 비가 내려서인지 성 밖 길은 심하게 질척거리고 군데군데 물웅덩이가 생겼다. 왕샹휘는 진흙이 묻지 않도록 풀이 자란 길가로 걸었다. 풀은 연하고 부드러웠다. 길은 멀리까지 구불구불 뻗어 있었다. 하늘에 떠 있는 검은 구름이 황량한 땅을 뒤덮었다. 왕샹휘는 두 손을 소매통에 끼우고 차가운 초겨울 바람을 맞으며 고개를 숙이고 걸었다. 그런 그의 모습은 들판에 잎을 다 떨어뜨리고 덩그러니 서 있는 바싹 마른 몇 그루 느릅나무를 연상시켰다.

앞쪽 비구니 암자엔 일본군 부대가 운집해 있었다. 그들은 행인 십여 명을 길가 도랑에 한 줄로 세웠다. 차가운 진흙이 그들의 무릎까지 올라왔다. 두려워서인지 추워서인지, 사람들이 투덜대는 까닭을 알 수 없었다. 암자에 있던 비구니 둘도 난리를 피할 수 없었다. 흥이 오른 일본군 둘이 비구니들을 암자 앞 공터에 꿇어앉힌 채 환속이라도 시키려는 듯 번들번들한 그들의 머리꼭지에 더러운 진흙을 발랐다. 얼굴은 벌써 흙투성이였고 진흙이 목을 따라 속옷과 가슴까지 흘러내렸다. 그 광경을 지켜보던 다른 군인들은 미친 듯이 웃어대며 짐승처럼 괴성을 내질렀다. 서로 죽이 맞아 해롱거리는 모습이 정신 나간 추악한 귀신 같았다. 왕상휘가 다가오는 모습을 본 두 군인이 비구니 이마에 진흙으로 앞머리를 만들려고 했지만 진흙물만 질질 흘렀다. 그중 한 군인이 풀을 뜯어다 흙과 함께 개어서 비구니의 이마에 붙이는 데 성공했다.

그들은 쑹황松篁으로 갈 부대였다. 그들의 못된 장난이 끝나자 지휘관으로 보이는 일본인과 통역관으로 보이는 중국인이 도랑에 있는 사람들 앞에 나섰다. 일본인이 한번 쓱 둘러보더니 중국인에게 뭐라고 말했다. 부대를 쑹황까지 확실하게 안내할 사람을 뽑으려는 게 분명했다.

왕상휘가 그들 앞에 나섰다. 어둑한 하늘이 그들의 미친 듯한 웃음을 힘껏 빨아들일 것 같았다. 특히 기뻐서 어쩔 줄 몰라하는 일본군의 모습이 눈에 거슬렸는데, 동굴처럼 크게 벌린 입이 집 뜰에 쌓아둔 항아리를 연상시켰다. 그는 과피모를 벗고 일본군을 향해 허리를 굽혔다. 지휘관이 미소를 지으며 몇 걸음 걸어오더니 채찍 손잡이로 그의 어깨를 툭툭 치고는 돌아서서 통역관에게 뭐라고 한마디 했다. 왕상휘는 오리처럼 꽥꽥대는 목소리를 들었다. 위아래로 움직이는 일본인의 두꺼운 입술을 보자 그런 생각이 더 강해졌다. 통역관이 걸어와 말했다.

"당신이 우리를 쑹황으로 안내하시오."

3

그해에는 겨울이 빨리 왔다. 아직 11월이었다. 지주의 집은 화로를 사용했다. 양가죽으로 감싼 태사의*에 앉아 두 손을 은근한 화롯불에 쪼이자 왕쯔칭은 마음이 푸근해졌다. 집 밖에 똑똑 떨어지는 빗소리와 숯이 툭툭 터지는 소리가 한데 섞이고 불꽃이

---

* 관리나 부호만 사용할 수 있었던 중국 전통 고급 목재 의자.

때때로 눈앞에서 춤을 췄다. 그는 이런 풍경을 보며 어두운 집 안에서 미약한 활기를 느꼈다.

고용인 쑨시孫喜가 장작을 패는 소리가 간간이 들려왔다. 추위가 갑자기 닥친 탓에 숯도 준비가 덜 된 상태여서 쑨시에게 부엌에서 쓸 숯을 먼저 만들게 했던 것이다.

지주 집안의 여인 삼대도 화로를 가운데 두고 앉았다. 두꺼운 솜저고리와 솜바지를 입은 그녀들은 솜신을 신은 발을 구리덮개에 올려놓았다. 재를 덮은 구리덮개의 작은 구멍으로 열기가 뿜어져 나왔다. 그녀들은 그렇게 하고서도 찬바람이라도 쐬인 듯 몸을 잔뜩 움츠렸다.

지주의 손녀는 추위에 아랑곳하지 않았다. 손녀는 오로지 손에 쥔 땡땡이*에만 관심이 있었다. 아무리 돌려봐도 누에콩 같은 구슬을 북 가죽에 제대로 맞힐 수가 없었던 것이다. 조금만 힘을 줘도 땡땡이가 손에서 떨어졌다. 그녀는 의자에 엉덩이를 붙인 채 두리번거리며 바닥에 떨어진 땡땡이를 찾았다. 두 다리가 흔들리면서 붕 뜬 느낌이 들자 바로 손을 내밀어 어머니를 때렸다. 용을 쓰는 폼이 모기라도 잡는 듯했다.

부엌에서 대야를 가져다 아직도 타고 있는 숯에 물을 붓자 칙

---

* 자루를 흔들면 양쪽에 단 구슬이 북면을 쳐 소리가 나는 장난감.

칙 소리가 났다. 그 소리를 듣고 살짝 정신이 든 왕쯔칭이 엉덩이를 들썩였다. 온몸에 느긋한 기운이 퍼졌다.

쑨시는 삼태기에 연기가 나는 숯을 담아 들어왔다. 너덜너덜한 솜옷이 풀어헤쳐져 튼실한 앞가슴 근육이 훤히 드러났다. 얼굴이 땀범벅인 그는 보호 장구를 완벽하게 갖춘 것처럼 두툼한 옷을 몇 겹씩 껴입은 사람들 사이로 들어와 지주가 언제든 집게로 집을 수 있도록 화로 옆에 삼태기를 놓았다.

왕쯔칭이 말했다. "쑨시, 좀 쉬게나."

쑨시는 몸을 세우고 이마의 땀을 닦으며 말했다.

"예, 어르신."

손으로 염주를 굴리던 지주의 부인은 왼다리를 살짝 들고 오른다리를 구리덮개 쪽으로 살며시 뻗으며 쑨시에게 말했다.

"좀 춥네. 가서 재를 좀 바꿔오게."

쑨시는 허리를 굽혀 구리덮개를 가슴 앞으로 들어올리고는 대답했다.

"예, 마님."

지주의 며느리도 재를 갈아야 되겠다 싶었는지 다리를 소리 없이 옮겼지만 시어머니와 동시에 재를 가는 게 좀 죄송스러운 모양이었다.

왕쯔칭은 오래 앉아 있어 삭신이 뻐근했는지 자리를 털고 일어나 천천히 창가로 걸어가서 빗방울이 지붕을 때리는 소리를 들었다. 마음이 어지러워졌다. 집 밖 나무에는 잎이 하나도 없었고, 앙상한 가지마다 빗물이 구불구불 흘러내렸다. 왕쯔칭의 눈에 진흙이 잔뜩 묻은 채 쓰러져 있는 풀숲이 들어왔다. 그는 땡땡이 소리에 이어 깔깔대는 손녀의 웃음소리를 들었다. 북 가죽을 맞히는 데 성공한 모양이었다. 손녀의 맑은 웃음소리에 그는 미소를 지었다.

일본군이 성안에 들어왔다는 소식이 전해진 것은 어제였다. 왕쯔칭은 생각했다.

이 자식도 돌아와야 할 텐데.

4

"타이쥔太君*께서 말씀하셨다. 네가 우리를 쑹황까지 데려가면 큰 상을 내릴 것이다."

통역관은 고개를 돌려 지휘관에게 뭐라고 말했다. 고개를 돌

---

* 일본어의 다이쿤(大君)을 착각해 쓴 표현. 다이쿤은 일본 막부의 장군이 외국인에게 자신을 지칭할 때 쓴 호칭이다.

린 왕샹휘는 일본군이 하얀 들꽃을 꽂아둔 총구를 보았다. 흰 꽃이 다발째로 걸린 기관총도 있었다. 하얀 꽃송이들이 연기처럼 흩날리는 검은 구름 아래서 살며시 흔들렸다. 광활한 들판을 보자 왕샹휘의 입에서 가벼운 한숨이 나왔다.

"타이쥔께서 물으신다. 우리를 책임지고 쑹황까지 데려갈 수 있겠느냐?" 통역관이 하얀 장갑을 낀 손으로 왕샹휘의 얼굴을 치며 말했다.

통역관은 북방인이었다. 입을 벌릴 때마다 오른쪽으로 비틀렸다. 코는 콧방울이 아주 커서 코끝이 거의 없는 것이나 다름없었다. 그 코를 본 왕샹휘는 마늘을 떠올렸다.

"니미럴, 벙어리냐?"

왕샹휘는 다시 입을 한 대 얻어맞았다. 머리가 홱 돌아가면서 모자가 비뚤어졌다. 그가 입을 열었다.

"말할 줄 압니다."

"이런, 썅!"

왕샹휘의 뺨을 사납게 올려붙인 통역관은 화가 잔뜩 나서 돌아서더니 지휘관에게 뭐라고 오리처럼 꽥꽥댔다. 왕샹휘는 과피모를 고쳐 쓰고 두 손을 소매통에 집어넣은 뒤 그들을 바라보았다. 지휘관이 앞으로 나오더니 그에게 일본어로 소리쳤다. 그리고 뒤로 몇 걸음 물러나 두 군인을 향해 손을 흔들었다. 통역관이 외쳤다.

"이 쌍놈의 손을 뚫어버려라!"

왕샹훠는 통역관은 아랑곳하지 않고 자기에게 다가오는 두 군인을 보며 어떻게 할지 생각했다. 한 군인이 그를 향해 개머리판을 들었다. 하얀 꽃이 흔들리며 떨어졌다. 왕샹훠의 왼쪽 어깨에 맹렬한 일격이 가해졌다. 두 다리에 힘이 풀리면서 땅에 무릎을 꿇었다. 하얀 꽃도 진흙 위로 떨어졌다. 흩어진 하얀 꽃잎을 다른 군인이 군홧발로 짓밟았다.

왕샹훠는 고개를 들어 볏짚만큼이나 굵은 철사를 들고 다가오는 군인을 보았다. 양끝을 뾰족하게 간 철사였다. 키는 작지만 기운은 센 다른 군인이 단숨에 소매통에서 그의 두 손을 뽑아냈다. 그러고는 등 뒤로 가더니 그의 두 손을 앞으로 모아 한데 포갰다. 철사를 든 군인이 그를 향해 흐흐 웃어 보이더니 손바닥을 뚫었다.

심장을 쥐어짜는 듯한 통증에 왕샹훠는 고개를 떨어뜨렸고 어깨가 오른쪽으로 기울었다. 통증은 유난히 또렷했다. 철사가 손뼈에 닿으면서 슥슥 소리가 났다. 철사를 위쪽으로 당기자 결국 뼈를, 오른손바닥을 그리고 왼손바닥을 뚫었다. 왕샹훠는 자신의 이가 딱딱 격렬하게 부딪치는 소리를 들었다.

철사로 두 손을 뚫는 데 성공한 일본군은 만면에 웃음을 띠고 철사를 이리저리 잡아당겼다. 왕상훠는 견디지 못하고 신음을 흘리며 실눈을 뜨고 페인트처럼 묻은 피를 보았다. 피는 점점 검게 변했고 결국 바닥의 더러운 흙과 구분할 수 없을 정도가 되었다. 군인은 잡아당기기를 멈추고 철사를 그의 손에 감기 시작했다. 그 군인이 떠난 뒤 그는 와하는 소리를 들었다. 군인들이 격려라도 하는 모양이었다. 그는 온몸을 부들부들 떨었다. 시간이 흐를수록 손바닥이 타는 듯 뜨거워졌다. 눈앞이 캄캄했다. 그는 눈을 감았다.

통역관이 그에게 호통을 치는 소리일지도 몰랐다. 누군가 걸어찼지만 그다지 세지는 않았다. 그는 비틀거렸지만 쓰러지지는 않았다. 그는 안개가 가득하던 호수의 고기잡이배처럼 흔들렸다.

이윽고 그가 눈을 뜨자 통역관의 얼굴이 분명하게 들어왔다. 통역관이 그의 머리칼을 쥐고 호통을 쳤다.

"니미럴, 일어나지 못해!"

그는 균형을 잡지 못하고 비틀거리며 일어났다. 이제 그는 모든 것을 분명하게 볼 수 있었다. 그들 뒤로 축축한 들판이 보였고 일본군 지휘관은 그에게 뭐라고 고함을 쳤다. 그가 통역관을 돌아보자 통역관이 말했다.

"빨리 가."

뜨겁게 열이 나던 손에 찬바람이 들자 서늘한 통증이 몰려왔

다. 왕샹훠가 고개를 떨어뜨리자 손에 점점이 묻은 혈흔과 어지
럽게 감긴 철사가 보였다. 입으로 소매통 가운데를 물어 손바닥
을 가렸다. 두 손이 소매통에 들어가자 아무 일도 없었던 것처럼
마음이 좀 편해졌다. 두 비구니는 여전히 그곳에 무릎을 꿇고 있
었다. 그들의 얼굴에선 군데군데 얼룩진 벽처럼 진흙이 흘러내
렸다. 네 눈동자만 깨끗하고 희미하게 빛났다. 그들이 바라보자
그도 연민을 담은 시선을 보냈다. 도랑에 줄지어 선 사람들은 여
전히 투덜거렸다. 뒤편 작은 흙언덕에 자란 풀은 비에 씻겨 뿌리
를 드러냈다.

5

　　지주 댁의 고용인 쑨시는 그날 점심 때 리차오李橋에 도착했
다. 여전히 다 해진 솜옷 차림이었다. 가슴께는 풀어헤치고 허리
에는 새끼줄을 동여맸으며 얼굴은 먼지투성이였다.
　　그는 어제 떠난 곳에서 일본군이 왕샹훠를 앞세우고 쑹황으로
갔다는 얘기를 들었다. 먼지와 범벅이 된 땀을 닦아낸 그는 바보
같이 웃으며 물었다.
　　“쑹황에는 어떻게 갔소?”

"먼저 리차오에 가보슈." 사람들이 알려주었다.

장마는 일본군이 떠남과 동시에 끝났다. 쑨시가 리차오에 도착했을 때 오른발 짚신 끈이 끊어졌다. 그는 짚신을 모두 벗어 옆구리에 끼고 맨발로 샤오지小集 진에 터벅터벅 들어섰다.

진의 중심지에 한 무리의 사람들이 모여 웃고 떠들고 있었다. 제법 먼데도 잘 들렸다. 가축이 울부짖는 소리도 들려왔다. 햇빛이 마을 토담 위에서 반짝였다. 땅은 여전히 축축했지만 질척거리지는 않았다. 벗은 발로 밟아도 부드러웠다. 가끔 깨진 돌을 밟지만 않았어도 정말 풀밭을 걷는 느낌이었을 것이다.

그곳에 잠시 서서 쑨시는 누구에게 작은 어르신의 행방을 물어야 하나 생각하며 떠들썩하게 웃고 있는 사람들부터 처마 아래 울긋불긋한 솜저고리를 입고 서 있는 여자들까지 눈으로 훑었다. 꾸물거리며 사람들 사이로 걸어간 그는 곁눈질로 자기를 보는 여자 몇을 발견했다. 그는 조금 김이 새서 웃고 있는 남자들에게로 걸음을 옮겼다.

비쩍 마른 남자가 양을 어미 돼지 위에 올려놓자 어미 돼지가 꽥꽥거렸다. 양은 메에 울면서 등에 탔지만 싫어하는 기색이 역력했다. 남자가 손을 놓자 양이 어미 돼지 몸에서 땅으로 미끄러졌다. 어미 돼지가 머리로 들이받자 양이 앞발굽으로 반격했다. 비쩍 마른 남자가 욕을 퍼부었다.

“신방에만 들어가면 싸운다니까, 썅!”

다른 사람이 말했다.

“돼지를 뒤집어서 네 발을 하늘로 향하게 하면 여자처럼 양을 모실 거요.”

사람들이 멋대로 지껄이자 비쩍 마른 남자가 낄낄대며 말했다. “좋소. 형씨들이 힘만 좀 써준다면야.”

쑨시만큼이나 낡은 솜옷을 입은 남자 넷이 돼지를 잡고 뒤집었다. 어미 돼지의 허연 뱃가죽에 비친 햇빛이 한차례 흔들렸다. 돼지도 자기 처지가 심각하다고 생각했는지 멱따는 소리를 내며 건장한 네 다리로 마구 차면서 몸부림쳤다. 네 사람은 무릎을 꿇고 앉아 여자를 누르듯 힘껏 어미 돼지의 다리를 잡아 눌렀다. 마른 남자가 양을 끌어안고 돼지 배에 올리려 하자 이번엔 양이 네 다리를 버둥거렸다. 죽어도 허연 뱃가죽과는 살을 맞대지 않겠다는 듯 필사적이었다. 남자는 가래를 뱉고 욕을 퍼붓기 시작했다.

“살이 통통하게 오른 아가씨를 대주는데도 하기 싫다는 거냐, 이 배은망덕한 놈아.”

그러고는 네 사람에게 배의 밧줄을 끌듯 양의 네 다리를 잡아 벌리게 한 뒤 양을 돼지의 배 위로 올렸다. 두 짐승은 절망적인 괴성을 내질렀다. 메에 소리와 꿀꿀 소리가 한데 뒤섞였다. 광풍처럼 터져나온 사람들의 웃음소리는 한참 동안 멎을 줄을 몰랐다. 그때 뒤에서 비집고 들어간 쑨시는 두 짐승이 얼굴을 맞댄 우스꽝스러운 장면을 보았다.

누군가 말했다. "양이 암컷인가보군."

그 말을 들은 마른 남자는 곧바로 양을 거꾸로 뒤집게 하고는 음경을 쥐고 눈을 부릅뜨면서 말했다.

"어이, 이 양반아, 이게 뭐로 보이시오? 젖은 아니지 않소?"

그때 쑨시가 입을 열었다. "거길 못 찾네."

마른 남자가 바로 알아듣지 못하고 물었다.

"뭐라고 했소?"

"양이 돼지의 거기를 못 찾는단 말이외다."

마른 남자가 이마를 때리고는 갑자기 깨닫기라도 한 것처럼 말했다. "정곡을 찌르는 말이군."

지나친 칭찬을 들은 쑨시는 다소 얼굴이 붉어져서는 흥분을 이기지 못하고 말을 이었다.

"그걸 가르치면 좋겠구먼."

"어떻게 가르칩니까?"

"짐승의 거기 냄새는 다 비슷하니 양의 코를 끌어다 대고 냄새를 맡게 해서 누군지 알게 해줘야지."

마른 남자가 기쁜 듯 손뼉을 치며 말했다.

"이 양반 겉으론 맹해 보이는데 뭘 좀 아는구먼. 어디서 오셨소?"

쑨시가 말했다. "안창면 밖 왕쯔칭 어르신 댁에서 왔소. 혹 그 댁 작은 어르신을 못 보았소?"

"당신네 작은 어르신? 일본군에게 잡혀서 쑹황에 간 사람 말이오?" 어떤 사람이 쑨시에게 말했다.

"저 할멈에게 물어보슈. 일본군이 왔을 때 우린 죄다 도망가고 할멈만 남았으니까. 일본군이 어떻게 할멈 집에서 잤는지 얘기해줄지는 모르겠소만."

한쪽에서 낄낄대며 웃었다. 쑨시는 그 사람이 가리키는 손가락을 따라 멀지 않은 곳에서 혼자 벽에 기대어 햇볕을 쬐는 예순 남짓 되어 보이는 할멈을 보았다. 쑨시는 두 손을 소매통에 넣은 채 자신을 보는 둥 마는 둥 하는 할멈에게 천천히 다가갔다. 쑨시는 웃음을 지으려 애썼지만 할멈의 태도는 변하지 않았다. 산발한 머리에 쪼글쪼글하고 목석같은 얼굴이었다. 쑨시는 할멈에게 다가갔지만 별로 내키지는 않았다. 다행히도 할멈이 차가운 눈으로 잠시 쏘아보더니 그를 향해 먼저 입을 열었다.

"저 사람들, 뭐 하는 거야?"

할멈은 사람들을 향해 눈을 부라렸다.

"양이랑 돼지를 접붙이고 있어요." 쑨시가 말했다.

할멈이 입술을 뒤틀더니 일고의 가치도 없다는 듯 내뱉었다.
"멍청한 놈들."

급히 고개를 끄덕여 보인 쑨시가 할멈에게 물었다.

"저 사람들이 할머니가 일본군을 봤다던데요?"

"일본군?" 할멈이 분하다는 듯 말했다. "일본군은 저놈들보다
더 멍청해."

6

회색빛 하늘에서 오락가락하던 빗물이 목을 따라 속으로 흘러
들자 솜저고리가 점점 더 무거워지고 몸에서 미열이 났다. 피부
는 썩은 고추라도 바른 듯 뜨거웠고, 관절마다 은은한 고통이 느
껴졌다.

비는 곧 그칠 듯했다. 왕상휘는 서쪽 하늘에 어두침침한 하얀
빛이 나타나는 것을 보았다. 물방울이 머리칼에서 눈썹으로 떨
어졌다. 일본군의 군화는 진흙 속에서 청개구리 울음소리처럼
쩔걱거렸다. 그는 진흙에서 하얀 거품이 이는 것을 보았다.

통역관이 말했다. "이봐, 앞쪽은 어딘가?"

왕상휘는 실눈을 뜨고 전방의 마을을 보았다. 어두운 하늘 아

래 불쑥 솟은 무덤처럼 리차오가 검은 구름 아래 천천히 그에게 다가섰다.

"이봐."

통역관이 머리를 톡톡 두드리자 그가 흠칫하더니 대답했다.

"리차오에 도착했습니다."

이어서 물 끓는 듯한 일단의 일본어가 들려왔다. 일본군은 정지했고, 지휘관이 가죽가방에서 지도를 꺼냈다. 군인 몇이 즉각 외투를 벗어 지도에 비가 떨어지지 않게 막았다. 그들은 축축하게 젖은 채로 눈을 부릅뜨고 지휘관을 쳐다보았다. 지도를 접어 넣은 지휘관이 고함을 지르자 그들은 피로가 극에 달했는데도 즉시 한 줄로 정렬해 리차오를 향해 행군했다.

가랑비에 덮인 리차오는 적막한 모습으로 그들을 맞았다. 축축한 겨울 날씨 탓인지 참새 한 마리 보이지 않았다. 길 위에 어지럽게 찍힌 발자국과 가늘고 긴 수레바퀴 자국이 얼마 전 한 무리의 사람들이 피난 간 흔적을 뚜렷하게 보여주었다.

그들은 꽤 큰 저택에 도착했다. 왕상휘는 성안에서 비단공방을 하는 마씨 저택임을 알아보았다. 서둘러 피난했는지 객청 화로에서 아직도 은은한 온기가 느껴졌다. 사방을 둘러본 일본군 지휘관은 만족스럽다는 듯 소리를 지르고는 흠뻑 젖은 외투를 벗고 태사의에 몸을 눕힌 뒤 군화를 신은 두 발을 화로 위에 편하게 걸쳤다. 괴상한 냄새를 맡은 왕샹훠가 눈을 돌리니 지휘관의 군화에서 수증기가 모락모락 피어오르고 있었다. 지휘관이 군인 몇에게 뭐라고 지시하자 군화 부딪치는 소리와 함께 군인들이 걸어나갔다. 그대로 서 있던 다른 군인들에게 지휘관이 몇 마디 명령하자 그들은 낄낄대며 외투를 벗고 불 주위에 둘러앉았다. 지휘관 옆에 앉아 있던 통역관이 왕샹훠에게 말했다.

"너도 앉아."

왕샹훠는 약간 떨어진 구석에 자리를 잡고 앉았다. 비릿한 악취와 함께 일본군들의 왁자지껄한 소리가 그를 감쌌다. 왕샹훠는 원래 그랬던 것처럼 손바닥의 통증엔 별로 신경이 쓰이지 않았다. 기름기가 번질번질한 양쪽 소매 끝을 보고 그는 고통스러운 옛 추억에 잠겼다. 아무리 생각해도 어째서 소매에 기름기가 흐르는지 알 수 없었다.

나갔던 군인들이 예순이 넘은 할멈을 부축하고 들어왔다. 태사의에서 벌떡 일어나 앞으로 나간 지휘관이 늙은 여인을 보더니 버럭 화를 냈다. 부하의 무능함을 문책하는 듯했다. 한 군인이 꼿꼿이 서더니 뭐라고 답을 했다. 그제야 지휘관은 조금 화를 삭이고 다시 할멈을 보았다. 그러고는 눈썹을 꿈틀하더니 통역관을 손으로 불렀다. 통역관이 부랴부랴 대령해 할멈에게 물었다.

"타이쥔께서 물으신다. 너에게 딸이나 손녀가 있느냐?"

할멈은 구석에 있는 왕샹휘를 보고는 고개를 저었다.

"아들밖에 없소."

"마을에 여자가 하나도 없느냐?"

"아무도 없소." 할멈은 불만스럽다는 듯 통역관을 흘깃 보더니 말했다. "나도 남자는 아니오."

"이런 니에미! 할멈이 무슨 여자인가!"

통역관은 한차례 욕을 퍼붓고는 지휘관에게 통역을 했다. 지휘관은 쪼글쪼글한 할멈의 얼굴을 다시 보는 것조차 지겹다는 듯 눈썹을 찌푸렸다. 그가 두 군인에게 손을 흔들자 군인들이 바로 할멈을 끌고 팔선탁자로 갔다. 곧 탁자 뒤에서 아이구아이구 하는 신음 소리가 났다. 그녀는 아픔만 느낄 뿐 무슨 일이 벌어지는지 몰랐다.

왕샹휘는 한 군인이 칼로 그녀의 치마끈을 자르고 다른 군인이 치마를 벗기는 것을 보았다. 퍼런 핏줄이 솟고 비쩍 마른 다리, 퉁퉁 부은 엉덩이와 배가 드러났다. 그 몸은 마치 누워 있는 곤충처럼 보였다.

그제야 할멈은 자기가 무슨 일을 당하는지 깨달았다. 지휘관이 손가락을 내밀어 그녀의 음부를 만지작거리자 그녀 입에서 욕설이 터져나왔다.

"에라, 이 염치도 없는 것들."

왕샹휘를 본 할멈이 고통스럽게 외쳤다.

"나는 예순셋이야, 이런 나까지 건드릴 셈이냐."

할멈은 난리법석을 떨지는 않았다. 일찌감치 저항을 포기하고 분노와 푸념마저 접어버렸다. 그녀는 왕샹휘를 보며 말을 이었다.

"자네는 안창면 밖 왕씨 댁 작은 주인이 아닌가?"

왕샹휘가 바라보기만 하자 그녀가 다시 말했다.

"보아하니 닮았구먼."

일본군 지휘관은 할멈의 거기에 실망했는지 크게 소리를 지르고는 채찍으로 거기를 때렸다. 왕샹휘는 몸을 부르르 떨면서 아이고아이고 신음하는 할멈을 보았다. 채찍을 갈길 때마다 바람을 가르는 소리가 났다. 착착 감기는 채찍 소리가 그녀의 격심한 고통을 알리는 듯했다. 갑자기 공격을 당한 할멈은 가까스로 고개를 들고 지휘관에게 외쳤다.

"내가 예순셋이다, 이 썩을 놈아!"

통역관이 나서서 뺨을 때리자 힘겹게 들었던 고개가 아래로 푹 떨어졌다. 그가 욕설을 퍼부었다.

"이런 어리석은 늙은이를 보았나, 타이쥔께서 너를 다시 젊게 만들어주시려는 거다."

늙은 여인은 꺽꺽대는 신음 소리로 자신의 박복함을 표현할 수밖에 없었다. 지휘관은 그녀의 거기가 붉게 부어오를 때까지 때리고 나서야 채찍을 놓았다. 부어오른 상처를 손가락으로 만져보고는 그 탄력에 깊이 만족했다. 그는 혁대를 풀고 바지를 허벅지까지 내린 뒤 두 걸음 앞으로 나아갔다. 그리고 다시 꽥 고함을 지르자 군인 하나가 지휘관의 흥이 식을까 두려웠는지 부랴부랴 일장기로 할멈의 얼굴을 덮었다.

7

쑨시가 숨을 헐떡이며 달려와 왕상훠의 근황을 보고하자 상서롭지 못한 조짐이 햇빛처럼 왕쯔칭의 번들거리는 이마를 비추었다. 계단에 선 지주는 동전 한 꿰미를 쑨시에게 던져주고 말했다.

"다시 가보아라."

쑨시는 동전을 집어들고 허리를 굽히며 말했다.

"예, 어르신."

쑨시가 달려간 뒤 왕쯔칭은 낮은 소리로 아들을 욕했다. "망할 자식 같으니."

지주의 아들은 일본군의 안내자로 쑹황으로 가려던 일본군을 주린竹林이란 곳으로 데려갔다. 그리고 다시 일본군을 이끌고 구산孤山으로 향했다. 쑨시가 가져온 소식으로 왕쯔칭은 분명히 깨달았다. 일본군이 지나간 다음 현지인들은 다리를 부수었다. 쑨시가 지주에게 말했다.

"작은 어르신의 분부라고 합니다."

그 말을 듣고 왕쯔칭은 온몸을 떨었다. 맑게 갠 하늘에서 갑자기 시든 꽃이 후드득 떨어지는 것처럼 눈앞이 어두워졌다. 잠시 멍하게 서 있던 그는 생각했다.

이 자식이 제 무덤을 파는구나.

쑨시가 떠난 후 지주는 그대로 계단에 서서 멀리 오르내리는 산언덕을 바라보았다. 너무 멀어서인지 산언덕이 뜬구름처럼 헛되고 실없어 보였다. 이어지던 장마가 끝난 뒤에도 맑은 겨울날은 여전히 습기를 내뿜었다.

잠시 후 지주는 집 안으로 들어갔다. 부인과 며느리가 울면서 그를 맞았다. 그들은 태사의에 앉아 울고 있었다. 고개를 숙이고 가슴 앞까지 늘어진 손수건으로 눈물을 찍어냈다. 뺨이 눈물로 범벅이 되면 손수건 끄트머리로 훔쳐냈다. 지주는 이런 광경을 보고 살며시 고개를 저었다. 아들이 벌써 죽어서 장례라도 치르는 것처럼 그녀들의 울음소리는 길고 짧음이 일정치 않았다. 부인이 말했다.

“영감, 대책을 강구하셔야죠.”

며느리가 옆에서 눈물로 시어머니를 거들었다. 지주는 눈썹을 찌푸리며 입을 다물었다. 부인이 말을 이었다.

“설마 상훠가 그들을 데리고 구산으로 가려는 건 아니겠죠? 사람들에게 다리까지 부수게 했다는데. 일본군이 그 사실을 알면 어떻게 살아남겠어요.”

이 나이 든 여인은 아들의 처지를 이해하지 못한 것이 분명했다. 그녀의 거대한 불안은 막무가내였다. 다시 보기 힘들 시아버지의 침착함이 며느리의 눈에는 들어오지 않았다. 며느리는 시어머니의 말을 반복했다.

“아버님, 무슨 대책을 강구하셔야죠.”

지주는 탄식하며 말했다. “우리가 구하지 않는 것도 아니고 일본군이 죽이는 것도 아니야. 녀석이 스스로 살고 싶지가 않은 게지.”

잠깐 말을 멈췄던 지주가 다시 욕을 내뱉었다. “망할 자식.”

두 여인이 갑자기 대성통곡하기 시작했다. 처량한 울음소리에 지주는 오장육부가 흔들렸지만 눈을 질끈 감고 울게 내버려두었다. 이런 때에 여자들과 함께 있는 것은 정말 골치 아픈 일이다. 지주는 여인들의 울음소리를 무시하려고 애썼다.

잠시 후 지주는 어떤 손이 천천히 자신의 얼굴을 더듬는 것을 느꼈다. 흙으로 범벅된 손이었다. 눈을 뜨자 손녀가 온몸에 진흙칠을 하고 자신을 바라보고 있었다. 두 여자의 울음소리에 당황한 아이가 편안해 보이는 할아버지에게 왔던 것이다. 지주가 눈을 뜨자 손녀가 깔깔 웃으며 말했다.

"할아버지가 돌아가신 줄 알았어요."

손녀의 유쾌한 표정을 본 지주는 미소를 지었다. 손녀가 두 여인을 보며 지주에게 물었다.

"뭐 하는 거예요?"

지주가 말했다. "우는 게다."

네 사람이 든 가마가 왕씨 저택으로 들어왔다. 지주의 오랜 친구로, 성안에서 비단공방을 하는 마씨가 가마에서 내려 문 앞에 선 왕쯔칭에게 읍하며 말했다.

"자네 아들 소식을 듣고 바로 왔네."

지주는 웃는 얼굴로 맞으며 말했다. "들어오게, 어서 들어와."

손님이 오는 소리를 듣고 두 여인은 바로 울음을 멈추고 붉게 충혈된 눈으로 마씨를 향해 웃음을 지어 보였다.

손님은 자리에 앉아 지주에게 친절하게 물었다. "자네 아들이 어찌 된 건가?"

지주가 고개를 내저으며 말했다. "흠, 일본군이 녀석에게 쑹황으로 안내하라고 한 모양인데, 녀석이 구산으로 데려가는 모양일세. 사람들에겐 다리를 무너뜨리라고 했다더군."

깜짝 놀란 마씨가 말했다.

"이렇게 어리석을 데가. 설마 살고 싶지 않았던 건가?"

두 여인은 그 말을 듣자마자 통곡했다. 왕씨 부인이 울면서 물었다.

"어찌하면 좋습니까?"

마씨는 당혹스러운 표정으로 지주를 보았다. 지주가 손을 내저으며 말했다. "어쩔 수 없네. 방법이 없어."

그리고 한숨을 내쉬었다. "하루를 편하고 싶지 않으면 손님을 초대하고, 일 년을 편하고 싶지 않으면 집을 짓고, 평생을 편하고 싶지 않으면……"

지주는 비통해서 죽을 것 같은 두 여인을 가리키며 말을 이었다. "아내를 얻어 아들을 낳으라 했던가."

8

절반이 물로 둘러싸인 주린이란 곳은 육로가 중간에서 끊기고 남동쪽으로 놓인 나무다리가 쑹황과 구산을 연결했다. 날이 갠 뒤 왕상훠는 일본군을 데리고 주린으로 갔다.

가는 내내 비린내가 왕상훠를 따라다녔다. 햇빛이 비추자 소매는 더 번들거렸고 비에 젖어 축축해진 솜저고리는 발효되는 냄새를 풍겼다. 두 다리가 물에 젖은 솜처럼 무거워진 그는 발걸음이 점점 더뎌졌다. 드디어 넓은 물가에 도착했다. 넘실거리는 쪽빛 물결이 햇빛을 받자 빛나는 어둠으로 바뀌었다. 그는 숨을 깊이 들이쉬었다. 겨울의 수면은 먼지 한 점 없이 깨끗한 절의 마당 같았다. 깨끗하고 투명했다. 물 위로 드러난 대나무 방렴은 줄지어 호수의 물결을 응시하는 물새처럼 보였다.

왕상훠는 팔을 살며시 들고 번들거리는 소매를 입으로 물어 양쪽으로 당겼다. 그리고 자신의 슬프고 괴로운 손바닥을 보았다. 철사로 감아 더 처참하게 보였다. 손등에 하얀 고름이 줄줄 흘렀다. 퉁퉁 부어오른 손바닥은 간장에 오래 담가둔 돼지 족발처럼 보였다. 적어도 손 같지는 않았다. 가볍게 신음을 내뱉은 왕상훠는 고개를 들어 진한 비린내를 피했다. 그는 이미 주린에 들어섰음을 깨달았다.

통역관이 뒤에서 외쳤다. "니미럴, 멈춰."

돌아선 왕상훠는 여기저기 흩어져 있는 군인들을 보았다. 몇 사람만 총을 들고 경계를 서고 나머지는 외투를 벗어 짜고 있었다. 지휘관은 통역관을 대동하고 토담 옆에 선 남자들에게 걸어 갔다.

미처 도망가지 못한 탓인지 주린에는 여전히 사람이 많았다. 왕상훠는 토담 뒤에 붙어서 머리를 내민 아이들을 보았다. 멀지 않은 곳에선 한 노인이 나올지 말지 망설였다. 그는 지휘관이 걸어간 방향을 지켜보았다. 남자 몇이 일본군을 향해 허리를 굽혔다. 일본군 지휘관은 채찍 손잡이로 그들의 어깨를 두드리며 호의를 표시하고 통역관을 통해 이야기를 시작했다.

조금 전 주저하던 노인이 천천히 왕상훠를 향해 걸어오더니 겁먹은 목소리로 말했다.

"작은 어르신."

왕상훠는 자세히 들여다보고 나서야 두 해 전에 그만둔 자기 집 고용인이었던 장치임을 알아보았다. 그는 웃으며 말을 건넸다.

"아직 건강하군."

"네, 잘 지냅지요. 이는 전부 빠졌지만서도." 노인이 대답했다.

왕상훠가 다시 물었다. "자네, 지금은 어느 집에서 일하나?"

노인은 부끄럽다는 듯 웃고는 겸연쩍게 말했다.

"안 합니다. 누가 저를 고용하겠습니까요?"

그 말을 듣고 왕상훠는 다시 웃었다. 왕상훠에게 다가선 노인은 철사로 묶인 손을 보고는 눈빛이 흐려지면서 떨리는 목소리로 물었다.

"작은 어르신, 어떤 놈한테 이런 몹쓸 짓을 당하셨습니까요?"

왕샹휘는 가까이 있는 일본군을 흘낏 보고는 말했다.

"그들이 나를 앞세워 쑹황으로 가는 길일세."

노인이 손을 올려 눈을 비비자 왕샹휘가 다시 말했다.

"장치, 내가 오랫동안 큰 볼일을 못 봤네. 내 대신 허리끈을 좀 풀어주게."

노인은 바로 두 걸음 다가서 왕샹휘의 솜저고리를 들어올리고 허리끈을 푼 뒤 바지를 허벅지까지 내려주었다.

"됐습니다."

왕샹휘가 토담 옆에 쭈그리고 앉자 노인이 기쁜 표정으로 말했다.

"작은 어르신, 예전에도 이렇게 모셨는데 다시 이렇게 모시게 될 줄은 몰랐습니다요."

노인은 훌쩍훌쩍 울기 시작했다. 두 눈을 꼭 감고 힘을 주던 왕샹휘가 다시 눈을 뜨고 노인에게 말했다.

"됐네."

그가 엉덩이를 들자 노인이 땅에서 기와 조각을 주워 엉덩이에 묻은 똥을 세심하게 긁어냈다. 그러고는 다시 바지를 입혀주었다.

허리를 세운 왕샹휘는 일본군 지휘관 앞으로 끌려가는 여자 둘을 보았다. 군인 여럿이 둘러싸고 있었다. 왕샹휘가 노인에게 말했다.

"나는 저들을 쑹황에 데리고 가지 않을 걸세. 구산으로 갈 거야. 장치, 길가에 있는 사람들에게 내가 지나가거든 다리를 부수라고 말해주게나."

노인이 고개를 끄덕였다. "알겠습니다요, 작은 어르신."

통역관이 큰 소리로 욕을 하자 왕상훠는 장치를 한번 쳐다보고는 자리를 떴다. 장치가 뒤에서 말했다.

"작은 어르신, 집에 돌아가시거든 어르신에게 안부 전해주십쇼."

그 말을 들은 왕상훠는 쓴웃음을 지으며 아버지를 다시는 못볼 거라고 생각했다. 하지만 고개를 돌려 장치에게 고개를 끄덕이고 말했다.

"다리 부수는 거 잊지 말게."

장치가 그를 향해 허리를 굽히고 대답했다.

"각골명심입니다요, 작은 어르신."

9

일본군이 지나간 다음 날, 쑨시가 주린에 도착했다. 햇빛이 밝고 바람도 눈에 띄게 잦아들어서 사람들이 잡화점 앞에 모여 앉거나 서서 햇볕을 쬐며 수다를 떨고 있었다. 가게 주인은 마흔 남짓 된 남자로 계산대 앞에 서 있었다. 거리 맞은편에 죽은 남자가 누워 있었다. 옷이 남루하고 나이가 많아 보였다. 가게 주인이 말했다.

"일본군이 오기 전에 죽었지."

다른 사람이 그의 말에 동의했다.

"맞아요. 일본군이 지나가면서 발로 찼는데 전혀 움직이지 않는 걸 내가 직접 봤어요."

쑨시는 그들 가운데 서서 두리번거리다 담벼락 옆에 쭈그리고 앉았다. 가게 주인이 넓은 호수를 가리키며 말했다.

"저 일을 했는데, 젊었을 때는 씀씀이가 엄청 컸어."

그러곤 다시 맞은편의 죽은 노인을 가리키며 말을 이었다.

"젊었을 때는 매일 이곳에 와서 술을 샀지. 그때는 우리 아버지도 살아 계셨다오. 그가 아무 주머니나 뒤져서 동전을 한 움큼 끄집어내놓으면 철렁 하고 계산대에서 소리가 났어. 기분파였는데."

쑨시는 호수에 떠 있는 나룻배를 보았다. 배 위에 세 사람이 있는데, 뒷사람은 배를 젓고 앞사람은 긴 대나무 장대로 호수 바닥을 가늠했다. 겨울이 되면 물고기는 호수 아래 깊은 못 속으로 들어갔다. 대나무 장대가 깊은 못에 닿자 뒤에서 멈추라는 신호를 보냈다. 가운데서 벗고 있던 남자가 일어나더니 고개를 젖히고 배갈 몇 잔을 들이켜고는 물속으로 들어갔다. 누군가 말했다.

"이런 계절에는 물고기 값이 인삼 값이랑 맞먹지."

"여보쇼, 저 돈은 목숨 값이오. 그런 돈 벌어서 뭣하겠소."

가게 주인이 말했다. 누군가 다시 말을 이었다.

"젊을 때는 힘이 좋으니 어떨지 몰라도 나이가 들면 못하지."

옆에서 가게 주인 아내의 머리를 잘라주던 이발사도 입을 열었다.

"젊다고 다 되는 건 아니지. 깊은 못 속에 잠수했다가 나오지 못하는 경우가 한두 번이 아닌걸. 못이 깊을수록 아래 있는 조개도 크다오. 고기를 못 잡으면 입을 벌린 조개에 손을 뻗게 되는데 조개가 입을 다물면 손이 꽉 껴서 나오질 못해요."

가게 주인이 여러 번 고개를 끄덕였다. 사람들은 호수 쪽을 바라보았다. 겨울에 고기잡이하는 사람이 조개에 물리지나 않았는지 확인이라도 하려는 모양이었다. 나룻배가 살짝 흔들렸다. 앞사람이 대나무 장대를 들고 이쪽을 바라보는 듯했다. 대나무 장대는 대부분 물속에 잠겨 있었다. 배 뒤쪽에 있던 사람은 물길에 밀려가지 않으려고 노 두 개를 계속 휘저었다. 고기잡이 남자가 수면으로 떠올라 잡은 물고기를 배 위에 쏟았다. 물고기의 하얀 배가 햇빛을 받아 반짝였다. 남자가 뱃전을 잡고 올라왔다.

사람들은 하나씩 맞은편에 누운 죽은 고기잡이 노인에게로 눈을 돌렸다. 노인은 담장 아래 얼굴을 위로 하고 몸을 뒤튼 채 누워 있었다. 오른쪽 다리를 쭉 뻗은 탓인지 바짓가랑이 부분이 넓어 보였다. 죽은 사람은 홑옷만 입었는데 그마저도 온통 구멍이 숭숭 뚫렸다.

"분명 얼어 죽었을 거야." 누군가 말했다.

이발사가 가게 주인 아내의 머리를 감겨주고 대야의 물을 내다버리며 말했다.

"뭘 하든 솜씨가 있어야 해. 농사를 지으려도 그렇고, 머리를 깎는 데도 솜씨가 밥그릇이지. 솜씨만 있으면 늙어도 밥벌이는 한다오."

그는 가슴 앞에서 빗을 꺼내더니 민첩하게 여자 고객의 머리를 빗겼다. 다른 손으로 머리칼 끝을 계속 가지런히 매만지자 물방울이 한쪽으로 떨어졌다. 두 손의 호흡이 착착 맞았다. 그 틈에 빗으로 날래게 죽은 사람을 가리켰다.

"저 사람의 단점은 솜씨가 없었다는 거요."

조금 불쾌한 기색으로 가게 주인이 턱을 들고 침착하게 말했다.

"꼭 그렇진 않소. 솜씨가 없어도 돈은 더 벌 수 있지. 공장을 열어 사장을 하거나 관리가 되어도 큰돈을 벌 수 있소."

이발사는 나무빗을 가슴 앞주머니에 다시 꽂고는 귀를 파려고 은귀이개를 꺼내며 말했다.

"사장이 되려고 해도 솜씨가 있어야 하는 법이오. 이를테면 선생 같은 경우 물건을 언제, 얼만큼 들여놓는가 결정하는 것도 다 솜씨 아니겠소? 장사판 돌아가는 상황을 파악하는 것도 솜씨고."

가게 주인이 웃음을 띠며 고개를 끄덕였다. "그 말도 딴에는 맞소."

쑨시는 의자에 앉은 가게 주인 아내를 빤히 바라보았다. 그녀는 느긋한 자세로 편하게 앉아 두 눈을 감았다. 햇빛이 온몸을 비추자 가슴이 봉긋 솟아올랐다. 이발사는 그녀의 귀를 파주었다. 다른 손은 때를 놓치지 않고 얼굴에서 잔일을 마무리했다. 그녀는 잠이라도 든 것처럼 반응이 없었다. 누군가 말을 꺼냈다.

"저 여자도 솜씨는 없는데."

쑨시는 대각선 방향 집에서 짙은 화장을 하고 나오는 여인을 보았다. 여인은 통통한 몸을 비틀어 잎이 하나도 없는 나무에 기대면서 이쪽을 보았다. 사람들이 낄낄대자 누군가 말했다.

"누가 없다 했소? 그녀의 솜씨는 바지 속에 숨어 있을 거요."

고개를 돌리고 흘끗 눈길을 준 이발사가 흐흐 웃으며 말했다.

"그거야 남자를 모시는 솜씨지. 쉽지 않아요. 그 솜씨는 아래 누워 부리는 건데 너무 똑바로 눕지 말고 비스듬히 누워야지."

　호수의 나룻배가 언덕에 닿았다. 겨울의 고기잡이 사내는 언덕으로 뛰어내리더니 가슴을 훌떡 드러내고 걸어왔다. 아랫도리에는 축축해진 반바지만 걸쳤다. 시커먼 두 다리에 근육이 울룩불룩했다. 얼굴과 가슴은 구릿빛이었다. 곧장 가게로 걸어온 그는 주머니에서 동전을 꺼내 계산대에 올려놓고는 주인에게 말했다.

　"배갈 한 병 주시오."

　주인이 배갈 한 병을 내주며 동전 네 닢을 거슬러주자 그는 다시 동전을 주머니에 집어넣고 성큼성큼 나룻배로 향했다. 그가 올라타자 나룻배가 심하게 흔들렸다. 다리를 굴러 균형을 잡았는지 배는 점점 안정을 찾았다. 대나무 장대로 언덕을 밀자 배가 천천히 멀어졌다. 사내는 그대로 선 채 고개를 쳐들고 배갈을 마셨다.

　나룻배가 멀어지자 사람들도 고개를 돌리고 계속 죽은 고기잡이 노인에 대해 수다를 떨었다. 가게 주인이 말했다.

　"젊었을 때는 이 바닥에서 둘째가라면 서러워했던 사람이오. 나이가 들고 전부 끝장났지. 죽으니까 시체 수습할 사람 하나 없지 않소."

　누군가 말했다. "몸에 걸친 저 옷은 아무도 안 입게 생겼군."

　이발사는 여전히 가게 주인 아내의 귀를 파고 있었다. 쑨시는 이발사가 때때로 불룩 솟은 여인의 앞가슴을 주물럭거리면 자는 척하는 여인이 미소 짓는 것을 보았다. 쑨시는 그런 광경에 피가 솟구쳤다. 맞은편 요염한 여인이 나무줄기를 짚는 모습에 쑨시는 앉아서 움쭉달싹도 못했다. 그는 어르신이 내린 상금을 손으로 만지작거리다 일어나서 여자 앞으로 걸어갔다. 여자는 몸을 비틀고 쑨시를 살피며 말했다.

"무슨 수작이에요?"

쑨시가 낄낄거리며 말했다. "서북풍이 부니 온몸이 떨리오. 아가씨가 선행을 베풀어 내 몸을 좀 녹여주구려."

여인이 그를 비스듬히 보더니 물었다.

"돈 있어요?"

쑨시가 주머니를 들고 흔들자 동전이 짤랑짤랑 부딪치는 소리가 났다. 기가 산 그가 말했다.

"들려요?"

여인이 무시하면서 말했다. "동전뿐이네."

그녀는 자신의 허벅지를 두드리며 말했다. "내 시중을 받고 싶으면 은 한 덩이는 가져와야지."

"은 한 덩이? 그 돈이면 여자 하나를 사서 평생 자겠다!" 쑨시가 외쳤다.

여인이 손을 뻗어 담장을 가리키며 말했다. "이게 뭐처럼 보여요?"

쑨시가 말했다. "구멍이지."

"총알이 뚫은 거예요. 나는 죽음을 무릅쓰고 남자를 모시는
데, 남자들은 동전이나 가져와서 어물어물 어떻게 해보려고 한
다니까?" 여인은 우쭐대며 눈썹을 추켜올렸다.

쑨시는 주머니를 뒤집어 동전을 죄다 손바닥에 올려놓고 말했
다. "내게는 이것뿐이오."

여인이 집게손가락을 뻗어 멀리서 세어보더니 말했다. "반밖
에 안 되네."

쑨시가 설득했다. "아가씨, 한가하게 노느니 이거라도 버는 게
안 낫겠소?"

"흥! 그걸 썩히는 한이 있어도 한 푼도 적게는 안 돼요." 여인
이 말했다.

쑨시는 발을 동동 굴렀다. "좋소. 나도 값을 깎아달라고는 않
겠소. 반만 넣지. 반값이니 반만 넣으면 공정하지 않겠소."

여인은 생각해보더니 옳게 여겼는지 돌아서서 집 안으로 들어
갔다. 그러고는 바지를 벗고 침대에 누워 두 다리를 벌렸다. 쑨
시가 두리번거리자 그녀가 소리쳤다.

"이 양반아, 빨리 안 해요?"

쑨시는 그녀가 생각을 바꿀까봐 부랴부랴 바지를 벗고 침대로

올라갔다. 쑨시가 밀어넣자 여인이 그의 어깨를 때리면서 고함
쳤다.

"이봐요, 이봐, 반만 넣기로 했잖아?"

쑨시가 낄낄거리며 대꾸했다.

"내가 말한 반은 뒷부분 반이오."

10

맑은 날이 이어지자 왕쯔칭은 밖으로 나가야겠다는 생각이 들
었다. 아들이 일본군에게 끌려간 뒤로 두 여인이 종일 두려움에
떨며 훌쩍대는 바람에 집 안이 편안할 날이 없었다. 그날 성안의
마씨를 배웅하고 나서 지주는 고개를 저으며 말했다.

"내가 걱정 없이 살 수 있을까?"

그는 방 안에서 울고 있는 여인을 가리켰다. "저들이 내 수심
에 수심을 더하는구면."

전에 지주는 늘 성안의 싱룽 찻집을 갔다. 찻집 위층에는 수를
놓은 병풍과 마호가니 탁자, 의자가 놓여 있고 창가는 먼지 하나
없이 깔끔했다. 창밖으로는 멀리 쪽빛 호수가 내다보였다. 이곳
은 신분이 높은 사람들이 드나드는 찻집이었다. 지주는 그곳에

서 뜻이 맞는 사람을 찾았다. 바로 코앞에선 일본군이 성안을 점령하고 있었다. 지주는 이사를 가는 게 좋지 않을까 생각했다.

왕쯔칭은 따뜻한 겨울 햇빛을 받으며 두꺼운 모직 예모에 비단 장삼을 걸치고 지팡이를 짚고서 안창면으로 향했다. 가는 내내 질척거리는 길바닥을 두드렸다. 길가에 밟혀 쓰러졌던 풀들은 날이 개자 흙이 잔뜩 묻은 채로 다시 빳빳하게 곧추섰다. 오랫동안 문밖을 나서지 않았던 왕쯔칭은 시원한 겨울 공기를 들이마셨다. 넓고 황량한 들판을 보자 찌푸렸던 얼굴이 점점 펴졌다.

며칠 전 안창면에 주둔했던 일본군은 요 이틀간 철수했다. 그곳에도 제법 괜찮은 찻집이 있었다. 왕쯔칭이 최근에 발견한 집이었다.

왕쯔칭은 찻집에 들어서자마자 바로 친구들을 알아보았다. 모두 돈깨나 있는 성안 사람들이었다. 그들은 구석 탁자에 둘러앉아 있었다. 옆 탁자에도 다른 사람들이 있었지만 그들을 가려줄 병풍은 없었다. 친구들은 여전히 싱글벙글하면서 자리에 앉아 시끌벅적하게 떠들었다. 마씨 친구가 가장 먼저 그를 발견하고 인사를 건넸다.

“다들 오셨군요.”

왕쯔칭이 여러 사람을 향해 읍하며 말했다.

“다들 오셨어요.”

성안 싱룽 찻집의 벗들은 뜻하지 않게 안창먼의 찻집에서 회포를 풀게 되었다. 마씨가 말했다.

"안 그래도 사람을 보내 청하려던 참인데, 자네 아들 때문에 신경 쓸 일이 많을 텐데 괜한 일을 하는 거 같아서."

왕쯔칭이 바로 응대했다. "고맙네, 고마워."

한 사람이 탁자 가운데로 몸을 내밀고 왕쯔칭에게 물었다.

"아들은 어찌 되었나?"

왕쯔칭은 손을 내저으며 말했다.

"말도 마시게. 말도 마. 그 녀석이 스스로 부른 화일세."

왕쯔칭이 자리에 앉자 종업원이 왼손에 자사* 주전자와 찻잔을, 오른손에 구리 주전자를 들고 왔다. 자사 주전자의 뚜껑을 연 종업원은 구리 주전자를 왕쯔칭의 머리 높이로 들고 끓는 물을 자사 주전자에 부었다. 열기가 사방으로 퍼졌다. 종업원은 물을 세 차례 나눠 부어 고객에 대한 예의를 표했다. 자사 주전자는 한 방울도 넘치지 않았다. 왕쯔칭이 만족스러워하며 말했다.

"깔끔하군, 깔끔해."

마씨가 말을 받았다. "찻집은 좀 썰렁하지만 종업원의 솜씨는 평범하지가 않구먼."

---

* 장쑤 성 이싱(宜興)에서 생산되는 도자기용 특산 흙.

왕쯔칭 오른쪽에 앉은 사람은 성안 학교의 교장이었다. 금테 안경을 쓴 교장이 말했다.

"듣자하니 싱룽 찻집에서 솜씨가 제일 재고 침착하기로 손꼽혔던 치라오싼이 일본군 총에 맞아 머리통 절반이 날아갔다더군요."

다른 이가 말을 고쳤다.

"머리가 아니라 심장을 관통당했답디다."

"그게 그거요. 어딜 맞건 숨이라도 쉬면 다행인데, 머리나 심장에 맞았으니 어찌 숨을 쉬었겠소. 눈 깜짝할 사이라 손쓸 틈도 없었던 거요."

왕쯔칭은 두 손가락으로 찻잔을 들어 입안에 털어넣으며 말했다. "잘 죽었지. 그렇게 죽는 게 제일 낫소."

교장이 고개를 끄덕이며 동의를 표한 뒤 입술을 만지작거리며 말했다. "성 남쪽 장 선생이 일본군에게 두 다리를 잘렸소……"

누군가 물었다. "어느 장 선생 말입니까?"

"점치는 사람 말이오. 다리를 잘리고 걸을 수가 없자 자기가 죽을 거라는 사실을 알고 다리에서 쏟아지는 피를 보면서 그렇게 섧게 울었다더군요. 자신이 죽으리라는 걸 아는 게 제일 재수 없는 일이죠."

마씨가 웃으며 말했다. "그렇소. 우리 집 고용인 하나가 그에게 가서 물었다오. '죽을 거라는 사실을 어찌 아시오?' 그가 울면서 이렇게 대답했대요. '내가 점치는 사람이외다.'"

한 사람이 진지하게 고개를 끄덕이며 말했다. "점치는 사람이니 자기가 죽을 거라고 말했으면 분명히 죽었겠군요."

교장이 말을 이었다. "그 사람은 죽으면서도 놀라서 계속 부들부들 떨었소. 얼마나 울었는지 눈물도 더는 안 나오고 몸이 움츠러들고 눈을 부릅뜬 채 다른 사람을 보고 있었어요. 악취가 물씬 나고 바지에 똥까지 쌌다오."

왕쯔칭이 고개를 저으며 말했다. "비참하게 죽었군요. 그렇게 죽는 게 제일 비참하지."

떠돌이 남자가 그들 앞으로 오더니 허리를 굽혔다. 그러고는 주머니에서 접힌 붉은 종이를 꺼낸 뒤 그들에게 말했다.

"여기 계신 분들은 모두 고귀한 분들이시군요. 이것은 저희 조상 대대로 내려오는 비방입니다. 재산을 늘리거나 금주를 하거나, 하고 싶은 무엇이든 이 비방만 있으면 할 수 있습니다. 동전 두 푼에 비방 한 장을 드립니다. 여러분, 동전 두 푼은 여러분께 아무것도 아니니 제가 비방으로 바꿔드리겠습니다."

마씨가 물었다. "어떤 비방이 있소?"

떠돌이 남자가 고개를 숙이고 몇 가지 비방을 뒤적거리며 말했다. "모두 부자시니 재산을 늘리는 데는 별로 관심이 없으시겠지요. 금주도 있고, 남성을 건강하게 하는 것도……"

"잠깐!" 마씨가 동전 두 푼을 던지면서 말했다. "나는 재산을 불리는 비방을 주시오."

떠돌이가 그 비방을 그에게 주었다. 마씨는 펼쳐보고는 의미심장하게 웃더니 붉은 종이를 갈무리했다. 옆사람들은 서로 마주 보면서 그가 무엇을 보았는지 궁금해했다. 떠돌이가 말을 이었다.

"열흘 붉은 꽃 없고 백 년 잘사는 사람 없습니다. 인생을 살다 보면 괴로운 일을 피할 수 없죠. 고통과 번뇌는 사람을 날로 마르게 하고, 먹어도 먹은 것 같지 않고 자도 잔 것 같지 않습니다. 결국 생명도 보존하기 어렵게 됩니다. 걱정 마세요. 여기 고통을 치료해주는 비방이 있습니다. 여러분도 한 장씩 챙겨두시는 게 어떻겠습니까?"

왕쯔칭이 동전 두 푼을 탁자에 놓으며 말했다. "나도 한 장 주게."

왕쯔칭이 비방을 받아 펼쳐보니 두 자가 적혀 있었다. 別想(생각하지 마시오). 왕쯔칭은 자신도 모르게 미소를 짓고는 다시 한숨을 쉬었다.

마씨가 재산을 늘리는 비방을 펼쳐 옆사람에게 보여주었다. 왕쯔칭도 함께 보았다. 勤勞(열심히 일하시오).

11

풀들이 계속 물속으로 기어 들어갔다. 언덕을 떠났을 때는 분명 얽히고설켜 있던 것들이 물속에 들어가자 확 풀렸다. 쫙 펴진 풀들이 겨울의 맑은 호수에서 미풍이라도 불어오는 듯 흔들렸다. 겨울 호수는 맑고 투명했고 잠든 것처럼 고요했다. 올챙이나 청개구리의 소란함도 없고 물만 출렁였다. 떼 지어 펄떡이는 고기의 비늘이 햇빛을 받아 빛을 뿜자 호수 전체가 물결쳤다. 왕샹휘는 빛의 파동을 보았다. 햇빛이 호수 위에 닿자 물결 모양으로 변했다. 마치 숨이라도 쉬는 것 같았다. 배라고는 그림자도 안 보이는 호수는 구름 없는 하늘처럼 깨끗했다. 대나무 방렴은 수면에서 묵묵히 자리를 지켰다. 마치 먼 곳의 경치를 보려고 그곳에 있는 듯했다. 그러고 보니 목을 늘인 것처럼 보이기도 했다.

이미 마지막 다리를 건넜다. 그 나무다리는 거의 무너지기 직전이었다. 오랫동안 바람을 맞고 비에 젖어서인지 밟힐 때마다 물거품이 솟아오르는 소리가 났다. 쇠락의 소리였다. 나무다리는 맑고 깨끗한 소리를 잃었다. 나무다리가 물속으로 가라앉으면 그것의 운명도 돌과 함께 물속 깊이 가라앉으리라. 다시 떠오를 수도 있겠지만 어차피 덧없이 사라질 수밖에 없는 운명이었다.

왕샹휘는 의혹이 담긴 눈으로 다리를 지탱하고 있는 기둥을 보았다. 그토록 오랫동안 물에 침식된 기둥이 얼마나 버틸 수 있을까? 맞은편 언덕으로 이어진 긴 나무다리는 달걀처럼 휘었다. 물살의 충격을 부드럽게 막아내기 위해서였다.

맞은편 언덕은 멀리 펼쳐져 있었다. 역광 때문에 왕샹휘는 언덕을 또렷이 볼 수 없었다. 그러나 집은 보였다. 물에 떠 있는 것 같은 집은 강렬한 빛 때문에 오히려 어두컴컴하게 보였다. 그곳에 몇몇 사람의 그림자가 어슴푸레하게 나타났다. 개미처럼 한데 모이는 것 같았다. 일본군이 한 명씩 일어나더니 옷에서 먼지를 털었다. 지휘관이 고함을 지르자 어지럽던 대열이 총을 받쳐들고 두 줄로 늘어섰다. 통역관이 왕샹휘에게 말했다.

"쑹황까지는 아직 멀었나?"

쑹황엔 갈 수 없다. 왕샹휘는 생각했다. 지금 그는 구산의 진창 위에 서 있었다. 사방이 물로 둘러싸인 구산은 마무리의 시작이 될 것이다. 오직 저 기나긴 나무다리만이 모든 것을 바꿀 수 있었다. 그러나 오래지 않아 그 나무다리마저 사라질 것이다.

그가 말했다. "곧 도착합니다."

통역관과 일본군 지휘관이 한바탕 대화를 주고받더니 왕샹휘에게 말했다. "타이쥔께서 좋다고 하셨다. 우리를 쑹황으로 데려가면 후한 상을 내리실 것이다."

왕상훠는 살짝 고개를 숙이고 두 줄로 늘어선 일본군 옆을 지나갔다. 젊고 원기 왕성한 얼굴은 진흙투성이였다. 잇단 시련도 그들을 의기소침하게 만들지는 못했다. 아무것도 모르는 그들을 보며 왕상훠는 연민에 빠졌다. 앞으로 걸어간 그는 물과 조금 떨어진 오솔길로 올라섰다.

인적이 드물어서인지 길은 평탄했다. 비가 그친 뒤 찍힌 발자국이 없었다. 그의 뒤에서 훈련된 발소리가 들려왔다. 게떼가 해안으로 몰려오는 것처럼 착착 소리가 울리면서 누런 먼지가 일었다. 겨울이라 메마른 나무가 상처로 가득한 나뭇가지를 내뻗은 모양새가 도움을 청하는 듯도 하고 질책하는 듯도 했다.

규칙 없이 구불거리던 길이 나무 몇 그루를 끼고 뒤쪽으로 꺾였다. 풀이 무릎까지 닿을 듯 무성했다. 얽히고설킨 풀은 서로 경쟁하듯 자라 있었다. 겨울의 스산한 기운 탓인지 약간 누렇게 바래고 윤기를 잃은 풀이 보는 사람의 마음을 어지럽혔다.

왕상훠의 발길에는 목표가 없었다. 길이기만 하면 계속 앞으로 나아갔다. 사방은 적막하고 아무런 소리도 들리지 않았다. 일본군의 규칙적인 발소리와 그들끼리 가끔 낮게 지껄이는 소리뿐이었다. 그는 고개를 들어 하늘을 보았다. 이미 오후였다. 햇빛 때문에 엷어진 구름과 쪽빛 하늘을 분간하기 어려웠다. 새조차 한 마리 보이지 않았다. 아무것도 없었다.

그들은 걸음을 멈췄다. 초가집 한 채가 길을 막았던 것이다. 낮은 초가집은 땅에 납죽 엎드린 것 같았다. 처마에서 자라난 띠가 늘어져서 금방이라도 진흙 바닥에 닿을 것 같았다. 총을 받쳐 든 일본군 둘이 문을 열자 끊겼던 길이 다시 이어졌다.

통역관이 말했다. "니기미, 여긴 도대체 어딘가?"

왕상휘는 묵묵부답이었다. 그는 초가집을 지나 계속 길을 따라갔다. 일본군은 습관적으로 그를 따랐다. 좌우를 둘러본 통역관이 의심이 가득한 어조로 말했다.

"왜 갈수록 길이 이상해지는 건가?"

잠시 후 그들은 다시 호숫가에 도착했다. 왕상휘는 잠시 멈췄다가 오른쪽으로 가기로 결정했다. 그러면 다시 나무다리에 닿을 터였다.

왕상휘는 언덕의 풀이 호수로 들어가는 광경을 다시 보았다. 호수의 수면은 어두운 밤이 온 것처럼 어둑어둑했다. 그러나 호수 저편은 여전히 햇빛을 받아 찬란한 경치를 선보였다. 구름이 햇빛을 가리자 구름 사이로 눈부신 빛이 쏟아졌다.

그는 뒤에서 한 군인이 부는 휘파람 소리를 들었다. 처음에는 멋대로 휙휙 부는 것 같더니 갑자기 곡조가 격앙되었다. 소리가 어두운 호수 위로 퍼졌다. 왕상휘는 휘파람을 부는 군인을 돌아보았다. 흙범벅인 얼굴에 표정이 무겁게 굳어 있었다. 젊은 군인은 행진하면서 호수를 바라보았다. 자신이 고향의 곡조를 불고 있다는 것도 모르는 듯했다. 점차 다른 군인들도 따라서 콧노래를 흥얼거렸다. 하지만 자신들이 흥얼거린다는 걸 모르는 게 분명했다. 여러 날 함께 행진하면서 왕샹휘가 착착 발소리를 듣지 못한 것은 이때가 처음이었다. 낮게 가라앉은 웅얼거림이 한데 모이자 격앙된 노랫가락이 되어 왕샹휘의 등을 떠미는 듯했다.

왕샹휘는 저 멀리 무너진 다리를 바라보았다. 어둠 속에 잠긴 다리를. 이어졌다 끊겼다 하는 것이 개울 속에 어지럽게 늘어놓은 바윗돌 같았다. 배 십여 척이 호수에 떠 있었다. 노 젓는 소리가 바늘귀에 실을 꿰는 것처럼 아주 작게 그의 귓속으로 스며들었다.

뒤에서 일본군이 우와 소리를 지르더니 배들을 향해 사격을 개시했다. 배들이 잡초처럼 어지럽게 흔들리며 언덕으로 향했다. 노 젓는 소리가 사격 소리에 묻혔다. 왕샹휘는 넓은 호수 위의 끊긴 나무다리를 보면서 처량하게 웃었다.

12

쑨시가 구산 맞은편 언덕에 도착했을 때 구름이 몰려와 햇빛을 가려 밝게 빛나던 호수가 삽시간에 어두워졌다. 맞은편에 있는 구산은 물 위에 뜬 세숫대야처럼 보였다.

현지인들이 다리를 부수기 시작하자 배 십여 척이 나무기둥 앞에 가로로 늘어섰다. 그들은 도끼를 들고 교각과 교량을 찍었다. 약한 교량을 부순 사람이 사방으로 물을 튀기며 뛰어들었다. 그러고는 물속에서 자맥질을 하다 나와서 소리쳤다.

"얼어 죽겠네!"

가까운 곳에 있던 배가 흔들리며 가더니 그를 건져올렸다. 그가 축축하게 젖은 솜저고리를 꼭 싸매고 우는 것처럼 부들부들 떨자 다른 배에 있던 사람이 소리쳤다.

"벗어버려, 아예 벗어!"

그는 잠시 두리번거렸는데, 무척 겁먹은 표정이었다. 곁에 있던 사람이 그의 솜저고리를 벗기고 몸에 배갈을 부었다. 그는 흔들리는 배 위에 꼿꼿이 선 채 고분고분 다른 사람이 하는 대로 내버려두었다. 그들은 배갈을 그의 몸에 발랐다. 쑨시는 이런 광경이 무척 흥미로웠다. 그는 난리법석을 떨면서 장작 패듯 교각을 찍는 사람을 지켜보았다. 배 두 척이 맞은편 언덕으로 다가갔다. 이쪽 사람들이 손을 흔들면서 이쪽으로 오라고 소리치자 저쪽에서 도끼로 다리를 찍던 사람들이 돌아왔다.

"이리 와요!"

쑨시는 가까운 배 위에서 누군가 하는 말을 들었다.

"저 사람들이 일본군에게 배를 대주면 우린 전부 끝장이에요."

누군가 고함을 쳤다. 날카롭고 가는 목소리가 여자 같았다.

"일본군이 온다!"

배 위에 있는 사람들이 부산하게 움직이며 뱃머리를 돌리자 배가 서로 부딪쳤다. 그들은 죽어라 노를 저어 왔다. 배가 격렬하게 흔들렸다. 금세라도 뒤집힐 것 같았다. 그들이 앞으로 다가오자 이쪽 사람들이 껄껄대며 웃었다. 그 순간 그들은 속았다는 사실을 깨닫고 바로 욕을 퍼부었다.

"이런 쌍, 여자한테 속았잖아."

쑨시가 웃으면서 그들에게 소리쳤다.

"여보쇼, 혹시 우리 집 작은 어르신이 지나갔소?"

대답하는 사람이 없었다. 다리는 이미 끊겼다. 나무토막들이 물에 잠겼다 떠올랐다 하면서 둥둥 떠다녔다. 마치 다리가 홍수에 무너지기라도 한 것 같았다. 쑨시가 다시 소리치자 이번에는 한 사람이 고개를 돌리고 물었다.

"이봐요, 지금 누구한테 묻는 거요?"

"당신이 대답해주시오. 우리 집 작은 어르신이 지나갔소?" 쑨시가 말했다.

"당신네 작은 어르신이 누구요?"

“안창먼 밖의 왕씨 댁 작은 어르신이오.”

“아, 지나갔소.” 그가 손을 흔들었다.

쏸시는 돌아가서 보고해야겠다고 생각하고는 오른쪽에 있는 대로로 나섰다. 그 사람이 소리쳤다.

“이봐요, 어디로 갑니까?”

“집에 가요. 훙자교에 갔다가 다시 주린으로 가야지.”

“부쉈어요. 그쪽 다리는 부서졌소.” 그 사람이 웃었다.

“부쉈다고?”

“당신네 작은 어르신이 부수라고 한 거 아니오?”

버럭 화가 난 쏸시가 소리쳤다.

“이런 니미! 그럼 난 어쩌란 말이오?”

다른 사람이 웃으며 말했다.

“당신네 작은 어르신한테 가서 물어보쇼.”

처음 사람이 다시 그에게 말했다.

“바이위안百元으로 가봐요. 싱쉬興許 쪽 다리는 아직 안 부쉈을 거요.”

쏸시는 부랴부랴 왼쪽 길로 들어서서 바이위안을 향해 달렸다. 그날 오후 지주 집안의 고용인이 바이위안에 도착했을 때, 다리는 막 부서진 상태였다. 작은 배 몇 척이 서쪽으로 노를 저어가고 있었다. 쏸시가 다급하게 그들을 불렀다.

"이봐요, 어떻게 건넙니까?"

이미 멀어진 배들은 쑨시가 아무리 여러 번 소리쳐도 대답이 없었다. 그는 배들을 쫓아 언덕을 달렸다. 물결을 타고 가는 배가 너무 빨라 따라잡을 수 없자 그는 욕을 퍼부었다.

"야, 이 씨발놈들아. 좀 천천히 가라. 니에미, 좀 천천히 가라고. 늙어서 더 못 뛰겠다."

언덕에서 그들을 따라잡은 쑨시가 숨을 헐떡대며 외쳤다.

"형씨, 형씨들. 좋은 일 좀 하시오. 나 좀 건네주쇼."

배 위에 있는 사람이 물었다.

"어디 가슈?"

"집에 갑니다. 안창면에 가요."

"엉뚱한 길로 왔구먼. 홍자교로 갔어야 하는데 그랬소."

쑨시는 힘껏 침을 삼키며 말했다.

"저쪽 다리도 부서졌소. 형씨, 좋은 일 좀 하시구려."

배 위의 사람이 말했다. "계속 가시오. 멀지 않은 곳에 다리가 하나 있소. 우리가 금방 가서 부술 거요."

쑨시는 앞에 다리가 있다는 말에 후다닥 뛰어가면서 생각했다. 이번엔 꼭 저 씨발놈들보다 앞서 가야지. 조금 가자 과연 앞에 다리가 보였다. 배들은 아직 뒤에 있었다. 그는 바로 걸음을 늦추고 다리를 향해 걸어갔다.

그는 다리 중간쯤에 잠시 멈춰 서서 다가오는 배들을 지켜보
았다. 그러고 나서 천천히 맞은편 언덕으로 갔다. 이번에는 완전
히 마음을 놓고 풀언덕에 앉아 쉬었다.

배들이 다리 아래 도착하자 사람들이 도끼로 기둥을 찍었다.
노를 젓던 사람이 쑨시를 보고 소리쳤다.

"왜 아직도 안 가슈?"

쑨시는 이제 천천히 가도 되겠지 생각하고 있었는데 그 사람
이 말했다.

"어서 뛰어요. 여기서 쑹황 가는 다리도 곧 부서지겠지만 쑹황
에서 주린 가는 다리도 있잖소. 안 뛰어요?"

또 다리를 부순다고? 깜짝 놀란 쑨시는 후다닥 일어나 미친개
처럼 내달리기 시작했다.

13

지주는 집 앞 계단에 서서 손에 동전 꾸러미를 들고 만지작거렸
다. 쑨시가 곧 올 것 같았다.

저녁이 가까워지자 노을이 붉게 물들어 겨울인데도 따스한 느
낌을 주었다. 왕쯔칭의 눈은 담장 너머 멀리 구불구불한 길을 향

했다. 그 길의 끝에서 저녁노을이 천천히 퍼졌다. 한 사람이 그곳에서 달려왔다. 전력 질주하는 쑨시의 모습에 만족한 지주가 고개를 끄덕였다.

그는 비탄에 빠진 두 여인이 지금 자기를 바라보고 있다는 것을 알았다. 아들의 생사를 알기 위해 그녀들은 절박하게 쑨시를 기다렸다. 울면 결국 피곤하기만 하다는 것을 깨달은 두 여인은 울음을 거둔 상태였다. 여인들이 더는 하루 종일 통곡하거나 질질 짜지 않자 그는 조금 마음이 편해졌다.

쑨시는 땀으로 흠뻑 젖은 채 뛰어왔다. 먼저 물항아리가 있는 곳으로 가려 했으나 지주가 앞에 서 있는 것을 보고 망설임 없이 지주에게 달려갔다. 쑨시가 상황을 보고하려고 입을 열자 지주가 손을 저으며 말했다.

"물이라도 좀 마시고 오게."

바로 물항아리로 간 쑨시는 물을 두 바가지나 꿀꺽꿀꺽 마시고 입술을 훔친 뒤 숨을 돌리면서 말했다.

"어르신, 다리가 없어졌습니다요. 작은 어르신이 그들을 구산으로 데려갔고 다리는 죄다 부서졌습니다. 주린에서 나가는 다리는 전부 철거됐구요."

그는 지주에게 주절주절 계속 말을 늘어놓았다. "하마터면 저도 못 돌아올 뻔했습니다요."

지주는 살짝 고개를 들고 무표정한 얼굴로 다시 길을 바라보았다. 그의 뒤에서 여인들의 절규가 터져나왔다. 분수가 솟구치는 것 같았다.

안절부절못하고 그곳에 서 있던 쑨시는 지주의 손에 들린 동전만 뚫어져라 쳐다보며 속으로 왜 상금을 안 주나 생각했다. 그는 지주를 일깨워주기로 했다.

"어르신, 제가 다시 가서 알아보겠습니다요."

지주가 고개를 저었다. "됐네."

그러더니 동전을 다시 주머니에 집어넣고 쑨시에게 말했다. "쑨시, 집에 돌아가게. 갈 때 쌀 한 가마니 가져가고."

낙심한 쑨시는 지주의 말이 떨어지자마자 집으로 들어갔다. 그와 동시에 두 여인이 나와서 지주에게 울부짖었다.

"쑨시에게 다시 가서 알아보라 하셔야지요."

지주가 손을 내젓고는 말했다.

"그럴 필요 없소."

그때 쑨시가 쌀가마를 지고 나왔다. 쌀을 멜대 끝에 달고 어깨에 메려고 애쓰다 다시 내려놓으며 말했다. "어르신, 한 가마로는 못 들겠습니다요."

지주가 흐릿하게 웃으며 말했다. "한 가마 더 가져가게."

"고맙습니다요, 어르신." 쑨시가 넙적 허리를 숙이며 말했다.

14

"당신들은 쑹황에 못 가오." 왕샹훠가 호수에서 배들이 사라진 것을 보고 돌아서서 통역관에게 말했다. "이곳은 구산이고, 있던 다리는 전부 철거됐소. 당신들은 한 명도 못 빠져나가오."

당황한 통역관은 어쩔 줄 모르고 고함을 쳤다. 그는 왕샹훠에게 주먹을 날리려 했지만 일본군 지휘관에게 보고하는 게 급선무였다.

젊은 군인들의 얼굴에 경악한 표정이 떠올랐다. 그들은 자신들이 처한 절박한 상황을 믿을 수 없다는 듯 넋을 놓고 넓은 호수를 바라보았다. 정신을 차린 한 군인이 칼을 꺼내들더니 괴성을 지르며 왕샹훠에게 달려들었다. 그의 분노는 다른 군인들의 분노에 불을 붙였고 거의 모든 군인이 칼을 들고 고함을 지르며 왕샹훠에게 달려갔다. 지휘관이 크게 호통을 치자 군인들은 재빨리 칼을 거두고 제자리에 섰다. 지휘관이 왕샹훠 앞으로 가서 주먹을 들고 괴성을 질렀다. 왕샹훠의 눈앞에서 춤을 추던 지휘관의 주먹이 맹렬하게 뻗쳐왔다.

왕샹훠는 뒤로 물러나지 않고 그 자리에 고꾸라졌다. 통역관이 와서 그를 힘껏 발로 차면서 외쳤다. "일어나, 어서 우리를 데리고 쑹황으로 가!"

왕상춰는 팔뚝으로 땅을 짚고 몸을 일으켰다. 통역관이 계속 말했다. "타이쥔이 말씀하셨다. 살고 싶거든 우리를 데리고 쏭황으로 가라."

왕상춰가 고개를 저었다. "쏭황에는 못 가오. 다리가 전부 부서졌소."

통역관이 왕상춰의 뺨을 올려붙이자 왕상춰의 머리가 몇 차례 흔들렸다. 통역관이 말했다. "이런 쌍! 살고 싶지 않은가보군."

그 말을 들은 왕상춰가 고개를 숙인 채 중얼거렸다. "너희들도 살아남지 못해."

통역관의 얼굴이 창백해졌다. 그는 지휘관에게 더듬거리며 말했다. 일본군 지휘관은 아직도 이 상황을 이해하지 못한 듯 왕상춰에게 빨리 자기들을 데리고 이곳에서 떠나라고 하라고 통역관에게 명령했다.

왕상춰가 통역관에게 말했다. "나를 죽여라."

왕상춰는 잔잔한 물결이 이는 호수를 보면서 통역관에게 말했다. "헤엄칠 줄 아는 자라도 중간에서 얼어 죽을 거다. 나를 죽여라."

통역관이 지휘관에게 통역하자 군인들은 당황한 기색으로 지휘관을 보았다. 자신들과 마찬가지로 어쩔 줄 몰라하는 그에게 자신들의 운명을 맡겨야 했다. 옆에 서 있던 왕상춰가 다시 통역관에게 말했다.

"저들에게 말해라. 맞은편 언덕에 도착해도 살아남을 수 없다고. 부근에 있는 다리도 전부 철거됐다."

그러고는 부끄럽다는 듯 웃었다. "내가 부수라고 시켰지."

그러자 젊은 군인이 고함을 쳤다. 군인들이 하나둘 칼을 들었다. 온몸이 진흙투성이인 그들을 보면서 왕상휘는 문득 서글퍼졌다. 그가 보기에 그들은 한 무리의 아이일 뿐이었다. 지휘관이 그들에게 손을 흔들며 뭐라고 말하자 두 군인이 왕상휘를 고목나무 앞으로 끌고 갔다. 그런 다음 개머리판으로 왕상휘의 어깨를 내리쳐 나무 앞에 무릎을 꿇렸다. 아파서 입이 벌어졌다. 그는 고개를 비스듬히 들어 무언가를 상의하는 두 군인을 보았다. 다른 군인 하나는 넓은 호수를 보면서 울적한 표정을 지었다. 군인들은 이곳에서 벌어지는 일에는 전혀 관심이 없었다. 왕상휘는 칼을 받쳐들고 한 줄로 다가오는 두 군인을 보았다. 갑자기 햇빛이 비쳤다. 눈앞의 모든 것을 번쩍이게 하는 현란한 빛이었다. 한 군인이 총을 들고 앉았다. 그리고 외투를 벗어 무릎에 놓은 다음 고개를 숙였고 다른 군인이 다가가 부실해 보이는 어깨를 두드렸다. 총을 든 군인은 움직이지 않았고 다른 군인도 옆에 앉은 채 꼼짝하지 않았다.

칼을 든 군인 둘이 5, 6미터 앞에서 걸음을 멈췄다. 그중 한 군인이 고개를 돌려 지휘관을 보았다. 지휘관은 통역관과 대화 중이었다. 지휘관은 바로 고개를 돌려 옆의 군인과 몇 마디 주고받았다. 왕상훠는 군인 몇이 모자를 벗고 얼굴의 먼지를 닦아내는 것을 보았다. 끊긴 다리에서도 빛이 났다.

갑자기 두 군인이 고함을 지르며 왕상훠에게 달려들었다. 그 순간 군인 몇이 고개를 돌려 그를 보았다. 그는 빛나는 두 자루의 칼이 자신을 향해 날아오는 것을 보았다. 곧 가슴과 복부를 관통했다. 그는 칼이 몸에서 한 바퀴 돈 뒤 빠져나가는 것을 느꼈다. 내장이 딸려나오는 것 같았다. 왕상훠는 쉰 목소리로 비명을 질렀다.

"아버지, 아파 죽겠어요."

나무에 기대 있던 그의 몸이 땅으로 미끄러졌다. 그는 뒤틀린 채 피를 흘리며 죽었다.

일본군 지휘관이 고함을 지르자 군인들이 바로 한곳에 집합해 도열했다. 지휘관이 손을 흔들자 그들은 척척 소리를 내며 걷기 시작했다. 가운데 있던 군인이 휘파람을 불자 모두가 낮게 노래를 불렀다. 곧 죽게 될 이 대오는 저녁 무렵 고향의 노래를 부르며 이국의 땅을 행군했다.

15

쑨시가 쌀 두 가마를 지고 낑낑대며 돌아간 뒤, 뒷짐을 지고 천천히 뜰에서 나온 왕쯔칭은 저녁노을이 사방으로 퍼질 무렵 마을 앞에 있는 똥통으로 느릿느릿 걸어갔다. 겨울 들판은 스산했다. 머리칼과 수염이 허옇게 센 왕쯔칭은 자신이 무척 처량하게 걷고 있다는 생각이 들었다. 해골처럼 바싹 마른 나무들은 찬바람 속에서 미동도 없었다. 한 농부가 그에게 허리를 굽혀 인사했다.

"어르신."

"음."

코를 팽 풀고 똥통으로 간 그는 장삼을 걷어붙이고 바지를 내린 다음 쭈그리고 앉았다. 그는 앞에 쭉 뻗은 길을 바라보았다. 휑하니 빈 길은 점점 어두워져갔다. 멀지 않은 곳에서 나이가 지긋한 농부가 땅을 파고 있었다. 호미로 진흙을 파내는 모습이 영 맥없어 보였다. 지주는 다리가 떨리기 시작하는 것을 느꼈다. 안전하게 앉아보려고 애썼지만 몸이 따라주지 않았다. 그는 먼 하늘을 보았다. 얼룩덜룩한 하늘을 보니 현기증이 났다. 눈을 꼭 감았다. 이 사소한 동작으로 그는 똥통 옆에 쓰러졌다.

농부가 올라오면서 물었다. "어르신, 괜찮으세요?"

그는 똥통에 기댄 채 움직여보려 했지만 속에 아무것도 없는 것처럼 사지가 풀려버렸다. 그는 농부를 향해 힘껏 두 손가락을 펼쳤다. 농부가 바로 몸을 숙이며 물었다.

"어르신, 무슨 분부라도?"

그가 가볍게 농부에게 물었다. "자네, 전에 내가 여기에 떨어진 걸 봤나?"

농부가 고개를 저으며 대답했다. "못 봤습니다. 어르신."

그는 손가락을 뻗으며 말했다. "처음인가?"

"예, 어르신. 처음입니다."

지주는 가볍게 웃었다. 그리고 농부에게 비키라고 손가락을 내저었다. 늙은 농부는 다시 제자리로 돌아가 땅을 팠다. 축 늘어진 지주는 똥통에 기댄 채 땅바닥에 앉았다. 밤이 검은 연기처럼 점점 퍼졌다. 길은 여전히 희끗희끗했다. 멀리서 어느 여인의 고함 소리가 들렸다. 그 소리에 지주는 흠칫 몸을 떨었다. 그것은 아내가 젊을 때 노는 데 정신을 뺏긴 아이를 부르던 소리였다. 그는 눈을 감았다. 가없는 호수를 보자 가슴에서 쏴 물결이 빠져나갔다. 구름이 낮게 떠 있었다. 바람이 수면 위로 부는 듯했다. 그는 아들을 보았다. 넋을 놓은 채로 걸어오고 있었다. 그는 속으로 아들에게 욕을 퍼부었다.

때로는 깊은, 때로는 얕은 슬픔에 빠져 있던 지주 가문의 두

여인은 문득 지주가 영영 돌아오지 않을 것같이 여겨져 혼란 상
태에 빠졌다. 날은 이미 어두워졌다. 달빛이 밝게 내리비쳤다.
발이 작은 두 여인이 지주를 부르며 뒤뚱뒤뚱 마을 어귀로 달려
왔다. 대답을 얻지 못한 여인들은 지주를 부르며 울부짖었다. 울
음이 밤에 우는 새처럼 달빛 아래서 비상했다. 그녀들이 마을 어
귀에 있는 똥통에 도착했을 때 지주는 몸을 구부린 채로 땅에 누
워 죽어 있었다.

조상

祖先

백반증으로 하얀 반점이 있는 황아장수가 땡땡이를 흔들며 우리 쪽으로 걸어왔다. 우리 마을을 둘러싼 숲은 초가을 햇빛을 받아 곱게 반짝였다. 먼지가 올라앉지 않은 나뭇잎은 셀로판지처럼 맑고 투명했다. 이것은 지나간 기억이다. 그 시절은 물처럼 흘러갔다. 우리 아버지 대에는 우물 바닥에서 살듯 이곳에서 살았다. 그들에게 하늘은 무척 좁고 구불거리는 듯 보였다. 주위 사방의 숲 때문에 그들은 먼 곳을 보지 못했다. 할 말이 있으면 그저 소리를 지르면 되었다. 아무도 가까이 다가가 대화를 나누지 않았다. 목소리가 마을을 한 집안처럼 축소시켰다. 지금 이 모든 것은 더이상 존재하지 않고 대머리 노인처럼 그저 황량하기만 하다. 그 옛날 온통 초록빛이던 산촌은 새 울음소리와 함께 소리 없이 자취를 감췄다. 거친 진흙이 햇빛을 받아 거친 빛을 뿌렸다. 하늘은 오히려 넓어져서, 아득하게 넓은 먼 곳을 바라보는 아버지들의 마음은 조마조마했다.

그날 땡땡이를 흔들던 황아장수가 우리에게 왔다. 나는 아버지의 땀으로 흠뻑 젖은 솜저고리에서 자고 있었다. 더럽고 번질번질한 솜저고리가 아니면 아마 볏짚에 싸여 있었을 것이다. 이상하게 익숙하게 느껴지는 여자가 나를 밭둑에 내려놓았다. 그녀가 나를 향해 몸을 굽히자 머리칼이 얼굴을 간질였다. 나는 청개구리 같은 비명을 내질렀다. 어머니는 몸을 꼿꼿이 세웠다. 그리고 맏아들의 울음소리에 득의양양해하며 밭을 갈던 남편이 아들에게 외치는 생기 넘치는 소리도 들은 체 만 체했다. 아버지는 등산하는 사람처럼 몸을 앞으로 숙인 채 버들가지로 소의 엉덩이를 때렸다. 어머니는 두건을 확 풀어서 머리카락을 바람에 휘날렸다가 매만진 다음 다시 두건으로 질끈 묶었다. 이런 과장된 동작은 불만의 표현이었다. 맏아들을 대하는 아버지의 무덤덤한 태도 때문에 어머니는 그가 간밤에 벌였던 쾌락 행위에 대해 의혹을 품지 않을 수 없었다. 논에서 성실하게 부지런히 일하는 저 남자는 사실 아무런 목적도 없는 사람이었다. 아버지에겐 어머니의 임신과 밭에 씨뿌리는 일이 별 차이가 없었다. 아버지는 무엇이 더 기쁜 일인지 분간하지 못했다. 어머니가 소리쳤다.

"이봐요, 내 말 들려요?"

아버지는 무논에서 한쪽 다리를 빼내고는 몸을 틀어 어머니를 보았다. 그때 모두 황아장수의 땡땡이 소리를 들었다. 나뭇잎 틈새에서 맴돌던 땡땡이 소리가 멀리서 날아왔다. 나는 뭘 보고 있었냐고? 풀이 내 눈앞에서 흔들렸다. 풀잎마다 빛을 내뿜고 밝은 하늘로부터 반짝이는 원환이 나를 향해 날아왔고 멀리서 목소리도 들렸다. 나에게 오는 원환은 목소리로 만들어진 것처럼 보였다.

아버지의 시커먼 귓속으로 방금 전 나의 외침 대신 황아장수의 땡땡이 소리가 들어갔다. 그의 얼굴에 드디어 알겠다는 웃음이 번졌다. 아버지의 천진한 웃음은 어머니를 위한 것이었다. 백반증이 있는 피부가 붉게 달아오른 황아장수의 얼굴은 늘 여자들에게 기쁨을 가져다주었다. 충직한 아버지가 멀리서 들려오는 땡땡이 소리에 표현한 기쁨은 사실 어머니의 것이었다. 땡땡이 소리에서 어머니는 바탕색이 다른 옷감 위에 녹색 잎과 가지 없이 핀 괴이한 색의 꽃을 보았다. 물론 이럴 때 어머니는 나를 잊었다. 땡땡이 소리가 점점 가까워지면서 더는 지청구를 듣지 않게 되었지만 정작 아버지는 그 사실을 몰랐다. 어머니는 다시 두건을 풀어 몸에 묻은 먼지를 두드려 털고 땡땡이 소리가 나는 숲을 향해 걸어갔다. 어머니가 돌아서자 아버지의 눈빛이 더 밝아졌다.

둥지에 있던 새들이 숲에서 분수처럼 공중으로 날아오르자 빛이 사방으로 퍼졌다. 나는 나뭇가지가 바르르 떨리는 소리를 들을 수 있었다. 쏟아지는 빛을 견딜 수 없어 눈을 감자 소리 한 가닥이 번쩍이며 튀어올랐다. 논에 있는 남자들은 두 손으로 호미를 든 채 땡땡이 소리가 들리는 곳으로 향하는 마을 여자들을 지켜보았다. 그녀들은 빗으로 머리를 빗거나 고개를 숙이고 바지통에 묻은 흙을 털었다. 황아장수가 왔다는 이유만으로 그토록 바쁘게 매무새를 가다듬는 것이었다.

땡땡이 소리는 숲 위로 계속해서 맴돌았다. 하늘을 가린 숲에서 미묘한 바람 소리가 전해졌다. 노인들이 쉰 목소리로 무언가를 일러바치기라도 하는 것 같았다. 땡땡이 소리가 또렷해지면서 산비탈을 따라 미끄러졌다. 어머니는 목을 쭉 뺐다. 하늘을 향해 손을 뻗어 숲에 닿기라도 할 기세였다. 그녀는 마을 여인들과 함께 재잘댔다. 여자들의 새된 목소리가 활짝 열린 내 귀를 자극했다. 어째서 여자들의 목소리는 바늘처럼 날카로운 것일까? 밝은 허공을 비치는 섬광이 내 눈앞의 풀처럼 하늘을 찔렀다.

황아장수는 늘 길을 잘못 들곤 했다. 어머니와 마을 여자들은 땡땡이 소리를 따라 점점 길에서 벗어났다. 자신들도 모르게 마음을 바싹 졸였지만 입을 열지 않았다. 그녀들은 둥지 속 참새처

럼 목을 내밀었다. 그녀들이 함께 고함이라도 질렀다면 황아장
수가 우리 마을을 찾는 데 도움이 되었을 것이다. 여자들의 난해
한 침묵 속에서 황아장수는 자신의 판단이 잘못되었음을 의식한
듯했다. 그 결과 기쁘게도 땡땡이 소리는 엉뚱한 곳에서 다시 되
돌아왔다. 문제는 그가 또다른 길로 잘못 들어섰다는 거였다. 백
반증 때문에 하얀 반점이 가득한 황아장수는 눅눅한 낙엽을 밟
으며 나뭇가지 틈새로 구불구불한 길을 걸어왔다. 드디어 멜대
삐걱대는 소리가 들려왔다. 맴도는 땡땡이 소리 때문에 약하긴
했지만, 사람의 마음을 잡아끌기에는 충분했다.

황아장수는 그를 막는 마지막 나뭇가지를 젖히고 무거운 짐에
눌렸던 허리를 우리 마을을 향해 구부렸다. 그를 바라보는 여인
들의 반짝이는 눈빛을 발견한 그는 이를 드러내며 씩 웃었다. 그
의 하얀 이에 얼굴 가득한 하얀 반점이 무색해졌다.

여인들의 새된 음성이 끓는 물처럼 뛰어올랐다. 그 기뻐하는
목소리는 너무도 가벼워 꾸미는 구석이라곤 조금도 없었다. 나
는 그 속에서 어머니의 목소리를 분간할 수 있었다. 끊기지 않고
도도하게 이어지는 어머니의 음성은 시냇물이 바위 위로 미끄러
지며 일으키는 물결과도 같았다. 나는 어머니가 멀게 느껴졌다.
그녀의 목소리에는 내 얼굴에 대고 뿜어낼 때의 그 축축한 느낌
이 없었다. 나는 처음으로 버려졌다는 두려움을 느꼈다. 하늘이

지나치게 밝아 눈이 아파왔다. 흔들리는 풀잎 끄트머리가 나의 고독을 선명하게 해주었다. 쫙 벌린 내 입에서 지금 내가 처한 상황과 완벽하게 일치하는 울음소리가 터져나왔다.

누가 작고 나약한 생명의 절규에 신경 쓰겠는가? 내 존재를 드러내는 울음을 들은 것은 햇빛 아래에서 나무뿌리를 기어가는 개미 한 마리뿐이었다. 아무도 스스로 빛나는 개미에게 관심을 기울이지 않았다. 어머니는 물질에 대한 갈망에 온통 빠져 있었다. 굶주린 그녀의 눈이 탐욕의 빛을 뿜어냈다. 그녀는 끊임없이 입을 뻐끔거리면서도 자기가 무슨 말을 하는지 몰랐다. 사실 그건 중요하지 않았다. 황아장수의 짐 속에 있는 물건을 뒤적이는 그녀의 손가락이 입보다 더 절박한 언어를 뱉어냈으니까. 아버지, 깨끗히 닦아내기 힘든 먼지가 얼굴에 잔뜩 묻은 아버지는 경건하게 잔뜩 흥분한 어머니를 지켜보았다. 그는 내 울음소리를 듣지 못했다. 그는 아버지보다 남편으로 더 신뢰할 만했다.

나는 우왕 울면서 온몸을 뒤틀기 시작했다. 그러나 나를 알아줄 사람은 없었다. 물론 뒤돌아본 사람도 없었다. 아버지의 낡은 솜저고리는 나를 꼭 얽어맸고 내 무력한 다리는 그 속박을 떨쳐내지 못했다. 자유로운 것은 오로지 입뿐이었다. 내 울음소리가 마을을 가로질러 사방 숲으로 퍼져나갔다. 마을 노인들이 말한 것처럼 내 울음소리가 처음으로 오랜 시간을 뚫고 잠든 우리 조상을 불러 깨웠다. 지금 사람들이 내 두려움을 어쩌지 못하고 있을 때 나의 조상 가운데 한 분이 기나긴 시간을 지나 내 곁으로 왔다. 덥수룩한 털이 나를 들어올리는 것을 느꼈다. 몸이 들리자 울음도 금세 멎었다. 거부할 수 없을 만큼 모든 것이 편안해졌다. 풀이 가득 자란 밭처럼 널찍한 가슴이 자극적인 햇빛을 가려주었다. 얼굴이 간지러웠다. 입이 살짝 열리고 가벼운 소리가 흘러나왔다. 내가 풀숲과도 같은 가슴을 받아들인다는 확실한 몸짓이었다.

들자하니 나의 울음에도 개의치 않고 곁으로 걸어온 큼직한 몸은 길고 검은 털로 온통 덮여 있었다고 한다. 당시 마을에서 그를 목격한 사람들은 그의 머리에 난 털이 몸에 난 것과 같은 털인지 아니면 머리칼인지 분명히 기억하지 못했다. 어느 털이 더 긴지도 판단하지 못했다. 달걀처럼 둥근 그의 두 눈은 빛을 발했다. 이 점은 모두 잊지 않고 기억했다. 그의 형상은 우리가 아는 조상과 무척 비슷했다. 하지만 정말 우리 조상이라고 하기에는 태도가 너무 데면데면했다. 나의 울음이 무의식중에 간장을 발라 함정에 놓아둔 고기가 되어 그를 지금 사람들의 적의 속으로 깊숙이 끌어들인 모양이었다.

그는 건장하고 짧은 두 다리와 두 팔로 황아장수처럼 나뭇가지를 헤치고 성큼성큼 걸어왔다. 아버지는 여전히 호미를 껴안은 채 실실 웃으면서 어머니를 바라보았다. 어머니와 마을 여인들은 몸을 숙이고 물건들을 뒤적였다. 그들의 튼실한 엉덩이에 바지가 터질 것 같았다. 황아장수의 손도 짐으로 뻗어 있었다. 여인들이 손을 물건으로 뻗어오면 그는 여인들의 손을 뒤적였다. 그중 피부색이 이상한 손에 주의가 끌렸다. 윤기가 흐른다고 말하긴 어렵지만 근육이 튀어나올 듯 탱탱한 손이었다. 그는 그 손을 쓰다듬었다. 수유기 여인의 손에는 불가사의한 부드러움이 있다. 어머니는 바로 고개를 들었고, 황아장수와 눈이 마주친 순간 두 사람의 얼굴에 슬쩍 미소가 번졌다.

그때 오랑우탄이나 유인원처럼 생긴 그가 내 곁으로 왔다. 밭둑을 걸어오는 모습이 밧줄타기를 하는 곡예사 같았다. 짧고 건장한 두 팔을 뻗어 흔들리는 몸의 균형을 잡고, 검은 털이 숭숭 난 널찍하고 큰 발로 풀을 밟으며 걸어왔다. 파리채로 찰싹 때리는 듯한 소리가 들렸는데 그의 화려한 등장을 축하하는 것 같았다. 떠들썩한 대낮이었음에도 그의 걸음은 숨김없이 당당했지만, 그에게 주목하는 사람은 아무도 없었다.

황아장수에게 부드러운 손을 공격당한 어머니는 마음속으로 갈등했다. 황아장수의 유혹과 낯선 끌림 사이에서 망설이며. 그녀는 아내로서의 처지를 자각하고 고개를 돌려 아버지를 바라보았다. 홀린 듯이 어머니를 보던 아버지의 얼굴에 점점 엄숙한 기색이 떠올랐다. 그 모습을 본 어머니는 마음이 철렁했다. 그녀는 멍하니 아버지를 쳐다봤다. 방금 전에 스쳐 지나간 은밀한 행위가 아버지에게 발각된 것은 아닌지 헷갈렸다. 시간이 흐를수록 어머니의 눈에 의혹의 빛이 짙어졌다. 앞쪽의 울창한 숲은 눈부신 햇빛이 점차 사라지면서 기억 속 최후의 정경이 된 듯했다. 바람이 불자 숲이 침묵하는 파도처럼 술렁였다. 마침 이 시커먼 거구가 어머니를 곤경에서 구했다. 그녀는 거대한 형체가 아버지 뒤에서 움직이는 것을 보았다. 토담의 검은 그림자 같았다. 처음에 어머니는 이 그림자 같은 형체에 별로 신경을 쓰지 않았다. 그녀의 머릿속은 얽히고설킨 나뭇잎처럼 어지러웠다. 그 거대한 형체가 나를 안고 아버지 뒤로 천천히 지나가는 모습을 보고서야 어머니는 깜짝 놀랐다. 그녀는 그 무서운 형체를 분명하게 보았다. 그의 굽힌 두 팔이 무엇인가를 안고 있음을 알려줬다. 어머니는 즉시 내가 누워 있던 밭둑을 보고 아들이 사라졌다는 걸 알았다. 어머니가 그토록 날카로운 비명을 지르리라고는 아무도 생각지 못했다. 그녀가 머리를 갑자기 앞으로 내밀자 두 손이 뒤로 처졌다. 어머니는 아버지에게 외치는 것 같았다.

"당신!"

어머니의 절규에 모든 사람이 놀라 허둥댔다. 물건이 주는 기쁨에 빠져 있던 여인들도 깜짝 놀라 따라서 비명을 질렀다. 그녀들의 절규는 한바탕 폭우가 휩쓸고 지나간 후의 풍경 같았다. 아버지가 눈을 부릅떴다. 지금 가장 두려워하는 사람이 아버지라는 사실은 누구라도 알 수 있었다. 그러나 아버지는 내가 유괴당했다는 사실을 전혀 알지 못했다. 나를 안고 있는 검은 털로 가득한 그도 어머니의 번개 같은 외침에 흔들렸다. 그는 발이라도 붙잡힌 것처럼 몸을 돌렸다. 둥그런 두 눈이 이상한 빛을 뿜어냈다. 아마도 두려움이었으리라. 그는 휘날리는 어머니의 머리칼을 보고는 괴성을 지르며 달려갔다.

어머니가 놀라 허둥대자 모든 사람이 무슨 일이 벌어졌는지 분명하게 깨달았다. 그녀가 아무런 망설임 없이 내달리자 다른 사람들도 용기를 얻었다. 황아장수가 제일 먼저 자신의 용기를 보여줬다. 되는대로 짐을 수습하고는 다른 방향에서 시커먼 녀석을 향해 달려갔다. 그는 일단 숲 언저리로 가서 아이를 훔친 도둑을 잡으려 했다. 밭에 있던 남자 몇도 밭둑으로 뛰어올라 호미를 쥐고 나를 안은 녀석을 포위공격하기 위해 달렸다. 진흙이 사방으로 튀었다. 여자들, 마음 착한 여자들은 어머니가 눈앞에서 당한 재난에 크게 놀랐다. 그들의 걸음은 느렸지만 절규는 강력한 힘을 발휘했다. 그러나 아버지는 다른 사람들이 이해하기 힘들 정도로 조용했다. 그저 두 손으로 호미를 쥔 채 넋을 놓고 갑작스레 벌어진 혼란을 바라보았다. 그는 반응이 빠르지 못했을 뿐이었다. 그때 가장 겁이 많은 사람도 의연하게 달려가는 무리에 끼어들었다. 아버지는 흘려서 정신을 차리지 못했다. 그저 눈앞에서 벌어지는 무질서한 질주에 놀랐을 뿐이다. 말하자면 그는 자기 자신을 잊었다.

어머니와 사람들이 어지럽게 고함치며 질주한 것과 달리 나를 안고 달리는 시커먼 녀석은 아주 느긋했다. 주위의 급격한 변화가 자신과는 무관하다는 듯한 태도였다. 그는 밭둑을 흔들흔들 걸으면서 방금 전보다 더 여유를 부렸다. 그러다 밭둑 양쪽에서 어지럽게 달려오는 사람들을 보았다. 이런 상황이 재밌게 느껴졌는지 고르지 못한 이를 드러냈다. 나는 눈을 부릅뜨고 얼굴을 간질이는 그의 가슴에 머리를 대고 있었다. 우리 마을 전체가 어쩔 줄 몰라 당황했지만 나는 편안했다. 어른들과는 상반된 느낌이었다. 그들의 눈에는 내가 많이 위험해 보였겠지만 나는 따스한 가슴에 안겨 몸을 들썩였다.

하마터면 나를 키울 뻔했던 녀석은 좁은 밭둑을 지나 울창한 숲으로 접어들었고 얼굴에 백반증 반점이 가득한 황아장수에게 가로막혔다. 황아장수는 멜대로 가로막고 그에게 고함을 쳤다. 황아장수의 두려움 가득한 외침과 저주는 우리 뒤를 쫓는 사람들에게 도움이 됐다. 우리에게 황아장수의 위협은 멀리서 들리는 외침이나 진배없었고 아무런 영향도 미치지 못했다. 나를 안은 녀석은 걸음을 멈추지 않고 황아장수를 향해 곧장 걸어갔다. 마르고 작은 황아장수는 거한이 다가서자 주춤주춤 뒤로 물러서며 멜대로 우리의 진로를 바꾸려 했다. 우리는 계속 나아갔다. 황아장수가 절망적으로 비명을 지르며 멜대를 내려놓았다. 내 몸이 앞으로 쏠리는 듯하더니, 가슴에 기댄 채 위를 올려다보자 벌어진 입에서 와와 괴성이 쏟아졌다. 소리는 거칠고 강력했다. 황아장수는 안색이 창백해져서는 다른 쪽으로 도망쳤다. 결국 어머니가 달려왔다. 그녀는 머리로 검은 몸을 들이받았다. 그리고 울부짖으며 구원을 청하자 마을 사람들이 두려워하지 않고 그를 둘러쌌다. 남자 몇은 호미로 찍으려 하다가 그가 가까이 다가서자 바로 호미를 거두어들였다. 내가 다칠까 걱정되었기 때문이다. 그제야 시커먼 녀석도 당황하기 시작했다. 녀석은 이리저리 뚫고 나가려는 시도가 모두 막히자 갑자기 땅에 무릎을 꿇고 나를 가볍게 풀밭 위에 내려놓았다. 그러고는 일어서서 앞으로 미친 듯이 달려갔다. 그를 막았던 사람은 나를 내려둔 것을 보고 공격을 멈추고 옆으로 비켜섰다. 그는 숲으로 도망치다 나뭇가지에 걸려 속도가 갑자기 느려졌고 거의 멈추다시피 했다. 그는 조심스럽게 나뭇가지를 젖히고 숲으로 들어갔다. 어느 정도 시간이 흐르고, 사람들은 그의 큼직한 발에 부스럭부스럭 낙엽이 밟히는 소리를 분명하게 들었다.

어머니의 품으로 돌아왔을 때 내 얼굴 위로 익숙한 냄새와 목소리가 끊임없이 이어졌다. 어머니는 긴장이 풀리자 밑도 끝도 없이 한탄을 늘어놓았다. 아이를 빼앗겼던 충격으로 온몸이 쉴 새없이 떨렸다. 어머니의 앞섶이 내 얼굴에 닿자 질책이라도 당한 것처럼 낯설었다. 그녀의 손은 조금 전 그 손에 비하면 너무 가늘었다. 억센 몸에 눌렸던 내 뼈가 약간 시큰거렸다. 모든 것이 불안해졌다. 나는 갑자기 우왕 하고 크게 울음을 터뜨렸다.

그제야 아버지는 무슨 일이 벌어졌는지 분명하게 깨달았다. 위험이 다 지나간 뒤 아버지는 호미를 내던지고 밭둑으로 올라와 모든 것이 아직 끝나지 않은 것처럼 내달렸다. 그의 긴장한 태도를 본 마을 사람들은 크게 웃음을 터뜨렸다. 아버지는 상관하지 않고 얼굴에 땀을 줄줄 흘리며 울고 있는 내 곁으로 왔다. 불쌍하게도 아버지는 스스로 그물에 뛰어든 물고기나 다름없었다. 뒤늦게 뛰어온 그는 어머니의 화만 돋우었다. 어머니는 눈을 부릅뜨고 입술을 쑥 내밀고는 아버지를 잠시 째려보다 그녀의 단순한 머리로 떠올릴 수 있는 욕이란 욕은 죄다 퍼부었다. 최대한 짜냈는데도 자신이 아는 어휘로는 화를 다 풀 수 없었다. 자기 의무를 소홀히 한 남자를 마주하고 선 어머니는 몸을 부들부들 떨 수밖에 없었다.

아버지는 여전히 사태의 심각성을 깨닫지 못했다. 아들에 대한 걱정이 모든 것을 앞질렀던 것이다. 나의 울음소리에 불안해진 그는 나를 향해 손을 뻗으며 어머니를 탓하는 몸짓을 했다. 화가 잔뜩 난 어머니는 아버지의 손을 내친 다음 확 밀었다. 아버지는 논으로 훌렁 나자빠졌다. 진흙이 내 얼굴까지 튀었다. 이를 본 마을 사람들 중 누구도 아버지를 동정하지 않았다. 그저 진흙투성이인 남자를 고소하다는 듯 바라보았고 여기저기서 몇 사람은 비웃기도 했다. 그들은 아버지를 겁쟁이로 여겼다. 어머니는 여전히 울고 있는 나를 안고 터덜터덜 집으로 걸어갔다. 그녀의 팔에 안긴 내 머리는 아래로 처진 채 그녀의 옷자락과 함께 이리저리 흔들렸다. 아버지는 일어나서 진흙을 털어낸 뒤 등을 살짝 구부리고 서서 앞서가는 아내를 고통스럽게 바라봤다.

날이 저물 무렵이었다. 마을 사람들은 자기 집 문 앞에 앉아 온몸에 검은 털이 가득한 거구에 대해 떠들썩하게 논쟁을 벌였다. 마을의 하늘 위로 을씨년스러운 소리가 가득 흘러넘쳤다. 이전에 그런 괴물을 본 적이 있는 사람은 아무도 없었다. 이제 그들은 자신들이 어떤 위험에 처해 있었는가를 확연히 깨달았다. 끝을 알 수 없는 울창한 숲이 마을을 궤멸시킬 것 같았다. 무서운 호랑이의 포효에 둘러싸인 듯했다. 여자들은 남자들이 총을 들고 용감하게 숲으로 들어가기를 바랐다. 그것이야말로 그녀들이 가장 보고 싶은 모습이었다. 여자들이 한 명씩 일어나 격한 감정을 쏟아냈지만 마을 남자들은 아무도 대거리를 하지 못했다. 아까 전만 해도 나를 구하려고 내달렸지만 그들에게 그런 용기를 준 것은 집단행동이었다. 그러나 이제 그들이 총을 들고 나아가야 할 방향과 목표는 아무런 의미도 없는 숲이었다. 그 괴물을 찾는 일은 모래사장에서 바늘 찾기와 같을 것이었다.

"어디 가서 찾지요?"

누군가 말했다. 모든 이들의 공통된 목소리나 다름없었다. 우리 조상 중에도 이 끝없는 숲으로 들어가 헤맬 정도로 용감했던 사람은 극소수였다. 그리고 그곳에 들어간 사람들은 생사와 시비를 가릴 줄 모르는 바보였다. 그들 가운데 마을로 돌아온 사람은 오직 둘뿐이었다. 그중 한 명은 숲에서 반년을 지내고 나왔을 때 바로 울음을 터뜨렸다. 너무 울어 눈이 채찍에 맞은 것처럼 부었다. 지금은 나이가 지긋해진 그 사람은 집 앞에 앉아 실실 웃으면서 떠들썩한 소리에 귀를 기울였다.

한 남자가 말했다. "들어가라면 들어가겠지만 함께 들어가야지, 반걸음이라도 서로 떨어지면 안 돼요."

노인이 기침을 하기 시작했다. 십여 차례 기침을 하고는 말했다. "안 되네. 처음에 우리 다섯이 들어갔을 때도 그렇게 말했지. 하지만 안에 들어가면 뜻대로 안 돼. 맨 앞사람이 마실 물을 찾으려고 하면 길을 잃고, 두번째 사람이 근처를 살피러 가면 또

길을 잃게 되거든. 위험해서 안 돼."

숲에서 비롯된 공포는 사람들 사이에서 더욱 강력해졌다. 침묵은 잠시 이어졌을 뿐이지만 이 점을 증명하기에는 충분했다. 여자들은 그런 책임을 지려 하지 않았다. 그저 시끄럽게 흥분한 감정을 표현하기만 했다. 한 여자가 물건을 정리하는 황아장수를 가리키며 말했다.

"저 사람은 어떻게 대담하게 숲을 오가는 거죠?"

황아장수가 고개를 들고 겸손한 미소를 지으며 말했다. "나는 숲 속의 길을 아니까요."

"태어날 때부터 길을 알았던 건 아니잖아요."

여성의 우렁찬 목소리를 들은 황아장수는 자신의 용감함을 감출 필요가 없다고 생각하고는 때를 놓치지 않고 대답했다.

"태어날 때부터 담이 컸어요."

아버지들에 대한 황아장수의 조소가 너무나 완곡해서 그들은 아무런 반응도 보이지 않았고, 오히려 여자들의 오기만 북돋웠다. 여자들이 외쳤다.

"인간들아, 불알이라도 까였어?"

한 남자가 여자들을 놀렸다. "당신들이 우리 대신 숲에 들어가지그래?"

남자는 바로 맹렬한 반격을 당했다. 특히 이 말이 가장 강력했다.

"그럼 당신들이 우리 대신 아이를 낳아."

남자가 대답했다. "그럼 그 통로를 우리한테 빌려줘. 애를 낳는 건 두렵지 않으니까. 사실 아이가 어디서 나오는지 잘 모르겠단 말이야."

여자들은 확실히 사고가 단순했다. 그녀들은 화제가 이미 옮겨갔다는 것을 의식하지 못하고 여전히 감정만 격해져서 비슷한 말싸움을 거듭했다. 어머니만 입을 굳게 다물고 있었다. 그녀는 문 앞에서 나를 안은 채 살짝 눈썹을 찌푸리고 높이 솟은 숲을 바라보았다. 수치와 불안이 교차하는 표정이었다. 그때 사람들이 모두 아버지처럼 겁을 먹은 것은 아니었다. 아버지는 대낮에 어머니의 체면을 구겼다. 그는 구석에 처량하게 쭈그리고 앉아 땅바닥만 바라보았다. 저녁 무렵 가을바람이 거세게 불어왔지만 막상 그의 얼굴에 와닿은 바람은 무척 미약했다. 마을 남녀의 떠들썩한 이야기는 시간이 흐르면서 밤의 은밀한 일과 연결되었다. 그들이 긴장을 풀고 점차 크게 웃기 시작했을 때도 부모님만은 여전히 꿈쩍도 않고 집 앞에서 묵묵히 생각에 잠겨 있었다.

날이 어두워지자 황아장수는 늘 그랬듯 머물고 가라는 요청을 모두 거절했다. 그는 땡땡이를 머리 위로 높이 들고 동당동당 흔들기 시작했다. 떠나겠다는 신호였다. 걸음마를 뗀 마을 아이

몇이 그의 뒤를 따르며, 고개를 들고 신기한 듯 황아장수의 손을 쳐다보았다. 땡땡이의 구슬이 휘날릴 때도 황아장수의 손은 전혀 움직이지 않았다.

황아장수는 어머니 옆을 지나가면서 고개를 돌리고 의미심장한 미소를 지어 보였다. 하얀 반점이 가득한 얼굴에서 마지막 노을이 기이하게 빛났다. 굳어 있던 어머니의 얼굴이 그의 미소로 인해 바로 활기를 띠었다. 그녀는 황아장수의 미소에 화답했을 것이다. 혼곤한 잠에 빠진 내가 순간 아래로 처지자 어머니가 다시 바싹 추슬러 안았다. 어머니의 가슴이 내 얼굴을 꽉 눌렀다. 어머니의 몸은 앞으로 기울었고 눈은 황혼 무렵이라 아주 기괴해 보이는 황아장수의 뒷모습을 좇았다.

황아장수는 고개를 돌리지 않았다. 밭둑을 뛰어넘어 등을 구부정하게 구부린 채 숲으로 향했다. 마을 아이들은 한 줄로 늘어서서 여전히 고개를 쳐들고 신기한 듯 땡땡이를 흔드는 황아장수의 손을 지켜보았다. 아버지도 얼굴을 들었다. 멀어지는 땡땡이 소리를 들으며 그는 정체를 알 수 없는 웃음을 지었다. 어떤 소리가 그를 자극했는지는 알 수 없지만, 아버지는 어머니의 침묵이 가져다준 불안에서 잠시 벗어났다.

황아장수는 벌써 숲 가장자리로 들어섰다. 하늘은 어슴푸레했다. 그가 돌아서자 줄지어 선 아이들이 발걸음을 멈췄다. 황아장수는 마을을 향해 땡땡이를 높이 쳐들고 아이들이 그의 손이 움직이고 있다는 것을 확실히 알아차릴 때까지 계속 흔들었다.

황아장수가 땡땡이를 높이 들고 흔든 이유를 아는 사람은 어머니뿐이었다. 그는 우리 마을에 작별을 고하는 것이 아니었다. 누군가를 부르는 것이었다. 어머니가 미묘한 웃음을 짓고는 곧바로 아버지에게로 시선을 돌렸다. 아버지가 적절하지 않은 때에 과분한 관심을 받아 기쁘면서도 불안하다는 몸짓을 취해 보이자 어머니는 고개를 뒤틀며 굳게 결심하고는 과감한 결정을 내렸다. 처음으로 두 남자 사이에 끼어 있다는 느낌을 받은 그녀는 천천히 형용할 수 없는 기분에 빠져들었다. 한 사람은 이미 어두운 숲 속으로 사라졌고, 한 사람은 여전히 자기 곁에 서 있었다. 뭐라고 크게 소리치며 돌아온 아이들은 어머니 옆에서 뿔뿔이 흩어지더니 각자 집으로 돌아갔다. 땡땡이 소리는 여전히 또렷하게 들렸다. 황아장수는 똑바로 앞을 향해 가는 모양이었다. 땡땡이 소리가 문득 사라졌다. 어머니는 자기도 모르게 흠칫 놀랐다. 그녀는 목을 빼고 시커먼 숲을 바라보았다. 아버지는 그제야 몸을 일으키고는 쥐가 난 두 다리로 땅을 굴렀다. 그는 어머니 뒤에 있었는데도 눈에 띄게 행동을 조심했다. 사실 어머니는 아버지 따윈 안중에도 없었다. 땡땡이 소리가 다급하게 몇 번 울렸다. 그러다 잠시 멈췄다. 그 간격이 갈수록 짧아지면서 땡땡이 소리도 급박하고 불안해졌다.

느릿느릿 돌아선 어머니는 방으로 들어와 잠에 빠진 나를 침대에 내려놓았다. 그리고 밤바람에 차가워진 손가락으로 내 입가에 흐른 침을 닦아준 뒤 기름등을 끄고 밖으로 나갔다.

문간을 짚고 있던 아버지는 옆으로 스쳐 지나가는 아내를 보았다. 달빛 아래서 아버지의 눈에 비친 어머니의 얼굴은 팽팽하게 긴장해 있었다. 그녀는 모르는 사람처럼 아버지를 지나쳐 집 밖으로 나가 옷에 묻은 먼지를 털고 전혀 급한 기색 없이 밭둑으로 걸어가며 머리칼을 매만졌다. 황아장수의 땡땡이가 다시 긴박하게 울리기 시작했다. 아버지는 갈수록 작아지는 그녀의 그림자를 보았다. 아주 작아진 검은 그림자가 밑도 끝도 없이 거대한 검은 그림자에게로 향했다.

어머니가 단호하게 떠나자 아버지는 순진하게도 자신을 탓했다. 그는 아무리 해도 숲 속의 땡땡이 소리와 그 소리를 향해 걸어간 여인을 서로 연결시킬 수 없었다. 그저 문간에 서서 고통스럽게 어두운 밤 속으로 사라지는 아내의 모습을 지켜볼 뿐이었다. 마을을 둘러싼 나뭇잎들이 바람 속에서 사르륵 소리를 냈다. 거대한 모래바람이라도 닥쳐오는 듯했다. 시간이 흐를수록 서늘해지는 가을밤, 홑옷만 입은 아버지는 손발이 차가워진 것도 느끼지 못했다. 그의 유일한 솜저고리는 내 몸을 감싸고 있었다.

어머니가 떠난 뒤 아버지는 어머니를 기다리는 것 외에는 관심이 없었다. 숲 속의 땡땡이는 딱 두 번 다시 울렸다. 그리고 동이 틀 때까지 정적이 흘렀다.

마을의 누군가가 아버지 옆을 지나가며 말했다. "여기 서서 뭐 하나?"

아버지는 쓴웃음을 지었다. 어떻게 이야기를 꾸며내야 할지 몰랐다. 그가 말했다. "내 여자가 갔어."

그는 줄곧 집 밖에 서 있었다. 차가운 달빛이 그를 비추었다. 나는 아버지의 고충을 전혀 모른 채 곤히 잠들어 있었다. 그때 내가 아버지를 내버려두고 상관하지 않았다 해도 나의 콧김은 어머니가 떠난 뒤 아버지에게 남은 유일한 위안이었다. 그는 집 밖에서도 아들의 목소리를 들을 수 있었다. 내 목소리도 그에 대한 질책일 수밖에 없었지만 말이다. 그는 낮의 일을 계속 떠올렸다. 그의 머리는 수치심과 자괴감으로 가슴 앞까지 떨어졌다.

동이 틀 무렵, 그는 숲에서 걸어나오는 어머니를 보았다. 평소에 일을 마치고 돌아오는 모습과 전혀 다르지 않았다. 어머니는 아무 일도 없었던 것처럼 밭둑을 따라 아버지에게 걸어왔다. 그리고 아버지 곁을 지나면서 그의 머리칼과 눈썹에 가득 맺힌 서리를 보았다. 어머니는 소매통으로 하룻밤이 가져온 추위를 떨쳐냈다. 아버지는 엉엉 울음을 터뜨렸다.

그날 아버지는 날이 밝자마자 총을 들고 숲으로 들어갔다. 다른 물건은 가져가지 않았다. 그가 떠날 때 어머니는 나에게 젖을 물리고 있었다. 아버지가 떠난 걸 전혀 눈치채지 못했다고 했다.

마을 사람 몇이 그를 보았다. 그는 두 손을 얇은 소매통에 넣고 등에 총을 메고 몸을 움츠린 채 새벽안개를 헤치고 숲으로 갔다. 한 청년이 인사를 건넸다.

"안녕하세요."

아버지도 같이 인사했다. "안녕하시오."

그는 숲에 들어가기로 결심하고 나서도 이것이 자랑할 만큼 용감한 행위인지 확신할 수 없었다. 그는 다른 뭔가를 하러 가기라도 하는 것처럼 조심스러웠다. 청년은 그 옆을 지나치다가 총을 멘 것을 보고 큰 소리로 물었다.

"숲에 들어가시는 거예요?"

아버지는 눈에 띄게 불안해 보였다. 고개를 돌리고 뭐라고 중얼거렸지만 잘 들리지 않았다. 다른 두 사람이 앞서거니 뒤서거니 하며 그에게 다가와 물었다.

"정말 숲에 들어가려는 거요?"

아버지가 머뭇거리며 겸연쩍게 웃자 그들이 말했다.

"들어가지 마시오. 들어가면 죽소."

뒷말에 아버지는 기분이 상했다. 소매통에서 오른손을 뺀 그

는 총을 멘 끈을 잡아당기고 그들 곁을 지나가면서 낮은 소리로
말했다.

"나는 죽으러 가는 게 아니오."

그는 숲을 향해 빠르게 걸어갔다. 새벽안개가 걷히면서 햇빛
이 다소 어슴푸레하게 아버지를 비추기 시작했다. 그는 황아장
수가 마을에 들어왔던 지점에서 숲으로 들어가기로 결정했다.
낙엽이 발에 사르륵 밟히는 소리가 들렸다. 누런 잎도 축축하게
젖어 있었다. 곧 신발이 흠뻑 젖었다. 아버지는 고개를 숙이고
황아장수가 다닐 때 도움받는 길의 흔적을 찾으려 했다. 숲 가장
자리를 오가며 땅을 더듬어 구불구불한 오솔길의 흔적을 찾았
다. 길에 들어서자 문득 푹신한 감각이 사라지고 얇게 깔린 잎사
귀 밑으로 딱딱한 땅이 느껴졌다. 쭈그리고 앉은 그는 손을 뻗어
땅에 깔린 잎을 헤쳐 진흙을 보고 이 길이 바로 그 길임을 확인
했다. 이 길엔 나뭇잎이 다른 곳보다 훨씬 적었다. 밝은 빛이 나
뭇잎으로 가려진 길의 모호한 윤곽을 확인하는 그를 도왔다.

그때 아버지는 어느 먼 곳에서 점점 멀어지는 땡땡이 소리를
들었다. 귀를 기울여 황아장수의 땡땡이가 울린 방향을 분간한
그는 잠시 망설였다. 황아장수는 어젯밤에 떠났는데 아직도 땡
땡이 소리가 들리다니, 아버지는 숲이 더 신비하고 묘하게 느껴
졌다. 게다가 조금 전 발아래 밟힌 길에 대한 확신도 약해졌다.

그는 머리 위 나뭇가지처럼 복잡하고 알 수 없는 그 구불구불한 길이 사람에게 두려움을 준다고 생각했다.

잠시 머뭇거리던 아버지는 조심스럽게 길을 따라 앞으로 나아갔다. 그러자 불안감은 어느덧 사라졌다. 그는 자신이 걷는 길이 숲의 다른 쪽 바깥으로 이어진 길이 아니라는 사실을 문득 발견했다. 하지만 그저 그 길을 따라 돌아올 수만 있으면 그만이었다. 아버지는 살며시 웃었다. 불안을 이긴 그의 다리는 빠르게 걸음을 내딛기 시작했다. 양쪽 나뭇가지에 잘린 흔적이 있었다. 그것이 아버지의 판단이 옳았음을 증명해주었다. 그는 점점 안으로 들어갔다. 빛이 약해졌다. 갈수록 수목이 우람해졌고, 나뭇가지가 빽빽하게 얽히고설켰으며, 주변에 낙엽도 더 많이 깔려 있었다. 그는 어지럽게 널린 낙엽을 보면서 길을 가늠할 수밖에 없었다.

집 밖에서 밤새 아내를 기다렸던 그는 한나절을 걷자 몹시 피곤했다. 동틀 때 떠나면서 아무것도 먹지 않았던 것이다. 그는 허기를 느꼈지만 앉아서 쉬지 않았다. 얼룩덜룩한 나무를 짚고 잠시 서 있다가 깊은 숲을 향해 다시 걸어갔다. 그는 오른손에 날카로운 칼을 쥐고 다섯 걸음마다 나무에 큼직하게 표시를 한 다음 그를 가로막는 나뭇가지를 꺾었다. 그러한 이중 표지는 아버지의 생존 욕망이었다. 그는 갔던 길을 따라 마을로 되돌아올 수 있을 것이었다.

아버지는 죽기 위해서가 아니라 온몸에 검은 털이 가득한 거구를 찾으려고 숲에 들어갔다. 총을 쏴서 검은 녀석을 잡은 뒤 숲에서 끌어내 마을로 데려가려는 것이었다. 아버지는 나를 품에 안은 어머니가 기쁘게 자신의 귀환을 맞아주기를 바랐다.

그는 헉헉대면서 느릿느릿 앞으로 나아갔다. 밭갈이할 때처럼 온 힘을 쏟아내면서. 때때로 놀란 새가 날개를 푸드덕거리며 날아가는 소리가 들렸다. 그럴 때마다 그는 깜짝 놀랐다. 새가 울면서 다른 곳으로 날아가면 그제야 마음을 놓았다. 아버지는 너무 일찍 맹수와 마주칠까봐 걱정이 되었다. 그가 가져온 탄알로는 습격자에게 잇달아 대응하기 어려웠다. 깊이 들어갈수록 아버지는 조심스러워졌다. 가지를 꺾을 때도 최대한 소리가 안 나도록 애썼다. 그러나 새가 놀라 날아갈 때면 쩔쩔매면서 새소리가 사라질 때까지 제자리에 멈췄다.

그는 온몸에 땀이 줄줄 흐르는 것을 느꼈다. 몸이 허약해서 나타나는 증상이었다. 그는 탄알을 가슴 앞으로 바싹 당겨 옷 밖에 걸었다. 탄알을 가슴 앞에 걸자 나아가는 발걸음이 더뎌졌다. 그는 가지를 꺾을 때 가슴 앞에 건 천 주머니가 걸리지 않도록 조심했다.

아버지는 몸이 마음 같지 않아 나아가기가 힘들었다. 그날 하루가 끝났을 때 그는 수종樹種이 바뀌었다는 사실을 발견했다. 크고 거친 나무들은 뒤로 사라지고 눈앞에 작고 낮은 나무들이 나타났다. 그리고 물이 흐르는 소리가 들렸다. 아버지는 옹달샘을 찾았다. 어지럽게 쌓인 바위 틈에서 물이 흘러나왔다. 하늘이 어두워졌다. 그는 나무에 매달린 작디작은 붉은 과일을 보았다. 그는 과일을 잔뜩 따서 포대에 채우고 샘에 가서 물을 마셨다. 땀을 흘려서인지 참을 수 없는 허기가 느껴졌다.

그때 낙엽을 밟는 소리가 어렴풋이 들려왔다. 무언가가 그가 있는 쪽으로 오는 듯했다. 정신을 집중하고 귀를 기울이자 소리가 더욱 또렷해졌다. 아버지는 곧장 나무 뒤에 숨어 탄알을 장전하고 침착하게 소리가 들려오는 방향을 주시했다. 잠시 후 소리의 주인공이 아버지 앞에 모습을 드러냈다. 그가 나타나자 처음에 느꼈던 두려움은 곧 거대한 희열로 바뀌었다. 온몸에 검은 털이 가득한 그 녀석은 바로 아버지가 찾던 놈이었다. 모든 것이 그렇게 간단했다. 지금 녀석은 10여 미터 전방에 있었다. 놈은 발돋움을 해서 나무의 과일을 땄다. 녀석의 뒷모습은 사람과 무척 비슷했다. 아버지는 일어서서 녀석을 향해 총구를 내밀었다. 나뭇가지에 총이 부딪쳐 소리가 나자 녀석이 흠칫했다. 녀석은 천천히 돌아서서 자신을 조준한 아버지를 보았다. 커다랗고 둥근 눈을 껌벅이고는 아버지를 향해 입을 벌리고 우호적으로 씩 웃었다. 방아쇠에 건 손가락이 바로 굳었다. 아버지는 순간 이곳에 왜 왔는지 잊었다. 검은 녀석은 입안의 과일을 우물우물 씹으며 다시 돌아서서 걸어갔다. 아버지가 자신에게 상처를 입히지 않을 것이라고 굳게 믿었거나 총이 자신을 해칠 수 있다는 사실을 모르는 것 같았다. 그는 거대한 몸을 흔들며 느긋하게 아버지의 총구를 벗어났다.

기나긴 하루가 지나가고 있었다. 시큼한 땀 냄새가 뱄던 아버지의 솜저고리는 아버지가 사라진 것처럼 곰팡이가 슬고 낡아서 이미 사라지고 없다. 이제는 내가 밭둑에 앉아 있다. 햇빛이 비추면 눈을 크게 뜨지 못했다. 가까운 곳에서 숲이 반짝이고 바람 소리가 간간이 들려왔다. 나뭇잎이 떨리면서 나는 소리였다. 밭둑 옆 풀들이 벌써 그렇게 자랐느냐고 말을 걸었다. 그것들은 진흙땅에 납죽 엎드려 있었다. 햇살이 비추자 녹색 풀이 금빛으로 번쩍였다. 어머니는 아래 논에서 벼를 벴다. 몸을 굽히고 낫을 휘두르면서. 머리카락이 몇 가닥 두건에서 흘러내려 얼굴 양쪽에서 부드럽게 흔들렸다. 때때로 어머니는 몸을 일으켜 잠시 나를 바라보며 이마에 난 땀을 훔쳤다. 한번은 왕잠자리를 잡는 나를 보고 즐겁게 웃었다. 마을 어른들은 이맘때면 모두 논에 있었다. 나는 뭉텅이로 땅에 눕혀진 볏단을 보았다. 그것들은 눕혀진 뒤에도 서 있을 때처럼 가지런했다. 내 귓속에서 그들의 말소리가 웅웅거렸다. 무슨 얘기를 하는지 전혀 알 수 없었다. 그들이 이따금 토해내는 웃음소리가 나를 놀라게 했지만 곧 나도 소리 내어 따라 웃었다. 하지만 어머니는 내가 신경 쓰였는지 등을 펴고 나를 잠깐 바라봤다. 나의 함박웃음이 어머니에게 감염되었다. 어머니도 웃기 시작했다. 나는 서 있는 사람이 허리를 굽히고 있는 사람에게 말하는 장면이 제일 흥미로웠다. 허리를 굽히고 있던 사람이 일어나자 앞에 서 있던 사람이 바로 몸을 구부렸다. 두 사람은 그렇게 서로 주거니 받거니 했다.

나보다 큰 아이들이 베어낸 벼를 광주리에 담아 들고 가까운 곳에서 오락가락 뛰어다녔다. 그들은 큰 소리로 이야기를 나누었다. 그래서 대화 내용을 조금 알아들을 수 있었다. 새로 온 선생에 대한 이야기였다. 선생이 숲에 가서 똥을 누기를 좋아한다나. 왜 그러는 걸까?

"선생님은 다른 사람이 보는 걸 싫어해."

한 아이가 우렁찬 목소리로 말했다. 그러고는 입을 헤벌린 채 넋을 놓고 내 쪽을 봤다. 내 왼쪽에서 발소리가 들렸다. 간부 복장을 한 젊은 선생이 나를 손가락으로 가리키며 논을 향해 소리쳤다.

"이 아이는 뉘 집 아들입니까?"

논에 있는 사람들이 대꾸를 않자 그가 다시 소리를 질렀다. 나는 기분이 상했다. 나를 손가락질하면서 다른 사람에게 묻다니. 내가 말했다.

"저기요, 나한테 물어보세요."

나를 잠시 보던 그가 다시 논 쪽으로 고함을 쳤다. 그제야 어머니가 몸을 일으켜 대답했다.

"우리 집 아인데요."

그가 말했다. "왜 학교에 안 보냅니까?"

어머니는 잠시 뭐라고 말해야 좋을지 몰라 배시시 웃기만 했다. 내가 꺼들어서 대답했다.

"아직 나이가 어려서 아무 데도 못 가요."

나의 지원을 받은 어머니가 말했다.

"맞아요. 재는 아직 어려요."

젊은 선생이 남자 몇에게 소리쳤다.

"누가 저애 아버집니까?"

아무도 대답하지 않았다. 그곳에 선 어머니는 갈수록 처지가 궁색해졌다. 내가 다시 어머니를 구했다.

"우리 아버지는 일찍 돌아가셨어요."

오 년 전 숲에 들어간 아버지는 다시 돌아오지 않았다. 동틀 무렵 집을 떠나 뿌연 새벽안개 속으로 소리 없이 사라졌다. 그때 나는 어머니의 젖을 빨고 있었다. 어머니는 나중에 호미를 들고 나를 품에 안고 내려와서야 마을 사람들을 통해 무슨 일이 생겼는지 알았다. 그녀는 호미를 내던지고 나를 안은 채 숲 가장자리로 가서 숲을 향해 아버지에게 돌아오라고 고함을 치며 욕을 퍼부었다. 나는 어머니의 슬픔을 가늠하기 어려웠다. 그후 달빛이 비추거나 흑암처럼 어두운 밤이면 그녀는 나를 품에 안고 문 앞에서 오랫동안 우두커니 서 있었지만, 날이 밝으면 기대는 여지없이 무너졌다. 오 년이 지난 뒤 어머니는 과부가 되었다고 확신했다. 죽은 아버지는 그녀의 마음속에서 점점 형벌이 되었다.

젊은 선생은 논에 있는 사람들의 침묵 속에서 떠났다. 아버지를 잃은 아이를 계속 꾸짖을 수는 없었던 것이다. 나는 여전히 그곳에 앉아 있었다. 방금 전 그곳에서 왁자지껄 떠들던 아이들이 갑자기 서쪽으로 달려갔다. 나는 고개를 틀어 멀리 달려가는 그들을 보았다. 그러나 아이들은 금세 다시 이쪽으로 달려왔다. 목이 시큰해진 나는 벼를 베는 어머니 쪽으로 고개를 돌렸다. 그때 달려오던 아이가 갑자기 울음을 터뜨리는 소리가 들렸다. 나는 다시 아이들을 보았다. 아이들은 가까운 밭둑에서 얼굴이 붉으락푸르락해져서 손발을 휘두르며 죽어라고 논에 있는 부모들을 불러댔다. 나는 급히 어머니를 보았다. 당황한 시선으로 나를 흘깃 본 어머니는 몸을 돌려 넋을 놓고 저쪽을 바라보았다. 손에 쥔 낫을 금방이라도 떨어뜨릴 것처럼 늘어뜨린 채.

　나는 온몸에 검은 털이 난 그를 보았다. 두번째로 보는 거라고 말해야겠지만 나의 기억은 이미 흐릿해진 지 오래였다. 그는 거대한 몸을 흔들며 나를 향해 걸어왔다. 그의 이런 움직임 때문에 주위 사람들이 공황상태에 빠졌던 것이다. 나는 알 수 없는 흥분을 느꼈다. 그들이 마치 연기를 하는 것처럼 소리를 치자 나는 기분이 좋아졌다. 그래서 히히 웃으며 나를 향해 오는 시커먼 녀석을 보았다. 그는 크고 검은 눈을 껌벅이며 오랜만에 만나는 것처럼 친숙하게 굴었다. 웃는 내 모습을 본 그는 이를 드러내고 씩 웃었다. 나는 그도 나를 향해 웃고 있다는 것을 알았다. 내가 기쁘게 두 손을 흔들자 그도 나를 향해 두 손을 흔들었다. 기다란 두 팔을 따라 그의 거대한 체구가 격렬하게 흔들렸다. 그 모습에 나는 큰 소리로 깔깔거렸다. 그는 있는 힘껏 손을 흔들며 다가왔다. 나는 그가 내가 일어나기를 바란다는 것을 깨닫고는 손바닥으로 곁에 있는 풀을 치며 내 옆에 앉으라고 권했다. 잠시 동안 그는 손을 흔들고 나는 땅을 두드렸다. 그는 정말 내 곁에 앉았다. 그리고 털이 덥수룩한 손을 내 머리에 올려놓았다. 나도 손을 뻗어 그의 다리에 난 검은 털을 만졌다. 털은 바싹 마른 겨울 풀처럼 거칠고 뻣뻣했다. 어머니한테 말고는 이런 친근함을 느껴본 적이 없었다. 나는 고개를 들고 어머니를 찾았다. 그때 그가 갑자기 온몸을 떨며 크게 절규했다. 낫이 깊숙이 그의 팔에 파고들었다. 어머니의 낫이었다. 어머니는 눈을 부릅뜨고 두려움에 차서 비명을 질렀다. 그 광경을 본 나는 부들부들 떨었다. 마을 사람들이 낫을 들고 달려와 그를 내려찍었다. 그는 울부짖으며 벌떡 일어서서 팔을 휘둘러 낫을 막았다. 금세 그의 두 팔이 피로 흥건해졌다. 한 걸음씩 도망가려 할 때마다 팔에 박힌 낫이 흔들렸다. 그는 더이상 팔을 들지 못했다. 머리를 푹 숙인 채 사람들이 어지럽게 낫질을 하도록 내버려두었다. 곧 그는 땅에 무릎을 꿇고 뭐라고 중얼거리면서 나를 바라보았다. 나는 엉엉 울부짖었다. 더는 내려찍지 말라는 간절한 호소였다. 어머니는 뒤에서 나를 꼭 끌어안고 밭둑에서 벗어났다. 비틀거리면서 멀어졌다. 나는 계속 꿇어앉아 있는 그를 지켜봤다. 검은 두 눈이 감기고 머리가 떨어지더니 곧 땅에 쓰러졌다.

죽은 그의 몸은 분해되었다. 누군가 어머니에게 고기 한 덩이를 보냈다. 검은 털이 붙은 고기를 보자마자 나는 온몸에 경련이 일었다. 그후 오랫동안 나는 정신 나간 아이처럼 지냈다. 입가에 침을 질질 흘렸고, 말하지도 웃지도 않았다. 넋을 놓고 숲을 바라보는 것만 좋아했다. 사실 나는 전혀 미치지 않았다. 다만 어머니가 왜 그에게 낫을 휘둘렀는지 이해할 수 없을 뿐이었다. 그는 나에게 마을의 그 누구보다 다정했다. 그가 낫에 찍혀 피를 흘리며 죽어간 모습이 너무 생생해 아무래도 잊을 수 없었다.

그날 밤, 마을에 갓 온 젊은 선생이 언덕에 서서 마을 사람들을 꾸짖었다.

"그는 우리 조상이에요. 당신들이 조상을 죽였어요. 이 불초한 자손들 같으니, 당신들은 짐승이에요."

그는 우리의 조상이었다! 우리 할아버지의 할아버지, 거기서 한참 더 거슬러 올라간 할아버지. 마을 사람들은 아무 말이 없었다. 집마다 밥 짓는 연기가 솟았다. 그들은 자신들의 조상을 먹어버렸다.

나는 선생이 뭐라 소리치는지 분명하게 듣지는 못했지만, 사람들을 비난하고 있다는 것은 알 수 있었다. 우호적이었던 검은 녀석을 죽였다고 꾸짖는 것이었다. 나는 문 앞에 서서 선생이 잔뜩 화가 나서 비난을 퍼붓는 모습을 지켜보았다. 이상하게도 그곳에 혼자 서 있는 그가 불쌍하게 느껴져 한 걸음 한 걸음 다가가 그의 옆에 앉았다. 나는 고개를 들고 고함치는 그를 보았다. 그리고 그가 욕을 할 때마다 고개를 끄덕였다. 나의 존재를 눈치 챈 그가 갑자기 입을 다물었다. 나를 잠시 바라보더니 물었다.

"너, 그 고기를 먹었니?"

나는 고개를 저으며 눈물을 흘렸다. 젊은 선생이 말했다.

"내일 학교에 와서 수업을 들어라."

이튿날 동틀 무렵 마을 사람들은 무서운 울음소리를 들었다.

문 앞으로 나와 두리번거리던 그들은 검은 털이 난 거구 한 무리
가 걸어오는 것을 보았다. 여자들은 날카로운 비명을 내질렀고
남자들은 총을 들고 나와 그들을 쏘았다. 어머니는 나를 집 밖에
나가지 못하게 했다. 나는 창문을 기어올라 밖을 내다보았다. 고
개를 들고 울부짖으며 천천히 걸어오는 그들의 모습이 보였다.
나는 주먹을 꼭 쥐고 온몸을 떨면서 다가오는 그들을 지켜보았
다. 그때 총소리가 울렸다. 거대한 두 구의 형체가 고꾸라졌다.
그들은 바로 걸음을 멈추고 고개를 숙여 죽은 동료를 보았다. 무
슨 일이 생겼는지 모르는 게 분명했다. 총소리가 연달아 울렸고
그들은 앞으로 앞으로 나아갔다. 동료들이 계속해서 고꾸라지자
그들은 이어지는 희생에 놀라 넋을 잃었다. 제자리에 한참 서 있
던 그들은 비로소 천천히 돌아서서 머리를 떨어뜨리고 한 걸음
한 걸음 느릿느릿 숲을 향해 걸어갔다……

몇 년 전 홍콩도서전에 갔을 때 위화 선생을 먼발치에서 본 적이 있다. 흐트러진 머리와 허옇게 일어난 얼굴, 허름한 옷차림, 쉴새없이 울려대는 휴대폰. 내 머릿속에 있는 작가의 이데아와는 수만 광년쯤 떨어진 모습이었다. 쉽게 얻을 수 없는 기회였으니 사인이라도 받아두었으면 좋았을 텐데 몸이 따라주지 않았다. 작가에 대한 나의 터무니없는 이미지 때문이 아니라 그와 내가 지금까지 겪었을 공간과 시간의 격차가 너무 크게 느껴진 탓이었다.

위화의 중단편을 번역하면서 가끔 그 기억을 떠올렸다. 그리고 중국 작가 위화가 살아온 인생과 내가 살아온 삶을 생각했다. 그러자 번역의 가능성에 대한 근본적 회의가 엄습해왔다. 그만큼 이번 중편 작품들의 위화는 낯설었다.

「4월 3일 사건」은 1987년에 쓰였다. 그때 위화는 여전히 선봉파 작가였다. 「4월 3일 사건」의 작법은 카프카의 영향을 받은 게 분명하다. 몽환적 풍경, 비현실적이고 추상적인 묘사. 무언가 표현하려 한 것 같지만 그 대상 자체도 명확하지 않다. 『허삼관 매혈기』『인생』 등 대중적으로 성공한 작품을 쓰기 전에 위화가 가장 관심을 둔 것은 개념으로 파악할 수 없는 내면의 감정이었다. 이 작품에서 작가는 정체를 알 수 없는 공포와 압박에 시달리는 한 소년의 심리를 묘사한다. 소년을 제외한 모든 사람들이 모종의 음모에 따라 움직이는 것만 같다. 소년은 거대한 음모에 맞선다고 생각하지만, 과연 그 음모는 실제로 존재하는 것일까?

「여름 태풍」은 예측 불가의 거대한 자연재해와 그에 맞서는 다양한 인간 군상의 모습을 담은 작품이다. 서사는 흐름이 없고 대사는 허공을 맴돌며 표현의 의도는 모호하다. 지진과 태풍, 선생의 아내와 소년의 관계는 알 듯하면서도 도통 알 수가 없다. 이 작품은 의미를 알 수 없는 상징과 비유로 가득하지만, 묘한 정서적 울림이 있다. 그 울림의 정체를 나는 여전히 확인하지 못했다.

「어느 지주의 죽음」은 중일전쟁 시기 한 시골 지주와 그의 아들이 죽음에 이르는 과정을 소재로 한 작품이다. 자발적으로 일본군의 길잡이가 된 아들은 그들을 엉뚱한 곳으로 이끎으로써 죽음을 자초한다. 그러나 어린 나이에 먼 이방에 와서 고향의 곡조를 읊조리는 군인들을 처연해하는 마음에서도 확인할 수 있듯, 그는 애국심에서 이런 행동을 했던 건 아니다. 그저 막연한 도덕심의 발현이랄까? 지주는 가문의 대를 이을 유일한 아들이 죽음을 향해 뚜벅뚜벅 걸어가는 모습을 지켜보며 자부심도 슬픔도 아닌 묘한 탄식을 흘리다, 자신 또한 너른 벌판의 똥통 옆에서 알 수 없는 미소를 띤 채 조용히 숨을 거둔다.

「조상」은 머나먼 원시적 존재에 대한 애틋함과 두려움을 아이의 시선으로 묘사한 작품이다. 괴수(조상)는 그저 괴수일 뿐이지만, 편견에서 자유로운 아이와 그렇지 못한 어른들의 눈에 그는 완전히 다른 존재로 비친다. 작가는 아이의 손을 들어준다. 괴수가 나타났을 때 공포에 휩싸여 공격하고, 잡은 괴수를 조각조각 나누어 먹는 마을 사람들을 작가는 아이와 선생의 눈을 빌려 질타한다.

실험정신이 가득한 작품, 전통 서사를 추구한 작품, 알레고리를 밑바닥에 깔고 있는 작품까지 이번 위화의 중편집은 색과 맛이 다른 내용물을 골고루 담은 일종의 총합이다. 이것이 유기적

총체성인지 단순한 묶음인지 판단하는 것은 독자의 몫이다. 중
국의 대작가 위화의 조금은 색다른 풍모를 엿보고 싶은 독자에
게 꽤 흥미로운 경험이 될 것이다.

조성웅

옮긴이 **조성웅**
한국외국어대학교 중국어과를 졸업했다. 중국 관련서를 기획 및 편집했으며 출판편집자로 활동하고 있다. 옮긴 책으로 『무더운 여름』『재앙은 피할 수 없다』『화장실에 관하여』『중국의 색』 등이 있다.

문학동네 세계문학
4월 3일 사건

1판 1쇄 2010년 9월 15일 | 1판 3쇄 2022년 7월 11일

지은이 위화 | 옮긴이 조성웅
책임편집 류현영 | 편집 오영나 | 독자모니터 박미진
디자인 김이정 이원경 | 저작권 박지영 형소진 이영은 김하림
마케팅 정민호 이숙재 박치우 한민아 박지영 안남영 김수현 정경주
브랜딩 함유지 함근아 김희숙 안나연 박민재 박진희 정승민
제작 강신은 김동욱 임현식 | 제작처 한영문화사(인쇄) 한영제책사(제본)

펴낸곳 (주)문학동네 | 펴낸이 김소영
출판등록 1993년 10월 22일 제2003-000045호
주소 10881 경기도 파주시 회동길 210
전자우편 editor@munhak.com | 대표전화 031) 955-8888 | 팩스 031) 955-8855
문의전화 031) 955-3578(마케팅) 031) 955-2699(편집)
문학동네카페 http://cafe.naver.com/mhdn
인스타그램 @munhakdongne | 트위터 @munhakdongne
북클럽문학동네 http://bookclubmunhak.com

ISBN 978-89-546-1231-9 03820

www.munhak.com